Виктор
ПЕЛЕВИН

Empire V

Роман

АЗБУКА

Санкт-Петербург

УДК 821.161.1
ББК 84(2Рос-Рус)6-44
П 24

Серийное оформление Вадима Пожидаева

Оформление обложки Валерия Гореликова

ISBN 978-5-389-10814-1

Виктор Олегович
ПЕЛЕВИН
1962

Паровоз мудро устроен, но он этого не сознает, и какая цель была бы устроить паровоз, если бы на нем не было машиниста?

О. Митрофан Сребрянский

БРАМА

Когда я пришел в себя, вокруг была большая комната, обставленная старинной мебелью. Обстановка была, пожалуй, даже антикварная — покрытый резными звездами зеркальный шкаф, причудливый секретер, два полотна с обнаженной натурой и маленькая картина с конным Наполеоном в боевом дыму. Одну стену занимала доходящая до потолка картотека из карельской березы, очень изысканного вида. На ее ящичках были таблички с разноцветными надписями и значками, а рядом стояла лестница-стремянка.

Я понял, что не лежу, как полагается пришедшему в сознание человеку, а стою. Я не падал, потому что мои руки и ноги были крепко привязаны к шведской стенке. Я догадался, что это шведская стенка, нащупав пальцами деревянную перекладину. Другие перекладины упирались мне в спину.

Напротив, на маленьком красном диване у стены, сидел человек в красном халате и черной маске. Маска напоминала своей формой не то нахлобученный до плеч цилиндр, не то картонный шлем псарыцаря из фильма «Ледовое побоище». В районе носа был острый выступ, на месте глаз — две овальных дыры, а в области рта — прямоугольный вырез, прикрытый черной тряпочкой. Примерно так выглядели средневековые доктора на гравюрах, изображавших чуму в Европе.

Я даже не испугался.

— Добрый день, — сказал человек в маске.

— Здравствуйте, — ответил я, с трудом разлепив губы.

— Как тебя зовут?

— Роман, — сказал я.

— Сколько тебе лет?

— Девятнадцать.

— Почему не в армии?

Я не стал отвечать на вопрос, решив, что это шутка.

— Я прошу прощения за некоторую театральность ситуации, — продолжал человек в маске. — Если у тебя болит голова, сейчас все пройдет. Я усыпил тебя специальным газом.

— Каким газом?

— Который применяют против террористов. Ничего страшного, все уже позади. Предупреждаю — не кричать. Кричать смысла нет. Это не поможет. Результат будет один — у меня начнется мигрень, и беседа будет испорчена.

У незнакомца был уверенный низкий голос. Закрывавшая рот тряпочка на его маске колыхалась, когда он говорил.

— Кто вы такой?

— Меня зовут Брама.

— А почему на вас маска?

— По многим причинам, — сказал Брама. — Но это в твою пользу. Если наши отношения не сложатся, я смогу отпустить тебя без опаски, потому что ты не будешь знать, как я выгляжу.

Я испытал большое облегчение, услышав, что меня собираются отпустить. Но эти слова могли быть уловкой.

— Что вы хотите? — спросил я.

— Я хочу, чтобы в одной очень важной части моего тела и одновременно моего духа проснулся к тебе живой интерес. Но это, видишь ли, может произойти только в том случае, если ты человек благородного аристократического рода...

«Маньяк, — подумал я. — Главное — не нервничать... Отвлекать его разговором...»

— Почему обязательно благородного аристократического рода?

— Качество красной жидкости в твоих венах играет большую роль. Шанс невелик.

— А что значит «живой интерес»? — спросил я. — Имеется в виду, пока я еще жив?

— Смешно, — сказал Брама. — Скорее всего, словами я здесь ничего не добьюсь. Нужна демонстрация.

Встав с дивана, он подошел ко мне, откинул закрывавшую рот черную тряпку и наклонился к моему правому уху. Почувствовав чужое дыхание на своем лице, я сжался — вот-вот должно было случиться что-то омерзительное.

«Сам в гости пришел, — подумал я. — Надо же было, а?»

Но ничего не произошло — подышав мне в ухо, Брама отвернулся и пошел назад на диван.

— Можно было укусить тебя в руку, — сказал он. — Но руки у тебя, к сожалению, связаны и затекли. Поэтому эффект был бы не тот.

— Вы же мне руки и связали.

— Да, — вздохнул Брама. — Я, наверно, должен извиниться за свои действия — догадываюсь, что выглядят они довольно странно и скверно. Но сейчас тебе все станет ясно.

Устроившись на диване, он уставился на меня, словно я был картинкой в телевизоре, и несколько секунд изучал, изредка причмокивая языком.

— Не волнуйся, — сказал он, — я не сексуальный маньяк. На этот счет ты можешь быть спокоен.

— А кто же вы?

— Я вампир. А вампиры не бывают извращенцами. Иногда они выдают себя за извращенцев. Но у них совершенно другие интересы и цели.

«Нет, это не извращенец, — подумал я. — Это сумасшедший извращенец. Надо постоянно говорить, чтобы отвлекать его...»

— Вампир? Вы кровь пьете?

— Не то чтобы стаканами, — ответил Брама, — и не то чтобы на этом строилась моя самоидентификация... Но бывает и такое.

— А зачем вы ее пьете?

— Это лучший способ познакомиться с человеком.

— Как это?

Глаза в овальных дырах маски несколько раз моргнули, и рот под черной тряпочкой сказал:

— Когда-то два росших на стене дерева, лимонное и апельсиновое, были не просто деревьями, а воротами в волшебный и таинственный мир. А потом что-то случилось. Ворота исчезли, а вместо них остались просто два прямоугольных куска материи, висящих на стене. Исчезли не только ворота, но и мир, куда они вели. И даже страшная летающая собака, которая сторожила вход в этот мир, стала просто плетеным веером с тропического курорта...

Сказать, что я был поражен, — значит ничего не сказать. Я был оглушен. Эти слова, которые показались бы любому нормальному человеку полной абракадаброй, были секретным кодом моего детства. Самым поразительным было то, что сформулировать все подобным образом мог только один человек во всем мире — я сам. Я долго молчал. Потом не выдержал.

— Я не понимаю, — сказал я. — Допустим, я мог рассказать про картины, когда был без сознания. Но ведь про этот волшебный мир за воротами я рассказать не мог. Потому что я никогда его так не называл. Хотя сейчас вы сказали, и я вижу, что все это чистая правда, да. Так и было...

— А знаешь, почему все так произошло? — спросил Брама.

— Почему?

— Волшебный мир, где ты жил раньше, придумывал прятавшийся в траве кузнечик. А потом пришла лягушка, которая его съела. И тебе сразу негде стало жить, хотя в твоей комнате все осталось по-прежнему.

— Да, — сказал я растерянно. — И это тоже правда... Очень точно сказано.

— Вспомни какую-нибудь вещь, — сказал Брама, — про которую знаешь только ты. Любую. И задай мне вопрос — такой, ответ на который знаешь тоже только ты.

— Хорошо, — сказал я и задумался. — Ну вот, например... У меня дома на стене висел веер — вы про него только что говорили. Каким образом он был прикреплен к стене?

Брама прикрыл глаза в прорезях маски.

— Приклеен. А клей был намазан буквой «Х». Причем это не просто крестик, это именно буква «Х». Имелось в виду направление, куда должна была пойти мама, которая повесила веер над кроватью.

— Как...

Брама поднял ладонь:

— Подожди. А приклеил ты его потому, что веер стал казаться тебе собакой-вампиром, которая кусает тебя по ночам. Это, конечно, полнейшая ерунда. И даже оскорбительно по отношению к настоящим вампирам.

— Как вы это узнали?

Брама встал с дивана и подошел ко мне. Пальцем откинув черную тряпочку, он открыл рот. У него были темные прокуренные зубы — крепкие и крупные. Я не увидел ничего необычного, только клыки, пожалуй, были чуть белее, чем остальные зубы. Брама поднял голову так, чтобы я увидел его нёбо. Там была какая-то странная волнистая мембрана оранжевого цвета — словно прилипший к десне фрагмент стоматологического моста.

— Что это? — спросил я.

— Там *язык*, — сказал Брама, выделив это слово интонацией.

— Язык? — повторил я.

— Это не человеческий язык. Это душа и суть вампира.

— Им вы все узнаете?

— Да.

— А как можно узнавать языком?

— Объяснять бесполезно. Если ты хочешь понять это, тебе надо стать вампиром самому.

— Я не уверен, что мне этого хочется.

Брама вернулся на свой диван.

— Видишь ли, Рома, — сказал он, — всеми нами управляет судьба. Ты пришел сюда сам. А у меня очень мало времени.

— Вы собираетесь меня учить?

— Не я. Учителем выступает не личность вампира, а его природа. А обучение заключается в том, что вампир кусает ученика. Но это не значит, что любой человек, которого укусит вампир, становится вампиром. Как говорят в плохих фильмах, хехе, такое бывает только в плохих фильмах...

Он засмеялся собственной шутке. Я попытался улыбнуться, но это получилось плохо.

— Существует особый укус, — продолжал он, — на который вампир способен только раз в жизни. И только в том случае, если захочет язык. По традиции это происходит в день летнего солнцестояния. Ты подходишь. Мой язык перейдет в тебя.

— Как это — перейдет?

— В прямом смысле. Физически. Хочу предупредить, что будет больно. И сразу, и потом. Ты будешь плохо себя чувствовать. Как после укуса ядовитой змеи. Но постепенно все пройдет.

— А вы не можете найти себе другого ученика?

Он не обратил на эти слова внимания.

— Ты можешь на время потерять сознание. Твое тело одеревенеет. Возможно, будут галлюцинации. Их, впрочем, может и не быть. Но одна вещь произойдет обязательно.

— Какая?

— Ты вспомнишь всю свою жизнь. Язык будет знакомиться с твоим прошлым — он должен знать о тебе все. Говорят, нечто похожее бывает, когда человек тонет. Но ты еще совсем молод, и тонуть будешь недолго.

— А что в это время будете делать вы?

Брама как-то странно хмыкнул:

— Не волнуйся. У меня есть тщательно продуманный план действий.

С этими словами он шагнул ко мне, схватил меня рукой за волосы и пригнул мою голову к плечу. Я ожидал, что он укусит меня, но вместо этого он укусил сам себя — за палец. Его кисть сразу залило кровью.

— Не шевелись, — сказал он, — тебе же будет лучше.

Вид крови напугал меня, и я подчинился. Он поднес окровавленный палец к моему лбу и что-то написал на нем. А затем безо всякого предупреждения впился зубами мне в шею.

Я закричал, вернее, замычал — он держал мою голову так, что я не мог открыть рта. Боль в шее была невыносимой — словно сумасшедший зубной врач вонзил мне под челюсть свое электрическое сверло. Была секунда, когда я решил, что пришла смерть, и смирился с нею. И вдруг все кончилось — он отпустил меня и отскочил. Я чувствовал на своей щеке и шее кровь; ею была измазана его маска и тряпка, закрывавшая рот.

Я понял, что это не моя кровь, а его собственная — она текла из его рта по шее, по груди, по его красному халату и густыми каплями падала на пол. С ним что-то случилось — можно было подумать, искусали не меня, а его. Шатаясь, он вернулся на свой красный диван, сел на него, и его ноги быстро заелозили взад-вперед по паркету.

Я вспомнил фильм Тарковского «Андрей Рублев», где показывали старинную казнь — монаху заливали в рот расплавленный металл. Все время перед экзекуцией монах страшно ругал своих палачей, но после того, как они влили металл ему в глотку, не произнес больше ни слова и только дергался всем телом. Страшнее всего было именно его молчание. Таким же страшным показалось мне молчание моего собеседника.

Не переставая дрыгать ногами, он сунул руку в карман халата, достал маленький никелированный пистолет и быстро выстрелил себе в голову — в бок цилиндрической маски, скрывавшей его лицо. Его голова качнулась из стороны в сторону, рука с пистолетом упала на диван, и он замер.

Тут я почувствовал в своей шее, под челюстью, какое-то слабое движение. Больно не было — словно мне вкололи анестезию, — но было жутко. Я уже терял сознание, и происходящее ощущалось все слабее. Меня неудержимо клонило в сон.

Брама сказал правду. Мне стало грезиться прошлое — словно в голове обнаружился маленький уютный кинозал, где начался просмотр документального фильма про мое детство. Как странно, думал я, ведь с самого начала я боялся именно вампиров...

СОЛНЕЧНЫЙ ГОРОД

С рождения я жил вдвоем с матерью в Москве, в доме профкома драматургов у метро «Сокол». Дом был высшей советской категории — из бежевого кирпича, многоэтажный и как бы западного типа. В таких селилась номенклатура ЦК и избранные слои советской духовной элиты — вокруг всегда было много черных «Волг» с мигалками, а на лестничных клетках в изобилии встречались окурки от лучших американских сигарет. Мы с матерью занимали небольшую двухкомнатную квартирку вроде тех, что в закатных странах называют «one bedroom».

В этой самой bedroom я и вырос. Моя комната задумывалась архитектором как спальня — она была маленькой и продолговатой, с крохотным окном, из которого открывался вид на автостоянку. Я не мог обустраивать ее по своему вкусу: мать выбирала расцветку обоев, решала, где должна стоять кровать, а где стол, и даже определяла, что будет висеть на стенах. Это приводило к скандалам — однажды я обозвал ее «маленькой советской властью», после чего мы не говорили целую неделю.

Обиднее этих слов для нее невозможно было придумать. Моя мать, «высокая худая женщина с увядшим лицом», как однажды описал ее участковому сосед-драматург, когда-то принадлежала к диссидентским кругам. В память об этом гостям часто прокручивалась магнитофонная пленка, где баритон известного борца с системой читал обличительные стихи, а ее голос подавал острые реплики с заднего плана.

Баритон декламировал:

— Ты в метро опускаешь пятак,
Двое в штатском идут по пятам.
Ты за водкой стоишь в гастроном,
Двое в штатском стоят за углом...

— А это прочти, про хуй с бровями и Солженицына! — вставляла молодым голосом мать.

Так я впервые услышал матерное слово, которое благополучные дети перестроечной поры обычно узнавали от хихикающих соседей по детсадовской спальне. Каждый раз при прослушивании мама поясняла, что мат в этом контексте оправдан художественной необходимостью. Слово «контекст» было для меня даже загадочнее слова «хуй» — за всем этим угадывался таинственный и грозный мир взрослых, по направлению к которому я дрейфовал под дувшим из телевизора ветром перемен.

Правозащитная кассета была записана за много лет до моего рождения; подразумевалось, что мать отошла от активной борьбы из-за замужества, которое и увенчалось моим появлением на свет. Но материнская близость к революционной демократии, озарившая тревожным огнем мое детство, была, кажется, так и не замечена впавшим в маразм советским режимом.

Справа от моей кровати стену украшали две маленькие картины. Они были одинакового размера (сорок сантиметров в ширину, пятьдесят в высоту — первое, что я измерил линейкой из набора «Подарок первокласснику»). Одна изображала лимонное деревце в кадке, другая — такое же апельсиновое. Различались только цвет и форма плодов: вытянутые желтые и круглые оранжевые.

А прямо над кроватью висел плетеный веер в форме сердца. Он был слишком большим, чтобы им обмахиваться. Во впадине между сердечными буграми была круглая ручка, из-за которой веер казался похожим на гигантскую летучую мышь с маленькой головкой. В центре он был подкрашен красным лаком.

Мне казалось, что это летающая собака-вампир (я читал о таких в журнале «Вокруг света»), которая оживает по ночам, а днем отдыхает на стене. Выпитая кровь просвечивала сквозь ее кожу, как сквозь брюшко комара, поэтому в центре веера было красное пятно.

Кровь, как я догадывался, была моя.

Я понимал, что эти страхи — эхо историй, которых я наслушался в летних лагерях (из смены в смену они повторялись без изменений). Но кошмары регулярно заставляли меня просыпаться в холодном поту. Под конец дошло до того, что я стал бояться темноты — присутствие распластавшейся на стене собаки-вампира было физически ощутимо, и следовало включить свет, чтобы заставить ее снова стать веером из пальмовых листьев. Матери жаловаться было бесполезно. Поэтому я ограничился тем, что втайне от нее приклеил веер к обоям клеем «Момент». Тогда страх прошел.

Свою первую схему мироздания я тоже вывез из летних лагерей. В одном из них я видел удивительную фреску: плоский диск земли лежал на трех китах в бледно-голубом океане. Из земли росли деревья, торчали телеграфные столбы и даже катил среди нагромождения одинаковых белых домов веселый красный трамвай. На торце земного диска было написано «СССР». Я знал, что родился в этом самом СССР, а потом он распался. Это было сложно понять. Выходило, что дома, деревья и трамваи остались на месте, а твердь, на которой они находились, исчезла... Но я был еще мал, и мой ум смирился с этим парадоксом так же, как смирялся с сотнями других. Тем более что экономическую подоплеку советской катастрофы я уже начал понимать: страна, посылавшая двух офицеров в штатском туда, где в нормальных обществах обходятся пособием по безработице, не могла кончить иначе.

Но это были зыбкие тени детства.

По-настоящему я запомнил себя с момента, когда детство кончилось. Это произошло, когда я смотрел по телевизору старый мультфильм: на экране маршировала колонна коротышек, счастливых малышей из советского комикса. Весело отмахивая руками, коротышки пели:

Но вот пришла лягушка,
Зелененькое брюшко,
Зелененькое брюшко,
И съела кузнеца.
Не думал не гадал он,
Никак не ожидал он,
Никак не ожидал он
Такого вот конца...

Я сразу понял, о каком кузнеце речь: это был мускулистый строитель нового мира, который взмахивал молотом на старых плакатах, отрывных календарях и почтовых марках. Веселые коротышки отдавали Советскому Союзу последний салют из своего Солнечного города, дорогу в который люди так и не смогли найти.

Глядя на колонну коротышек, я заплакал. Но дело было не в ностальгии по СССР, которого я не помнил. Коротышки маршировали среди огромных, в полтора роста, цветов-колокольчиков. Эти огромные колокольчики вдруг напомнили мне о чем-то простом и самом главном — и уже забытом мною.

Я понял, что ласковый детский мир, в котором все предметы казались такими же большими, как эти цветы, а счастливых солнечных дорог было столько же, сколько в мультфильме, навсегда остался в прошлом. Он потерялся в траве, где сидел кузнечик, и было понятно, что дальше придется иметь дело с лягушкой — чем дальше, тем конкретней...

У нее действительно было зелененькое брюшко, а спинка была черной, и на каждом углу работало ее маленькое бронированное посольство, так называемый *обменный пункт*. Взрослые верили только ей, но я догадывался, что когда-нибудь обманет и лягушка — а кузнеца будет уже не вернуть...

Кроме коротышек из мультфильма, никто толком не попрощался с несуразной страной, в которой я родился. Даже три кита, на которых она держалась, сделали вид, что они тут ни при чем, и открыли мебельный магазин (их рекламу крутили по телевизору — «есть три кита, три кита — все остальное суета...»).

Про историю своей семьи я не знал ничего. Но некоторые из окружавших меня предметов несли на себе печать чего-то мрачно-загадочного.

Во-первых, это был старинный черно-белый эстамп, изображавший женщину-львицу с томно запрокинутым лицом, обнаженной грудью и мощными когтистыми лапами. Эстамп висел в коридоре, под похожей на лампадку лампочкой-миньоном. Лампадка давала мало света, и в полутьме изображение казалось магическим и страшным.

Я предполагал, что подобное существо ждет людей за «гробовым порогом». Это выражение, которое часто повторяла мать, я затвердил раньше, чем стал понимать его смысл (такой сложной абстракции, как прекращение существования, я не мог себе представить: мне казалось, что смерть — просто переезд в места, куда ведет тропинка между лапами сфинкса).

Другим посланием из прошлого были серебряные ножи и вилки с гербом: луком со стрелой и тремя летящими журавлями. Я нашел их в серванте, который мать обычно закрывала на ключ.

Отругав меня за любопытство, мать сказала, что это герб прибалтийских баронов фон Шторквинкель. Из их рода происходил мой отец. Моя фамилия была менее аристократичной — Шторкин. Мать объяснила, что такая операция с фамилией — обычная социальная маскировка времен военного коммунизма.

Отец ушел из семьи сразу после моего рождения; никакой другой информации о нем мне не удавалось получить, как я ни старался. Стоило мне заговорить на эту тему, как мать бледнела, зажигала сигарету и говорила каждый раз одно и то же — сначала тихо, а потом постепенно переходя на крик:

— Пошел вон. Слышишь? Пошел вон, мерзавец! Пошел вон, подлец!

Я предполагал, что это связано с какой-то мрачной и романтической тайной. Но когда я перешел в восьмой класс, мать стала переоформлять документы на жилье, и я узнал про отца больше.

Тот работал журналистом в крупной газете; я даже нашел в интернете его колонку. С маленькой фотографии над столбцом текста приветливо глядел лысый человек в очках-велосипеде, а текст статьи объяснял, что Россия никогда не станет нормальной страной, пока народ и власть не научатся уважать чужую собственность.

Мысль была справедливая, но отчего-то меня не вдохновила. Возможно, дело было в том, что отец часто употреблял выражения, которых я тогда не понимал («плебс», «вменяемые элиты»). Улыбка на родительском лице вызвала во мне ревнивую досаду: она явно была адресована не мне, а вменяемым элитам, чью собственность я должен был научиться уважать.

Кончая школу, я задумался о выборе профессии. Из глянцевых журналов и рекламы были ясны ориентиры, на которые следовало нацелить жизнь, но вот методы, которыми можно было добиться успеха, оказались строго засекречены.

— Если количество жидкости, проходящее по трубе за единицу времени, остается прежним или растет по линейному закону, — часто повторял на уроке учитель физики, — логично предположить, что новых людей возле этой трубы не появится очень долго.

Теорема звучала убедительно, и мне захотелось отойти от этой трубы как можно дальше — вместо того чтобы рваться к ней вместе со всеми. Я решил поступить в Институт стран Азии и Африки, выучить какой-нибудь экзотический язык и уехать на работу в тропики.

Подготовка стоила дорого, и мать наотрез отказалась оплачивать репетиторов. Я понимал, что дело было не в ее жадности, а в скудости семейного бюджета, и не роптал. Попытка вспомнить об отце окончилась обычным скандалом. Мать сказала, что настоящему мужчине следует с самого начала пробиваться самому.

Я был бы рад пробиваться — проблема заключалась в том, что было непонятно, куда и как. Мутный туман вокруг не оказывал сопротивления, но найти в нем дорогу к деньгам и свету было мало надежды.

Я провалил первый же экзамен — сочинение, которое почему-то писали на физфаке МГУ. Тема была «Образ Родины в моем сердце». Я написал про мультфильм, где коротышки пели про кузнечика, про распиленную шайбу со словом «СССР» и ссучившихся китов... Я, конечно, догадывался, что при поступлении в такой престижный вуз не следует говорить правду, но выхода у меня не было. Погубила меня, как мне сообщили, фраза: «И все-таки я патриот — я люблю наше жестокое несправедливое общество живущее в условиях вечной мерзлоты». После слова «общество» должна была стоять запятая.

Во время прощального визита в приемную комиссию я увидел висящий на двери рисунок с изображением веселой улитки (она, как и отец на фотографии из интернета, улыбалась явно кому-то другому). Под ней было стихотворение древнеяпонского поэта:

О, Улитка! Взбираясь к вершине Фудзи,
можешь не торопиться...

Вынув ручку, я дописал:

Там на вершине Фудзи улиток полно и так.

Это было мое первое серьезное жизненное поражение. Я ответил судьбе тем, что устроился работать грузчиком в универсаме возле дома.

В первые несколько дней мне казалось, что я нырнул на самое дно жизни и стал недосягаем для законов социального дарвинизма. Но вскоре я понял, что никакая глубина, никакое гетто не спасает от этих законов, поскольку любая клеточка общественного организма живет по тем же принципам, что и общество в целом. Я даже помню, при каких обстоятельствах это стало мне ясно (в ту минуту я балансировал на грани ясновидения — но выяснилось это намного позже).

Я смотрел английский фильм «Дюна», в котором межзвездные путешествия обеспечивали так называемые навигаторы, существа, постоянно принимавшие специальный наркотик и превратившиеся из-за него во что-то среднее между человеком и птеродактилем. Навигатор расправлял свои перепончатые крылья, сворачивал пространство, и флотилия космических кораблей переносилась из одной части космоса в другую... Мне представилось, что где-то в Москве такое же жуткое перепончатое существо простирает крыла над миром. Люди ничего не замечают и муравьями ползут по своим делам, но никаких дел у них уже нет. Они еще не в курсе, а вокруг уже другая вселенная и действуют новые законы.

Эти законы действовали и в мире грузчиков — в нем полагалось правильно (не меньше и не больше определенной нормы) воровать, полагалось иметь общак, полагалось бороться за место поближе к невидимому солнцу, причем бороться не как попало, а с помощью освященных обычаем телодвижений. В общем, своя Фудзи, пускай невысокая и заблеванная, была и здесь.

Стоит ли говорить, что я снова отстал при восхождении. Меня стали назначать подряд на ночные смены и подставлять перед начальством. Быть лузером среди грузчиков показалось мне невыносимым, и, когда началось второе лето после школы, я ушел с работы.

Пока у меня оставались заработанные в универсаме деньги (с учетом украденного было не так мало), можно было сохранять относительную независимость от матери, и я сократил общение с ней до минимума. Оно, собственно, свелось к единственному ритуалу — иногда мать останавливала меня в коридоре и говорила:

— Ну-ка погляди мне в глаза!

Она была уверена, что я принимаю наркотики, и считала себя способной определить, когда я под кайфом, а когда нет. Я не употреблял никаких субстанций, но у матери выходило, что я под дозой почти каждый день, а иногда — под одновременным воздействием целой группы наркотических веществ. Для вынесения вердикта отслеживался не размер глазного зрачка или краснота белка, а какие-то особые приметы, которые мать держала в тайне, чтобы я не научился маскироваться — поэтому оспорить материнскую экспертизу было невозможно в принципе. Я и не спорил, понимая, что это будет лишним доказательством ее правоты («Какой ты агрессивный становишься под наркотиками, ужас просто!»).

Кроме того, мать обладала изрядной гипнотической силой: стоило ей, например, сказать: «Да у тебя же слова прыгают!» — как у меня действительно начинали прыгать слова, хотя перед этим я даже не понимал, что это выражение может означать. Поэтому если мать слишком уж доставала, я молча собирался и уходил из дома на несколько часов.

Однажды летним днем у нас случился очередной наркотический скандал. В этот раз он был особенно бурным; я больше не мог оставаться дома. Выходя из квартиры, я не удержался и сказал:

— Все. Больше я здесь жить не буду.

— Хорошая новость, — ответила мать с кухни.

Ни я, ни она, конечно, не имели этого в виду на самом деле.

В центре было хорошо — тихо и малолюдно. Я бродил по переулкам между Тверским бульваром и Садовым кольцом, думая нечто смутное, не до конца поддающееся переводу в слова: что летняя Москва хороша не своими домами и улицами, а намеком на те таинственные невозможные места, куда из нее можно уехать. Этот намек был повсюду — в ветерке, в легких облаках, в тополином пухе (тополя в то лето цвели рано).

Вдруг мое внимание привлекла стрелка на тротуаре. Она была нарисована зеленым мелком. Рядом со стрелкой была надпись тем же цветом:

Реальный шанс войти в элиту
22.06 18:40–18:55
Второго не будет никогда

Часы показывали без пятнадцати семь. Кроме того, было именно двадцать второе июня, день летнего солнцестояния. Стрелку уже прилично затерли подошвы. Было ясно, что это чья-то шутка. Но мне захотелось поиграть в предложенную неизвестно кем игру.

Я огляделся по сторонам. Редкие прохожие шли по своим делам, не обращая на меня внимания. В окнах вокруг тоже не было ничего интересного.

Стрелка указывала в подворотню. Я зашел в арку и увидел на асфальте другую зеленую стрелку — в глубину двора. Никаких надписей рядом не было. Я сделал еще несколько шагов и увидел маленький хмурый двор: две старые машины, мусорный контейнер и дверь черного хода в крашеной кирпичной стене. На асфальте перед дверью была еще одна зеленая стрелка.

Такие же были и на лестнице.

Последняя стрелка была на пятом этаже — она показывала на бронированную дверь черного хода большой квартиры. Дверь была приоткрыта. Затаив дыхание, я заглянул в щелку и сразу же испуганно отшатнулся.

В полутьме за дверью стоял человек. В руке у него был какой-то предмст, похожий на паяльную лампу. Но я не успел ничего рассмотреть. Он что-то сделал, и наступила тьма.

Здесь мои воспоминания о прошлом приблизились к настоящему настолько, что я вспомнил, где нахожусь, — и пришел в себя.

МИТРА

Я стоял у той же шведской стенки. Мне жутко хотелось в туалет. Кроме того, что-то было не в порядке с моим ртом. Проинспектировав его языком, я понял, что верхние клыки вывалились из десны — теперь на их месте были две дыры. Видимо, я выплюнул зубы во сне — во рту их не было.

Кажется, в комнате появился кто-то живой — но я не мог сфокусировать взгляд и видел перед собой просто мутное пятно. Это пятно пыталось привлечь мое внимание, производя тихие звуки и совершая однообразные движения. Внезапно мои глаза сфокусировались, и я увидел перед собой незнакомого человека, одетого в черное. Он водил рукой перед моим лицом, проверяя, реагирую ли я на свет. Увидев, что я пришел в себя, незнакомец приветственно кивнул головой и сказал:

— Митра.

Я догадался, что это имя.

Митра был сухощавым молодым человеком высокого роста, с острым взглядом, эспаньолкой и еле обозначенными усами. В нем было что-то мефистофелевское, но с апгрейдом: он походил на продвинутого беса, который вместо архаичного служения злу встал на путь прагматизма и не чурается добра, если оно способно быстрее привести к цели.

— Роман, — сипло выговорил я и перевел глаза на диван у стены.

Трупа на нем уже не было. Крови на полу тоже.

— А где...

— Унесли, — сказал Митра. — Увы, это трагическое событие застало нас врасплох.

— Почему он был в маске?

— Покойный был обезображен в результате несчастного случая.

— Поэтому он и застрелился?

Митра пожал плечами:

— Никто не знает. Покойный оставил записку, из которой следует, что его преемником будешь ты...

Он смерил меня внимательным взглядом.

— И это похоже на правду.

— Я не хочу, — сказал я тихо.

— Не хо-че-шь? — протянул Митра.

Я отрицательно покачал головой.

— Не понимаю, — сказал он. — Ты, по-моему, должен быть счастлив. Ты ведь продвинутый парень. Иначе бы Брама тебя не выбрал. А единственная перспектива у продвинутого парня в этой стране — работать клоуном у пидарасов.

— Мне кажется, — ответил я, — есть и другие варианты.

— Есть. Кто не хочет работать клоуном у пидарасов, будет работать пидарасом у клоунов. За тот же самый мелкий прайс.

На это я не стал возражать. Чувствовалось, что Митра знает жизнь не понаслышке.

— А ты теперь вампир, — продолжал он. — Ты просто еще не понял, как тебе повезло. Забудь сомнения. Тем более что назад дороги все равно нет... Лучше скажи, как самочувствие?

— Плохо, — сказал я. — Голова очень болит. И в туалет хочется.

— Что еще?

— Зубы выпали. Верхние клыки.

— Сейчас мы все проверим, — сказал Митра. — Одна секунда.

В его руке появилась короткая стеклянная пробирка с черной пробкой. Она была до половины заполнена прозрачной жидкостью.

— В этом сосуде водный раствор красной жидкости из вены человека. Она разведена из расчета один к ста...

— А кто этот человек?

— Узнай сам.

Я не понял, что Митра имеет в виду.

— Открой рот, — сказал он.

— Это не опасно?

— Нет. Вампир иммунен к любым болезням, передающимся через красную жидкость.

Я повиновался, и Митра аккуратно уронил мне на язык несколько капель из пробирки. Жидкость ничем не отличалась от обычной воды — если в ней и было что-то чужеродное, на вкус это не ощущалось.

— Теперь потри языком о верхнюю десну. Ты кое-что увидишь. Мы называем это маршрутом личности...

Я потрогал нёбо кончиком языка. Там теперь было что-то чужеродное. Но больно не было — ощущалось только легкое пощипывание, как от слабого электричества. Я несколько раз провел языком по десне, и вдруг...

Не будь я привязан к шведской стенке, я бы, наверное, не удержал равновесия. Внезапно я испытал яркое и сильное переживание, не похожее ни на что из известного мне прежде. Я увидел — или, вернее, почувствовал — другого человека. Я видел его изнутри, словно я сделался им сам, как иногда бывает во сне.

В похожем на полярное сияние облаке, которым мне представился этот человек, можно было выделить две зоны — как бы отталкивания и притяжения, темноты и света, холода и тепла. Они входили друг в друга множественными кляксами и архипелагами, так что их пересечение напоминало то теплые острова в ледяном море, то холодные озера на согретой земле. Зона отталкивания была заполнена неприятным и тягостным — тем, чего этот человек не любил. Зона притяжения, наоборот, содержала все, ради чего он жил.

Я увидел то, что Митра назвал «маршрутом личности». Сквозь обе зоны действительно проходил некий трудноописуемый невидимый маршрут, подобие колеи, куда внимание соскальзывало само. Это был след привычек ума, борозда, протертая повторяющимися мыслями, — нечеткая траектория, по которой изо дня в день двигалось внимание. Проследив за маршрутом личности, можно было за несколько секунд выяснить все самое важное про человека. Я понял это без дополнительных объяснений Митры — словно когда-то уже знал все сам.

Человек работал компьютерным инженером в московском банке. У него было множество секретов от других людей, были даже стыдные секреты. Но главной его проблемой, позором и тайной было то, что он плохо разбирался в «Windows». Он ненавидел эту операционную систему, как зэк — злого надзирателя. Доходило до смешного — например, просто из-за существования «Windows Vista», у него портилось настроение, когда он слышал в кино испанское выражение «hasta la vista». Все, связанное с работой, располагалось в зоне отталкивания, а в самом центре реял флаг «Windows».

В центре зоны притяжения был, как мне сначала показалось, секс — но, приглядевшись, я понял, что главной радостью в этой жизни было все-таки пиво. Упрощенно говоря, человек жил для того, чтобы пить качественное немецкое пиво немедленно вслед за половым сношением — и ради этого переносил все ужасы службы. Возможно, он сам не понимал про себя главного — но мне это было очевидно.

Я не могу сказать, что чужая жизнь открылась мне полностью. Я словно стоял у приоткрытой двери в темную комнату и водил по разрисованной стене лучом фонаря. Каждая из картинок, на которой я задерживал внимание, приближалась и дробилась на множество других, и так много-много раз. Я мог добраться до любого воспоминания — но их было слишком много. Затем картинки потускнели, как будто у фонаря села батарейка, и все исчезло.

— Видел? — спросил Митра.

Я кивнул.

— Что?

— Компьютерный специалист.

— Опиши.

— Как весы, — сказал я. — С одной стороны пиво, с другой — «Виндоуз».

Митра не удивился этой странной фразе. Он уронил каплю жидкости себе в рот и несколько секунд шевелил губами.

— Да, — согласился он. — Виндоуз х-р-р-р.

Я тоже не удивился, услышав это: компьютерный специалист выражал свою ненависть к одной из версий обслуживаемого продукта, произнося

«ХР» по-русски – получалось как бы тихое похрюкивание.

— Что я видел? – спросил я. – Что это было?

— Твоя первая дегустация. В предельно облегченном варианте. Если бы препарат был чистым, ты бы перестал понимать, кто ты на самом деле. И продолжалось бы все гораздо дольше. С непривычки можно получить психическую травму. Но так остро все ощущается только поначалу. Потом ты привыкнешь... Что же, поздравляю. Теперь ты один из нас. Почти один из нас.

— Простите, – сказал я, – а вы кто?

Митра засмеялся.

— Я предлагаю сразу перейти на «ты».

— Хорошо. Кто ты такой, Митра?

— Я твой старший товарищ. Правда, старше я ненамного. Такое же существо, как ты. Надеюсь, мы станем друзьями.

— Раз мы должны стать друзьями, – сказал я, – могу я попросить об одной дружеской услуге авансом?

Митра улыбнулся.

— Разумеется.

— Нельзя ли отвязать меня от этой стенки? Мне надо в туалет.

— Конечно, – сказал Митра. – Я прошу прощения, но мне следовало убедиться, что все прошло нормально.

Когда веревки упали на пол, я попытался сделать шаг вперед – и свалился бы, если бы Митра не подхватил меня.

— Осторожно, – сказал он, – возможны проблемы с вестибулярным аппаратом. Должно пройти несколько недель, пока язык полностью не приживется... Ты можешь идти? Или тебе помочь?

— Могу, — сказал я. — Где?

— Налево по коридору. Возле кухни.

Туалет, выдержанный в одном стиле с квартирой, походил на музей сантехнической готики. Я уселся на подобие черного гностического трона с дырой посередине и попытался собраться с мыслями. Но это не удалось — мысли совершенно не хотели собираться друг с другом. Они вообще куда-то пропали. Я не ощущал ни страха, ни возбуждения, ни заботы о том, что случится дальше.

Выйдя из туалета, я понял, что меня никто не сторожит. В коридоре никого не было. На кухне тоже. Дверь черного хода, через которую я вошел в квартиру, была всего в нескольких шагах на кухне. Но я не думал о побеге — и это было самое странное. Я знал, что сейчас вернусь в комнату и продолжу разговор с Митрой.

«Почему я не хочу бежать?» — подумал я.

Откуда-то я знал, что делать этого не следует. Я попытался понять откуда — и заметил нечто крайне странное. В моем уме словно появился центр тяжести, какой-то черный шар, такой непоколебимо устойчивый, что равновесию оснащенной им души ничто не угрожало. Именно там теперь оценивались все возможные варианты действий — принимались или отвергались. Мысль о побеге была взвешена на этих весах и найдена слишком легкой.

Шар хотел, чтобы я вернулся назад. А поскольку этого хотел шар, этого хотел и я. Шар не сообщал мне, чего он хочет. Скорее, он просто катился в сторону нужного решения — а вместе с ним туда катился и я. «Так вот почему Митра выпустил меня из комнаты, — понял я. — Он знал, что я не убегу». Я догадывался, откуда Митра это знал. У него внутри был такой же точно шар.

— Что это такое? — спросил я, вернувшись в комнату.

— О чем ты?

— У меня теперь внутри какое-то ядро. И все, что я пытаюсь думать, проходит через него. Словно я... потерял душу.

— Потерял душу? — переспросил Митра. — А зачем она тебе?

Видимо, на моем лице отразилось замешательство — Митра засмеялся.

— Душа — это ты или не ты? — спросил он.

— В каком смысле?

— В прямом. Что ты называешь душой — себя или нечто другое?

— Наверно, себя... Или нет, скорее все-таки что-то другое...

— Давай рассуждать логически. Если душа — это не ты, а что-то другое, зачем тебе о ней волноваться? А если это ты, как ты мог ее потерять, если ты сам — вот он?

— Да, — сказал я, — разводить ты умеешь, вижу.

— И тебя научим. Я знаю, почему ты паришься.

— Почему?

— Культурный шок. В человеческой мифологии считается, что тот, кто становится вампиром, теряет душу. Это ерунда. Все равно что сказать, будто лодка теряет душу, когда на нее ставят мотор. Ты ничего не потерял. Ты только приобрел. Но приобрел так много, что все известное тебе прежде ужалось до полного ничтожества. Отсюда и чувство потери.

Я сел на диван, где совсем недавно лежал труп человека в маске. Мне, наверно, было бы жутко сидеть на этом месте, но тяжелому черному шару у меня внутри было все равно.

— У меня нет чувства потери, — сказал я. — У меня даже нет чувства, что я — это я.

— Правильно, — ответил Митра. — Ты теперь другой. То, что тебе кажется ядром, — это язык. Раньше он жил в Браме. Теперь он живет в тебе.

— Помню, — сказал я, — Брама говорил, что его язык перейдет в меня...

— Только не думай, пожалуйста, что это язык Брамы. Это Брама был телом языка, а не наоборот.

— А чей тогда это язык?

— Нельзя говорить, что он чей-то. Он свой собственный. Личность вампира делится на голову и язык. Голова — это человеческий аспект вампира. Социальная личность со всем своим багажом и барахлом. А язык — это второй центр личности, главный. Он и делает тебя вампиром.

— А что это такое — язык?

— Другое живое существо. Высшей природы. Язык бессмертен и переходит от одного вампира к другому — вернее, пересаживается с одного человека на другого, как всадник. Но он способен существовать только в симбиозе с телом человека. Вот, гляди!

Митра указал на картину с конным Наполеоном. Наполеон был похож на пингвина, и при желании можно было увидеть на картине цирковой номер: пингвин едет на лошади во время фейерверка...

— Я чувствую язык не телом, — сказал я, — а как-то иначе.

— Все правильно. Фокус в том, что сознание языка сливается с сознанием человека, в котором он селится. Я сравнил вампира со всадником, но более точное уподобление — это кентавр. Некоторые говорят, что язык подчиняет себе человеческий ум. Но правильнее считать, что язык поднимает ум человека до собственной высоты.

— Высота? — переспросил я. — У меня, наоборот, чувство, что я провалился в какую-то яму. Если это высота, почему мне теперь так... так темно?

Митра хмыкнул.

— Темно бывает и под землей, и высоко в небе. Я знаю, каково тебе сейчас. Это трудный период и для тебя, и для языка. Можно считать, второе рождение. Для тебя в переносном смысле, а для языка — в самом прямом. Для него это новая инкарнация, поскольку вся человеческая память и опыт, накопленные вампиром, исчезают, когда язык переходит в новое тело. Ты чистый лист бумаги. Новорожденный вампир, который должен учиться, учиться и учиться.

— Чему?

— Тебе предстоит за короткое время стать высококультурной и утонченной личностью. Значительно превосходящей по интеллектуальным и физическим возможностям большинство людей.

— А как я смогу этого достичь за короткое время?

— У нас особые методики, очень эффективные и быстрые. Но самому главному тебя научит язык. Ты перестанешь ощущать его как что-то чужеродное. Вы сольетесь в одно целое.

— Язык что, высдает какую-то часть мозга?

— Нет, — сказал Митра. — Он замещает миндалины и входит в контакт с префронтальным кортексом. Фактически к твоему мозгу добавляется дополнительный.

— А я останусь собой?

— В каком смысле?

— Ну, вдруг это буду уже не я?

— В любом случае ты завтрашний будешь уже не ты сегодняшний. А послезавтра — тем более. Если чему-то все равно суждено случиться, пусть оно произойдет с пользой. Разве не так?

Я встал с дивана и сделал несколько шагов по комнате. Каждый шаг давался с трудом, и это мешало думать. Я чувствовал, что Митра немного передергивает в разговоре — или, может быть, просто насмехается надо мной. Но в нынешнем состоянии я не мог с ним спорить.

— Что мне теперь делать? — спросил я. — Возвращаться домой?

Митра отрицательно покачал головой:

— Ни в коем случае. Теперь ты будешь жить в этой квартире. Личные вещи покойного уже увезли. Все оставшееся — твое наследство. Занимайся.

— Чем?

— К тебе будут ходить учителя. Привыкай к своему новому качеству. И к новому имени.

— Какому новому имени?

Митра взял меня за плечо и развернул лицом к зеркальному шкафу. Выглядел я страшно. Митра указал пальцем мне на лоб. Я увидел там рассохшуюся коричневую надпись и вспомнил, как перед смертью Брама написал что-то кровью у меня на лбу.

— А-М-А-Т, — прочел я по буквам, — нет, А-М-А-Ч...

— Рама, — поправил Митра. — Вампиры носят имена богов, таков древний обычай. Но все боги разные. Подумай над смыслом своего имени. Это лампа, которая будет освещать тебе дорогу.

Он замолчал, видимо ожидая вопроса. Но вопросов у меня не было.

— Это так принято говорить — про лампу, — пояснил Митра. — Тоже традиция. Но если честно, ты и без лампы не заблудишься. Потому что дорога у вампиров одна. И гулять по ней можно только в одну сторону, хоть с лампой, хоть без.

И он засмеялся.

— Теперь мне пора, — сказал он. — Встретимся во время великого грехопадения.

Я решил, что Митра шутит.

— Что это такое?

— Это нечто вроде экзамена на право быть вампиром.

— У меня неважно с экзаменами, — сказал я. — Я их проваливаю.

— Никогда не вини себя в том, в чем можно обвинить систему. Ты написал очень хорошее сочинение, искреннее и свежее. Оно даже свидетельствует о твоем литературном таланте. Просто на вершине Фудзи ждали других улиток.

— Ты меня укусил?

Он кивнул, сунул руку в карман и вынул узкую, с сигарету размером стеклянную трубку, закрытую с обеих сторон пластмассовыми втулками. В ней было несколько капель крови.

— Это твое личное дело. С ним ознакомятся и другие. Наши старшие.

И он выразительно посмотрел куда-то вверх.

— Теперь о бытовых проблемах. В секретере деньги, которые могут тебе понадобиться. Еду тебе будут приносить из ресторана внизу. Домработница будет убирать здесь два раза в неделю. Если что-то нужно, купи.

— Куда я пойду с такой рожей? — спросил я и кивнул на свое отражение.

— Это скоро пройдет. А я распоряжусь, чтобы тебе привезли все необходимое. Одежду и обувь.

— Сказать размер?

— Не надо, — ответил он и цокнул языком. — Я знаю.

ЭНЛИЛЬ

В детстве мне часто хотелось чудесного. Наверно, я бы не отказался стать летающим тибетским йогом, как Миларепа, или учеником колдуна, как Карлос Кастанеда и Гарри Поттер. Я согласился бы и на судьбу попроще: стать героем космоса, открыть новую планету или написать один из тех великих романов, которые сотрясают человеческое сердце, заставляя критиков скрипеть зубами и кидаться калом со дна своих ям.

Но стать вампиром... Сосать кровь...

Ночью меня мучили кошмары. Я видел своих знакомых — они оплакивали мою беду и извинялись, что не смогли мне помочь. Ближе к утру мне приснилась мать. Она была грустной и ласковой — такой я давно не помнил ее в жизни. Прижимая к глазам платок с гербом баронов фон Шторквинкель, она шептала:

— Ромочка, моя душа стерегла твой сон над твоей кроваткой. Но ты приклеил меня к стене клеем «Момент», и я ничем не смогла тебе помочь!

Я не знал, что ответить, но на помощь пришел язык, который внимательно смотрел эти сны вместе со мной (для него, похоже, не было особой разницы между сном и явью).

— Извините, но вы не его мама, — сказал он моим голосом. — Его мама сказала бы, что он этот клей нюхает.

После этого я проснулся.

Я лежал в огромной кровати под расшитым коричнево-золотым балдахином. Такая же коричнево-золотая штора плотно закрывала окно; обстановка была, что называется, готичной. На тумбе рядом с кроватью стоял черный эбонитовый телефон, стилизованный под пятидесятые годы прошлого века.

Я встал и поплелся в ванну.

Увидев себя в зеркале, я отшатнулся. Половину моего лица занимали черно-лиловые синяки вокруг глаз, какие бывают при сотрясении мозга. Вчера их не было. Они выглядели жутко. Но все остальное было не так уж плохо. Кровь я отмыл еще вечером; на шее под челюстью осталась только черная засохшая дырка, похожая на след проткнувшего кожу гвоздя. Она не кровоточила и не болела — было даже странно, что такая маленькая ранка могла причинить мне такую жуткую боль.

Мой рот выглядел как раньше, за исключением того, что на припухшем нёбе выступил густой оранжевый налет. Область, где он появился, слегка онемела. Дыры на месте выпавших клыков жутко зудели, и в черных ранках видны были сахарно-белые кончики новых зубов — они росли неправдоподобно быстро.

Ядро внутри уже не мешало — хотя никуда не исчезло. За ночь я почти привык. Я чувствовал равнодушную отрешенность, словно все происходило не со мной, а с каким-то другим человеком, за которым я следил из четвертого измерения. Это придавало происходящему приятную необязательность и казалось залогом незнакомой прежде свободы — но я был еще слишком слаб, чтобы заниматься самоанализом.

Приняв душ, я занялся осмотром квартиры. Она поражала размерами и мрачной роскошью. Кроме спальни и комнаты с картотекой, здесь была комната-кинозал с коллекцией масок на стенах (венецианские, африканские, китайские и еще какие-то, которые я не смог классифицировать) и еще что-то вроде гостиной с камином и креслами, где на самом почетном месте стоял антикварный радиоприемник в корпусе красного дерева.

Была комната, назначения которой я не смог понять, — даже не комната, а скорее большой чулан, пол которого покрывали толстые мягкие подушки. Его стены были задрапированы черным бархатом с изображением звезд, планет и солнца (у всех небесных тел были человеческие лица — непроницаемые и мрачные). В центре чулана была конструкция, напоминающая огромное серебряное стремя: перекладина, прикрепленная к изогнутой металлической штанге, которая висела на спускающейся с потолка цепи. Из стены торчал металлический вентиль, поворачивая который можно было опускать и поднимать штангу над подушками. Зачем нужно такое устройство, я не мог себе представить. Разве для того, чтобы поселить в чулане огромного попугая, любящего одиночество... Еще на стенах чулана были какие-то белые коробочки, похожие на датчики сигнализации.

Комната с картотекой, где застрелился Брама, была мне, по крайней мере, знакома. Я уже провел в ней немало времени, поэтому чувствовал себя вправе изучить ее детальнее.

Это, видимо, был рабочий кабинет прежнего хозяина — хотя в чем могла заключаться его работа, сказать было трудно. Открыв наугад несколько ящиков в картотеке, я обнаружил в них пластмассовые рейки с обоймами пробирок, закрытых черными резиновыми пробками. В каждой было два-три кубика прозрачной жидкости.

Я догадывался, что это такое. Митра давал мне попробовать препарат «Виндоуз хр-р» из похожей пробирки. Видимо, это была какая-то вампирическая библиотека. Пробирки были помечены номерами и буквами. На каждом ящике картотеки тоже был индекс — комбинация нескольких букв и цифр. Видимо, к библиотеке должен был существовать каталог.

На стене висели две картины с обнаженной натурой. На первой в кресле сидела голая девочка лет двенадцати. Ее немного портило то, что у нее была голова немолодого лысого Набокова; соединительный шов в районе шеи был скрыт галстуком-бабочкой в строгий буржуазный горошек. Картина называлась «Лолита».

Вторая картина изображала примерно такую же девочку, только ее кожа была очень белой, а сисечек у нее не было совсем. На этой картине лицо Набокова было совсем старым и дряблым, а маскировочный галстук-бабочка на соединительном шве был несуразно большим и пестрым, в каких-то кометах, петухах и географических символах. Эта картина называлась «Ада».

Некоторые физические особенности детских тел различались, но смотреть на девочек было неприятно и даже боязно из-за того, что глаза двух Набоковых внимательно и брезгливо изучали смотрящего — этот эффект неизвестному художнику удалось передать мастерски.

Мне вдруг показалось, что в шею подул еле заметный ветерок.

— Владимир Владимирович Набоков как воля и представление, — сказал за моей спиной звучный бас.

Я испуганно обернулся. В метре от меня стоял невысокий полный мужчина в черном пиджаке поверх темной водолазки. Его глаза были скрыты зеркальными черными очками. На вид ему было пятьдесят-шестьдесят лет; у него были густые брови, крючковатый нос и высокий лысый лоб.

— Понимаешь, что хотел сказать художник? — спросил он.

Я отрицательно помотал головой.

— Романы Набокова «Лолита» и «Ада» — это варианты трехспальной кровати «Владимир с нами». Таков смысл.

Я посмотрел сначала на Лолиту, потом на Аду — и заметил, что ее молочно-белая кожа изрядно засижена мухами.

— Лолита? — переспросил я. — Это от «LOL»?

— Не понял, — сказал незнакомец.

— «Laughed out loud», — пояснил я. — Термин из Сети. По-русски будет «ржунимагу» или «пацталом». Получается, Лолита – это девочка, которой очень весело.

— Да, — вздохнул незнакомец, — другие времена, другая культура. Иногда чувствуешь себя просто каким-то музейным экспонатом... Ты читал Набокова?

— Читал, — соврал я.

— Ну и как тебе?

— Бред сивой кобылы, — сказал я уверенно.

С такой рецензией невозможно было попасть впросак, я это давно понял.

— О, это в десятку, — сказал незнакомец и улыбнулся. — Ночной кошмар по-английски «night mare», «ночная кобыла». Владимир Владимирович про это где-то упоминает. Но вот почему сивая? А-а-а! Понимаю, понимаю.... Страшнейший из кошмаров — бессонница... Бессонница, твой взор уныл и страшен... Insomnia, your stare is dull and ashen... Пепельный, седой, сивый...

Я вспомнил, что дверь черного хода все время оставалась открытой. Видимо, в квартиру забрел сумасшедший.

— Вся русская история, — продолжал незнакомец, — рушится в дыру этого ночного кошмара... И главное, моментальность перехода от бреда к его воплощению. Сивка-Бурка... Началось с кошмара, бреда сивой кобылы — и пожалуйста, сразу Буденный на крымском косогоре. И стек, и головки репейника...

Он уставился куда-то вдаль.

А может, и не сумасшедший, подумал я.

— Я не совсем понял, — спросил я вежливо, — а почему романы писателя Набокова — это трехспальная кровать?

— А потому что между любовниками в его книгах всегда лежит он сам. И то и дело отпускает какое-нибудь тонкое замечание, требуя внимания к себе. Что невежливо по отношению к читателю, если тот, конечно, не геронтофил... Знаешь, какая у меня любимая эротическая книга?

Напор незнакомца ошеломлял.

— Нет, — сказал я.

— «Незнайка на Луне». Там вообще нет ни слова об эротике. Именно поэтому «Незнайка» — самый эротический текст двадцатого века. Читаешь и представляешь, что делали коротышки в своей ракете во время долгого полета на Луну...

Нет, подумал я, точно не сумасшедший. Наоборот, очень разумный человек.

— Да, — сказал я, — я тоже об этом думал, когда был маленький. А кто вы?

— Меня зовут Энлиль Маратович.

— Вы меня напугали.

Он протянул мне бумажную салфетку.

— У тебя на шее мокро. Вытри.

Я ничего не чувствовал — но сделал, как он велел. На салфетке остались два пятнышка крови размером с копейку. Я сразу понял, почему он заговорил про коротышек.

— Вы тоже... Да?

— Другие здесь не ходят.

— Кто вы?

— В человеческом мире я считался бы начальством, — ответил Энлиль Маратович. — А вампиры называют меня просто координатором.

— Понятно, — сказал я, — а я уже решил, что вы сумасшедший. Бессонница, Набоков на Луне... Это у вас манера отвлекать такая? Чтобы укуса не заметили?

Энлиль Маратович криво улыбнулся:

— Как ты себя чувствуешь?

— Так себе.

— Вид у тебя, прямо скажем, неважнецкий. Но так всегда бывает. Я принес тебе мазь, смажешь синяки на ночь. Утром все пройдет. И еще я принес таблетки кальция — каждый день надо принимать пятнадцать штук. Это для зубов.

— Спасибо.

— Я вижу, — сказал Энлиль Маратович, — ты не очень-то рад тому, что с тобой приключилось. Не ври, не надо. Я знаю. Все нормально. И даже замечательно. Это означает, что ты хороший человек.

— А разве вампир должен быть хорошим человеком?

Брови Энлиля Маратовича залезли высоко на лоб.

— Конечно! — сказал он. — А как иначе?

— Но ведь... — начал я, но не договорил.

Я хотел сказать, что вовсе не надо быть хорошим человеком, чтобы сосать чужую кровь, скорее наоборот — но мне показалось, это прозвучит невежливо.

— Рама, — сказал Энлиль Маратович, — ты не понимаешь, кто мы на самом деле. Все, что ты знаешь про вампиров, неправда. Сейчас я тебе кое-что покажу. Иди за мной.

Я последовал за ним, и мы пришли в комнату, где были камин и кресла. Энлиль Маратович приблизился к камину и указал на висящую над ним черно-белую фотографию летучей мыши. Снимок был сделан с близкого расстояния. У мыши были черные бусинки глаз, собачьи уши торчком и морщинистый нос, похожий на свиной пятачок. Она походила на помесь поросенка и собаки.

— Что это? — спросил я.

— Это *Desmondus Rotundus.* Летучая мышь-вампир. Встречается в Америке по обе стороны от экватора. Питается красной жидкостью из тел крупных животных. Живет большими семьями в старых пещерах.

— А почему вы мне ее показываете?

Энлиль Маратович опустился в кресло и жестом велел мне сесть напротив.

— Если послушать сказки, которые рассказывают в Центральной Америке об этом крохотном создании, — сказал он, — покажется, что страшнее нет существа на свете. Тебе скажут, что эта летучая мышь — исчадие ада. Что она может принимать форму человека, чтобы завлечь жертву в чащу. Что стаи этих мышей способны до смерти загрызть заблудившихся в лесу. И массу подобной чепухи. Найдя пещеру, где живут мыши-вампиры, люди выкуривают их дымом. Или вообще взрывают все динамитом...

Он поглядел на меня так, словно мне следовало что-то сказать в ответ. Но я не знал что.

— Люди по непонятной причине считают себя носителями добра и света, — продолжал он. — А вампиров полагают мрачным порождением зла. Но если поглядеть на факты... Попробуй назвать мне хоть одну причину, по которой люди лучше мышей-вампиров.

— Может быть, — сказал я, — люди лучше, потому что помогают друг другу?

— Люди делают это крайне редко. А мыши-вампиры помогают друг другу всегда. Они делятся друг с другом пищей, которую приносят домой. Еще?

Больше мне ничего не пришло в голову.

— Человек, — сказал Энлиль Маратович, — это самый жуткий и бессмысленный убийца на Земле. Никому из живых существ вокруг себя он не сделал ничего хорошего. А что касается плохого... Перечислять не надо?

Я отрицательно помотал головой.

— А эта крохотная зверюшка, которую человек избрал эмблемой своих тайных страхов, не убивает никого вообще. Она даже не причиняет серьезного вреда. Аккуратно прорезав кожу передними резцами, она выпивает свои два кубика, не больше и не меньше. Что за беда, допустим, для быка или лошади? Или для человека? Выпустить немного красной жидкости из жил считается полезным с медицинской точки зрения. Описан, например, случай, когда мышь-вампир спасла умиравшего от лихорадки католического монаха. Но, — он назидательно поднял вверх палец, — не описано ни одного случая, когда католический монах спас умирающую от лихорадки летучую мышь...

На это трудно было возразить.

— Запомни, Рама, все представления людей о вампирах ложны. Мы совсем не те злобные монстры, какими нас изображают...

Я поглядел на фотографию мыши. Ее мохнатая мордочка действительно не казалась угрожающей, — скорее, она была умной, нервной и немного испуганной.

— А кто же мы тогда? — спросил я.

— Ты знаешь, что такое пищевая цепь? Или, как иногда ее называют, цепь питания?

— Типа Макдоналдса?

— Не совсем. Макдоналдс — это fast-food chain, «цепь быстрого питания». A food chain, или просто «цепь питания», — это растения и животные, связанные друг с другом отношениями «пища — потребитель пищи». Как кролик и удав, как кузнечик и лягушка...

Он улыбнулся и подмигнул мне:

— ...или как лягушка и француз. Ну или как француз и могильный червь. Считается, что люди — вершина пирамиды, поскольку они могут есть кого угодно, когда угодно, как угодно и в каком угодно количестве. На этом основано человеческое самоуважение. Но на самом деле у пищевой цепи есть более высокий этаж, о котором люди в своем большинстве не имеют понятия. Это мы, вампиры. Мы высшее на Земле звено. Предпоследнее.

— А какое звено последнее? — спросил я.

— Бог, — ответил Энлиль Маратович.

Я ничего на это не сказал, только вжался в кресло.

— Вампиры не только высшее звено пищевой цепи, — продолжал Энлиль Маратович, — они еще и самое гуманное звено. Высокоморальное звено.

— Но мне кажется, — сказал я, — что паразитировать на других все же нехорошо.

— А разве лучше лишать животное жизни, чтобы съесть его мясо?

Я опять не нашелся что сказать.

— Как гуманнее, — продолжал Энлиль Маратович, — доить коров, чтобы пить их молоко, или убивать их, чтобы пустить на котлеты?

— Доить гуманнее.

— Конечно. Даже граф Лев Николаевич Толстой, который оказал на вампиров большое влияние, согласился бы с этим. Вампиры, Рама, так и поступают. Мы никого не убиваем. Во всяком случае, с гастрономической целью. Деятельность вампиров больше похожа на молочное животноводство.

Мне показалось, что он немного передергивает — совсем как Митра.

— Эти вещи нельзя сравнивать, — сказал я. — Люди специально разводят коров. К тому же коров искусственно вывели. В дикой природе таких не водится. Вампиры ведь не выводили людей, верно?

— Откуда ты знаешь?

— Вы хотите сказать, что вампиры искусственно вывели человека?

— Да, — ответил Энлиль Маратович. — Я хочу сказать именно это.

Я подумал, что он шутит. Но его лицо было совершенно серьезным.

— А как вампиры это сделали?

— Ты все равно ничего не поймешь, пока не изучишь гламур и дискурс.

— Не изучу чего?

Энлиль Маратович засмеялся.

— Гламур и дискурс, — повторил он. — Две главные вампирические науки. Видишь, ты даже не знаешь, что это такое. А собираешься говорить о таких сложных материях. Когда ты получишь достойное образование, я сам расскажу тебе про историю творения и про то, как вампиры используют человеческий ресурс. Сейчас мы просто зря потратим время.

— А когда я буду изучать гламур и дискурс?

— С завтрашнего дня. Курс будут читать два наших лучших специалиста, Бальдр и Иегова. Они придут к тебе утром, так что ложись спать пораньше. Еще вопросы?

Я задумался.

— Вы говорите, что вампиры вывели людей. А почему тогда люди считают их злобными монстрами?

— Это скрывает истинное положение дел. И потом, так веселее.

— Но ведь человекоподобные приматы существуют на Земле много миллионов лет. А человек — сотни тысяч. Как же вампиры могли его вывести?

— Вампиры живут на Земле неизмеримо долго. И люди — далеко не первое, что служит им пищей. Но сейчас, я повторяю, об этом говорить рано. У тебя есть еще какие-нибудь вопросы?

— Есть, — сказал я. — Но я не знаю, может быть, вы снова скажете, что об этом рано говорить.

— Попробуй.

— Скажите, каким образом вампир читает мысли другого человека? Когда сосет кровь?

Энлиль Маратович наморщился.

— «Когда сосет кровь», — повторил он. — Фу. Запомни, Рама, мы так не говорим. Мало того что это вульгарно, это может оскорбить чувства некоторых вампиров. Со мной — пожалуйста. Я и сам могу красное словцо ввернуть. Но вот другие, — он мотнул головой куда-то в сторону, — не простят.

— А как говорят вампиры?

— Вампиры говорят «во время дегустации».

— Хорошо. Каким образом вампир читает мысли другого человека во время дегустации?

— Тебя интересует практический метод?

— Метод я уже знаю, — сказал я. — Я хочу научное объяснение.

Энлиль Маратович вздохнул.

— Видишь ли, Рама, любое объяснение есть функция существующих представлений. Если это научное объяснение, то оно зависит от представлений, которые есть в науке. Скажем, в Средние века считали, что чума передается сквозь поры тела. Поэтому для профилактики людям запрещали посещать баню, где поры расширяются. А сейчас наука считает, что чуму переносят блохи, и для профилактики людям советуют ходить в баню как можно чаще. Меняются представления, меняется и вердикт. Понимаешь?

Я кивнул.

— Так вот, — продолжал он, — в современной науке нет таких представлений, которые позволили бы, опираясь на них, научно ответить на твой вопрос. Я могу объяснить это только на примере из другой области, с которой ты знаком... Ты ведь разбираешься в компьютерном деле?

— Немного, — сказал я скромно.

— Разбираешься, и неплохо — я видел. Вспомни, почему фирма «Microsoft» так старалась вытеснить с рынка интернет-браузер «Netscape»?

Мне было приятно щегольнуть эрудицией.

— В то время никто не знал, как будут эволюционировать компьютеры, — сказал я. — Было две концепции развития. По одной, вся личная информация пользователя должна была храниться на хард-диске. А по другой, компьютер превращался в простое устройство для связи с Сетью, а информация хранилась в Сети. Пользователь подключался к линии, вводил пароль и получал доступ к своей ячейке. Если бы победила эта концепция, тогда монополистом на рынке оказался бы не «Microsoft», а «Netscape».

— Вот! — сказал Энлиль Маратович. — Именно. Я сам ни за что бы так ясно не сформулировал. Теперь представь себе, что человеческий мозг — это компьютер, про который никто ничего не знает. Сейчас ученые считают, что он похож на хард-диск, на котором записано все известное человеку. Но может оказаться и так, что мозг — просто модем для связи с Сетью, где хранится вся информация. Можешь такое вообразить?

— В общем, да, — сказал я. — Вполне.

— Ну а дальше все просто. Когда пользователь связывается со своей ячейкой, он вводит пароль. Если ты перехватываешь пароль, ты можешь пользоваться чужой ячейкой точно так же, как своей собственной.

— Ага. Понял. Вы хотите сказать, что пароль — это какой-то информационный код, который содержится в крови?

— Ну пожалуйста, не надо употреблять это слово, — наморщился Энлиль Маратович. — Отвыкай с самого начала. Запомни: на письме ты можешь пользоваться словом на букву «к» сколько угодно, это нормально. Но в устной речи это для вампира непристойно и недопустимо.

— А что говорить вместо слова на букву «к»?

— Красная жидкость, — сказал Энлиль Маратович.

— Красная жидкость? — переспросил я.

Несколько раз я уже слышал это выражение.

— Американизм, — пояснил Энлиль Маратович. — Англосаксонские вампиры говорят «red liquid», а мы копируем. Вообще, это долгая история. В девятнадцатом веке говорили «флюид». Потом это стало неприличным. Когда в моду вошло электричество, стали говорить «электролит» или просто «электро». Затем это слово тоже стало казаться грубым, и начали говорить «препарат». Потом, в девяностых, стали говорить «раствор». А теперь вот «красная жидкость»... Полный маразм, конечно. Но против течения не пойдешь.

Он посмотрел на часы.

— Еще вопросы?

— Скажите, — спросил я, — а что это за чулан с вешалкой?

— Это не чулан, — ответил Энлиль Маратович. — Это хамлет.

— Хамлет? — переспросил я. — Из Шекспира?

— Нет, — сказал Энлиль Маратович. — Это от английского «hamlet», крохотный хуторок без церкви. Так сказать, безблагодатное убежище. Хамлет — это наше все. Он связан с немного постыдным и очень, очень завораживающим аспектом нашей жизни. Но об этом ты узнаешь позже.

Он встал с кресла.

— А теперь мне действительно пора.

Я проводил его до порога.

Повернувшись в дверях, он церемонно поклонился, посмотрел мне в глаза и сказал:

— Мы рады, что ты снова с нами.

— До свидания, — пролепетал я.

Дверь за ним закрылась.

Я понял, что его последняя фраза была адресована не мне. Она была адресована языку.

БАЛЬДР

Мазь, которую оставил Энлиль Маратович, подействовала неправдоподобно быстро — на следующее утро синяки под моими глазами исчезли, словно я смыл с лица грим. Теперь, если не считать двух отсутствующих зубов, я выглядел в точности как раньше, отчего мое настроение сильно улучшилось. Зубы тоже росли — мне все время хотелось почесать их. Кроме того, я перестал сипеть — мой голос звучал как прежде. Приняв положенное количество кальция, я решил позвонить матери.

Она спросила, где я пропадаю. Это была ее любимая шутка, означавшая, что она попивает коньячок и находится в благодушном настроении. Вслед за этим вопросом всегда следовал другой: «А ты понимаешь, что рано или поздно ты действительно пропадешь?»

Дав ей возможность задать его, я наврал про встречу одноклассников и дачу без телефона, а потом сказал, что буду теперь жить на съемной квартире и скоро заеду домой за вещами. Мать сухо предупредила, что наркоманы не живут дольше тридцати лет, и повесила трубку. Семейный вопрос был улажен.

Затем позвонил Митра.

— Спишь? — спросил он.

— Нет, — ответил я, — уже встал.

— Энлилю Маратовичу ты понравился, — сообщил Митра. — Так что первый экзамен, можно считать, ты сдал.

— Он говорил, что сегодня придут какие-то учителя.

— Правильно. Учись и ни о чем не думай. Стать вампиром можно только тогда, когда всосешь все лучшее, что выработано мыслящим человечеством...

Как только я положил трубку, раздался звонок в дверь. Выглянув в глазок, я увидел двух человек в черном. В руках у них были темные акушерские саквояжи.

— Кто там? — спросил я.

— Бальдр, — сказал один голос, густой и низкий.

— Иегова, — добавил другой, потоньше и повыше.

Я открыл дверь.

Стоявшие на пороге напомнили мне пожилых отставников откуда-нибудь из ГРУ — румяных спортивных мужиков, которые ездят на приличных иномарках, имеют хорошие квартиры в спальных районах и собираются иной раз на подмосковной даче бухнуть и забить «козла». Впрочем, нечто в блеске их глаз заставило меня понять, что этот простецкий вид — просто камуфляж.

В этой паре была одна странность, которую я ощутил сразу же. Но в чем именно она состоит, я понял только тогда, когда Бальдр и Иегова стали приходить поодиночке. Они были одновременно и похожи друг на друга, и нет. Когда я видел их вместе, между ними было мало общего. Но, встречая их по отдельности, я нередко путал их, хотя они были разного роста и не особо схожи лицом.

Бальдр был учителем гламура. Иегова — учителем дискурса. Полный курс этих предметов занимал три недели. По объему усваиваемой информации он равнялся университетскому образованию с последующей магистратурой и получением степени Ph.D.

Надо признаться, что в то время я был бойким, но невежественным юношей и неверно понимал смысл многих слов. Я часто слышал термины «гламур» и «дискурс», но представлял их значение смутно: считал, что «дискурс» — это что-то умное и непонятное, а «гламур» — что-то шикарное и дорогое. Еще эти слова казались мне похожими на названия тюремных карточных игр. Как выяснилось, последнее было довольно близко к истине.

Когда процедура знакомства была завершена, Бальдр сказал:

— Гламур и дискурс — это два главных искусства, в которых должен совершенствоваться вампир. Их сущностью является маскировка и контроль — и, как следствие, власть. Умеешь ли ты маскироваться и контролировать? Умеешь ли ты властвовать?

Я отрицательно покачал головой.

— Мы тебя научим.

Бальдр и Иегова устроились на стульях по углам кабинета. Мне велели сесть на красный диван.

Это был тот самый диван, на котором застрелился Брама; такое начало показалось мне жутковатым.

— Сегодня мы будем учить тебя одновременно, — начал Иегова. — И знаешь почему?

— Потому что гламур и дискурс — на самом деле одно и то же, — продолжил Бальдр.

— Да, — согласился Иегова. — Это два столпа современной культуры, которые смыкаются в арку высоко над нашими головами.

Они замолчали, ожидая моей реакции.

— Мне не очень понятно, о чем вы говорите, — честно сказал я. — Как это одно и то же, если слова разные?

— Они разные только на первый взгляд, — сказал Иегова. — «Glamour» происходит от шотландского слова, обозначавшего колдовство. Оно произошло от «grammar», а «grammar», в свою очередь, восходит к слову «grammatica». Им в Средние века обозначали разные проявления учености, в том числе оккультные практики, которые ассоциировались с грамотностью. Это ведь почти то же самое, что «дискурс».

Мне стало интересно.

— А от чего тогда происходит слово «дискурс»?

— В средневековой латыни был термин «discursus» — «бег туда-сюда», «бегство вперед-назад». Если отслеживать происхождение совсем точно, то от глагола «discurrere». «Currere» означает «бежать», «dis» — отрицательная частица. Дискурс — это *запрещение бегства*.

— Бегства откуда?

— Если ты хочешь это понять, — сказал Бальдр, — давай начнем по порядку.

Он наклонился к своему саквояжу и достал какой-то глянцевый журнал. Раскрыв его на середине, он повернул разворот ко мне.

— Все, что ты видишь на фотографиях, — это гламур. А столбики из букв, которые между фотографиями, — это дискурс. Понял?

Я кивнул.

— Можно сформулировать иначе, — сказал Бальдр. — Все, что человек говорит, — это дискурс...

— А то, как он при этом выглядит, — это гламур, — добавил Иегова.

— Но это объяснение годится только в качестве отправной точки... — сказал Бальдр.

— ...потому что в действительности значение этих понятий намного шире, — закончил Иегова.

Мне стало казаться, что я сижу перед стереосистемой, у которой вместо динамиков — два молодцеватых упыря в черном. А слушал я определенно что-то *психоделическое*, из шестидесятых — тогда первопроходцы рока любили пилить звук надвое, чтобы потребитель ощущал стереоэффект в полном объеме.

— Гламур — это секс, выраженный через деньги, — сказал левый динамик. — Или, если угодно, деньги, выраженные через секс.

— А дискурс, — отозвался правый динамик, — это сублимация гламура. Знаешь, что такое сублимация?

Я отрицательно покачал головой.

— Тогда, — продолжал левый динамик, — скажем так: дискурс — это секс, которого не хватает, выраженный через деньги, которых нет.

— В предельном случае секс может быть выведен за скобки гламурного уравнения, — сказал правый динамик. — Деньги, выраженные через секс, можно представить как деньги, выраженные через секс, выраженный через деньги, то есть деньги, выраженные через деньги. То же самое относится и к дискурсу, только с поправкой на мнимость.

— Дискурс — это мерцающая игра бессодержательных смыслов, которые получаются из гламура при его долгом томлении на огне черной зависти, — сказал левый динамик.

— А гламур, — сказал правый, — это переливающаяся игра беспредметных образов, которые получаются из дискурса при его выпаривании на огне сексуального возбуждения.

— Гламур и дискурс соотносятся как инь и ян, — сказал левый.

— Дискурс обрамляет гламур и служит для него чем-то вроде изысканного футляра, — пояснил правый.

— А гламур вдыхает в дискурс жизненную силу и не дает ему усохнуть, — добавил левый.

— Думай об этом так, — сказал правый, — гламур — это дискурс тела...

— А дискурс, — отозвался левый, — это гламур духа.

— На стыке этих понятий возникает вся современная культура, — сказал правый.

— ...которая является диалектическим единством гламурного дискурса́ и дискурсивного гламура́, — закончил левый.

Бальдр с Иеговой произносили «гламура́» и «дискурса́» с ударением на последнем «а», как старые волки-эксплуатационщики, которые говорят, например, «мазута́» вместо «мазу́та». Это сразу вызывало доверие к их знаниям и уважение к их опыту. Впрочем, несмотря на доверие и уважение, я вскоре уснул.

Меня не стали будить. Во сне, как мне объяснили потом, материал усваивается в четыре раза быстрее, потому что блокируются побочные ментальные процессы. Когда я проснулся, прошло несколько часов. Иегова и Бальдр выглядели усталыми, но довольными. Я совершенно не помнил, что происходило все это время.

Последующие уроки, однако, были совсем другими.

Мы почти не говорили — только изредка учителя диктовали мне то, что следовало записать. В начале каждого занятия они выкладывали на стол одинаковые пластмассовые рейки, по виду напоминающие оборудование из лаборатории для тестирования ДНК. В рейках стояли короткие пробирки с резиновыми пробками. В каждой пробирке было чуть-чуть прозрачной жидкости, а на длинную черную пробку была налеплена бумажка с надписью или номером.

Это были препараты.

Технология моего обучения была простой. Я ронял в рот две-три капли из каждой пробирки и запивал их прозрачной горьковатой жидкостью, которая называлась «закрепителем». В результате в моей памяти вспыхивали целые массивы неизвестных мне прежде сведений — словно осмысленное северное сияние или огни информационного салюта. Это походило на мою первую дегустацию; разница была в том, что знания оставались в памяти и после того, как действие препарата проходило. Это происходило благодаря закрепителю — сложному веществу, влиявшему на химию мозга. При длительном приеме он вредил здоровью, поэтому обучение должно было быть максимально коротким.

Препараты, которые я дегустировал, были коктейлями — сложными составами из красной жидкости множества людей, чьи тени в моем восприятии наслаивались друг на друга, образуя призрачный хор, поющий на заданную тему. Вместе со знаниями я загружался и деталями их личной жизни, часто неприятными и скучными. Никакого интереса к открывавшимся мне секретам я не испытывал, скорее наоборот.

Нельзя сказать, что я усваивал содержащиеся в препаратах знания так же, как нормальный студент усваивает главу из учебника или лекцию. Источник, из которого я питался, походил на бесконечную телепрограмму, где учебные материалы сливались с бытовыми сериалами, семейными фотоальбомами и убогим любительским порно. С другой стороны, если разобраться, любой студент усваивает полезную информацию примерно с таким же гарниром — так что мое обучение можно было считать вполне полноценным.

Сама по себе проглоченная информация не делала меня умнее. Но когда я начинал думать о чем-то, новые сведения неожиданно выныривали из памяти, и ход моих мыслей менялся, приводя меня в такие места, которых я и представить себе не мог за день до этого. Лучше всего подобный опыт передают слова советской песни, которую я слышал на заре своих дней (мама шутила, что это про книгу воспоминаний Брежнева «Малая Земля»):

Я сегодня до зари встану,
По широкому пройду полю, —
Что-то с памятью моей стало,
Все, что было не со мной, помню...

Сначала происходящее казалось мне жутким. Знакомые с детства понятия расцветали новыми смыслами, о которых я раньше не знал или не задумывался. Это происходило внезапно и напоминало те цепные реакции в сознании, когда случайное впечатление воскрешает в памяти забытый ночной сон, который сразу придает всему вокруг особое значение. Я уже знал, что примерно так же выглядят симптомы шизофрении. Но мир с каждым днем делался интереснее, и вскоре я перестал бояться. А потом начал получать от происходящего удовольствие.

К примеру, проезжая в такси по Варшавскому шоссе, я поднимал глаза и видел на стене дома двух медведей под надписью «Единая Россия». Вдруг я вспоминал, что «медведь» — не настоящее имя изображенного животного, а слово-заместитель, означающее «тот, кто ест мед». Древние славяне называли его так потому, что боялись случайно пригласить медведя в гости, произнеся настоящее имя. А что это за настоящее имя, спрашивал я себя, и тут же вспоминал слово «берлога» — место, где лежит... Ну да, бер. Почти так же, как говорят менее суеверные англичане и немцы — «bear», «bär».

Память мгновенно увязывала существительное с нужным глаголом: бер — тот, кто берет... Все происходило так быстро, что в момент, когда истина ослепительно просверкивала сквозь эмблему победившей бюрократии, такси все еще приближалось к стене с медведями. Я начинал смеяться; водитель, решив, что меня развеселила играющая по радио песня, тянул руку к приемнику, чтобы увеличить громкость...

Главной проблемой, которая возникала поначалу, была потеря ориентации среди слов. Пока память не приводила фокусировку в порядок, я мог самым смешным образом заблуждаться насчет их смысла. Синоптик становился для меня составителем синопсисов, ксенофоб — ненавистником Ксении Собчак, патриарх — патриотическим олигархом. Примадонна превращалась в барственную даму, пропахшую сигаретами «Прима», а *enfant terrible* — в ребенка, склонного теребить половые органы. Но самое глубокое из моих прозрений было следующим — я истолковал «Петро-» не как имя Петра Первого, а как указание на связь с нефтяным бизнесом, от слова petrol. По этой трактовке слово «петродворец» подходило к любому шикарному нефтяному офису, а известная строка времен Первой мировой «наш Петербург стал Петроградом в незабываемый тот час» была гениальной догадкой поэта о последствиях питерского саммита G8.

Эта смысловая путаница распространялась даже на иностранные слова: например, я думал, что Gore Vidal — это не настоящее имя американского писателя, а горьковско-бездомный псевдоним, записанный латиницей: Горе Видал, Лука Поел... То же случилось и с выражением «gay pride». Я помнил, что прайдом называется нечто вроде социальной ячейки у львов, и, до того как это слово засветилось в моей памяти своим основным смыслом — «гордость», я успел представить себе прайд гомосексуалистов (видимо, беженцев с гомофобных окраин Европы) в африканской саванне: два вислоусых самца лежали в выгоревшей траве возле сухого дерева, оглядывая простор и поигрывая буграми мышц; самец помоложе качал трицепс в тени баобаба, а вокруг него крутилось несколько совсем еще юных щенят — они мешали, суетились, пищали, и время от времени старший товарищ отпугивал их тихим рыком...

В общем, избыток информации создавал проблемы, очень похожие на те, которые вызывало невежество. Но даже очевидные ошибки иногда вели к интересным догадкам. Вот одна из первых записей в моей учебной тетради:

Слово «западло» состоит из слова «Запад» и формообразующего суффикса «ло», который образует существительные вроде «бухло» и «фуфло». Не рано ли призывать склонный к такому словообразованию народ под знамена демократии и прогресса?

Я развивался быстро и без особых усилий, но одновременно терял свою внутреннюю незаполненность. Иегова предупредил, что эти занятия сделают меня старше, так как реальный возраст человека — это объем пережитого. Воруя чужой опыт, я платил за него своей неопытностью, которая и есть юность. Но в те дни происходящее не вызывало у меня сожалений, потому что запасы этой валюты казались мне безграничными. Расставаясь с ней, я чувствовал себя так, словно я сбрасываю балласт и невидимый воздушный шар поднимает меня в небо.

Обучение дискурсу, по заверениям Бальдра и Иеговы, должно было раскрыть передо мной тайную суть современной общественной мысли. Важное место в программе занимали вопросы, связанные с человеческой моралью, с понятиями о добре и зле. Но мы подходили к ним не снаружи, через изучение того, что люди говорят и пишут, а изнутри, через интимное знакомство с тем, что они думают и чувствуют. Это, конечно, сильно пошатнуло мою веру в человечество.

Глядя на разные человеческие умы, я заметил одну интересную общую особенность. В каждом человеке была своего рода нравственная инстанция, к которой ум честно обращался каждый раз, когда человеку следовало принять сомнительное решение. Эта моральная инстанция давала регулярные сбои — и я понял почему. Вот что я записал по этому поводу:

Люди издавна верили, что в мире торжествует зло, а добро вознаграждается после смерти. Получалось своего рода уравнение, связывавшее землю и небо. В наше время уравнение превратилось в неравенство. Небесное вознаграждение кажется сегодня явным абсурдом. Но торжества зла в земном мире никто не отменял. Поэтому любой нормальный человек, ищущий на земле позитива, естествен-

ным образом встает на сторону зла: это так же логично, как вступить в единственную правящую партию. Зло, на сторону которого встает человек, находится у него в голове, и нигде кроме. Но когда все люди тайно встают на сторону зла, которого нет нигде, кроме как у них в голове, нужна ли злу другая победа?

Понятие о добре и зле упиралось в религию. А то, что я узнал на уроках религии («локального культа», как выражался Иегова), искренне меня поразило. Как следовало из препаратов рейки *«Гнозис+»*, когда христианство только-только возникло, бог Ветхого Завета считался в новом учении дьяволом. А потом, в первых веках нашей эры, в целях укрепления римской державности и политкорректности, бога и дьявола объединили в один молитвенный объект, которому должен был поклоняться православный патриот времен заката империи. Исходные тексты были отсортированы, переписаны и тщательно отредактированы в новом духе, а все остальное, как водится, сожгли.

Вот что я записал в тетрадке:

Каждый народ (или даже человек) в обязательном порядке должен разрабатывать свою религию сам, а не донашивать тряпье, кишащее чужими вшами — от них все болезни... Народы, которые в наше время на подъеме, — Индия, Китай и так далее — ввозят только технологии и капитал, а религии у них местного производства. Любой член этих обществ может быть уверен, что молится своим собственным тараканам, а не позднейшим встав-

*кам, ошибкам переписчика или неточностям перевода. А у нас... Сделать фундаментом национального мировоззрения набор текстов, писанных непонятно кем, непонятно где и непонятно когда, — это все равно что установить на стратегический компьютер пиратскую версию «Виндоуз-95» на турецком языке — без возможности апгрейда, с дырами в защите, червями и вирусами, да еще с перекоцанной неизвестным умельцем динамической библиотекой *.dll, из-за чего система виснет каждые две минуты. Людям нужна открытая архитектура духа, open source. Но иудеохристиане очень хитры. Получается, любой, кто предложит людям такую архитектуру, — это антихрист. Нагадить в далеком будущем из поддельной задницы, оставшейся в далеком прошлом, — вот, пожалуй, самое впечатляющее из чудес иудеохристианства.*

Конечно, некоторые из этих сентенций могут показаться слишком самоуверенными для начинающего вампира. В свою защиту могу сказать только то, что подобные понятия и идеи всегда значили для меня крайне мало.

Дискурс я осваивал легко и быстро, хотя он и настраивал меня на мизантропический лад. Но с гламуром у меня с самого начала возникли сложности. Я понимал почти все до того момента, когда Бальдр сказал:

— Некоторые эксперты утверждают, что в современном обществе нет идеологии, поскольку она не сформулирована явным образом. Но это заблуждение. Идеологией анонимной диктатуры является гламур.

Меня внезапно охватило какое-то мертвенное отупение.

— А что тогда является гламуром анонимной диктатуры?

— Рама, — недовольно сказал Бальдр, — мы же с этого начинали первый урок. Гламуром анонимной диктатуры является ее дискурс.

На словах у Бальдра с Иеговой все выходило гладко, но мне трудно было понять, как это фотки полуголых теток с брильянтами на силиконовых сисях могут быть идеологией режима.

К счастью, был эффективный метод прояснять вопросы такого рода. Если я не понимал чего-то, что говорил Бальдр, я спрашивал об этом на следующем уроке Иегову и получал альтернативное объяснение. А если что-то было неясно в объяснении Иеговы, я спрашивал Бальдра. В итоге я двигался вверх, словно альпинист, враспор упирающийся ногами в стены расщелины.

— Почему Бальдр говорит, что гламур — это идеология? — спросил я у Иеговы.

— Идеология — это описание невидимой цели, которая оправдывает видимые средства, — ответил тот. — Гламур можно считать идеологией, поскольку это ответ на вопрос «Во имя чего все это было?».

— Что — «все это»?

— Возьми учебник истории и перечитай оглавление.

Я к тому времени проглотил уже достаточно концепций и терминов, чтобы продолжить разговор на достойном уровне.

— А как тогда сформулировать центральную идеологему гламура?

— Очень просто, — сказал Иегова. — Переодевание.

— Переодевание?

— Только понимать его надо широко. Переодевание включает переезд с Каширки на Рублевку и с Рублевки в Лондон, пересадку кожи с ягодиц на лицо, перемену пола и все такое прочее. Весь современный дискурс тоже сводится к переодеванию — или новой упаковке тех нескольких тем, которые разрешены для публичного обсуждения. Поэтому мы говорим, что дискурс есть разновидность гламу́ра, а гламур есть разновидность дискурса́. Понял?

— Как-то не слишком романтично, — сказал я.

— А чего ты ждал?

— Мне кажется, гламур обещает чудо. Вы ведь сами говорили, что по первоначальному смыслу это слово значит «колдовство». Разве не за это его ценят?

— Верно, гламур обещает чудо, — сказал Иегова. — Но это обещание чуда маскирует полное отсутствие чудесного в жизни. Переодевание и маскировка — не только технология, но и единственное реальное содержание гламура. И дискурса тоже.

— Выходит, гламур не может привести к чуду ни при каких обстоятельствах?

Иегова немного подумал.

— Вообще-то, может.

— Где?

— Например, в литературе.

Это показалось мне странным — литература была самой далекой от гламура областью, какую я только мог представить. Да и чудес там, насколько я знал, не случалось уже много лет.

— Современный писатель, — объяснил Иегова, — заканчивая роман, проводит несколько дней над подшивкой глянцевых журналов, перенося в текст названия дорогих машин, галстуков и ресторанов, — и в результате его текст приобретает некое отраженное подобие высокобюджетности.

Я пересказал этот разговор Бальдру и спросил:

— Иегова говорит, что это пример гламурного чуда. Но что здесь чудесного? Это ведь обычная маскировка.

— Ты не понял, — ответил Бальдр. — Чудо происходит не с текстом, а с писателем. Вместо инженера человеческих душ мы получаем бесплатного рекламного агента.

Методом двойного вопрошания можно было разобраться почти с любым вопросом. Правда, иногда он приводил к еще большей путанице. Один раз я попросил Иегову объяснить смысл слова «экспертиза», которое я каждый день встречал в интернете, читая про какое-то «экспертное сообщество».

— Экспертиза есть нейролингвистическое программирование на службе анонимной диктатуры, — отчеканил Иегова.

— Ну-ну, — пробурчал Бальдр, когда я обратился к нему за комментарием. — Звонко сказано. Только в реальной жизни не очень понятно, кто кому служит — экспертиза диктатуре или диктатура экспертизе.

— Это как?

— Диктатура, хоть и анонимная, платит конкретные деньги. А единственный реальный результат, который дает нейролингвистическое программирование, — это зарплата ведущего курсы нейролингвистического программирования.

На следующий день я горько пожалел, что задал вопрос про «экспертизу»: Иегова принес на урок целую рейку с названием *«Эксперт. сообщ. № 1–18»*. Пришлось глотать все препараты. Вот что я записал в перерыве между дегустациями:

Любой современный интеллектуал, продающий на рынке свою «экспертизу», делает две вещи: посылает знаки и проституирует смыслы. На деле это аспекты одного волевого акта, кроме которого в деятельности современного философа, культуролога и эксперта нет ничего: посылаемые знаки сообщают о готовности проституировать смыслы, а проституирование смыслов является способом посылать эти знаки. Интеллектуал нового поколения часто даже не знает своего будущего заказчика. Он подобен растущему на панели цветку, корни которого питаются неведомыми соками, а пыльца улетает за край монитора. Отличие в том, что цветок ни о чем не думает, а интеллектуал нового поколения полагает, что соки поступают к нему в обмен на пыльцу, и ведет сложные шизофренические калькуляции, которые должны определить их правильный взаимозачет. Эти калькуляции и являются подлинными корнями дискурса — мохнатыми, серыми и влажными, лежащими в зловонии и тьме.

Прошло всего несколько дней, а я уже знал слово «культуролог». Правда, его я тоже понимал неправильно — это, думал я, уролог, который так подробно изучил мочеполовую систему человека, что добился культового статуса и получил право высказываться по духовным вопросам. Это не казалось мне странным — ведь смог же академик Сахаров, придумавший водородную бомбу, стать гуманитарным авторитетом.

Словом, в голове у меня была полная каша. Но я не видел в этом трагедии — ведь раньше там не было ничего вообще.

Вскоре дела с гламуром пошли совсем кисло (примерно так же обстояло у меня в школе с органической химией). Иногда я казался себе настоящим тупицей. Например, до меня долго не доходило, что такое «вампосексуал» — а это было ключевое понятие курса. Бальдр посоветовал мне понимать его по аналогии со словом «метросексуал» — и я пережил легкое потрясение, когда выяснилось, что это вовсе не человек, любящий секс в метро.

Бальдр объяснил смысл слова «метросексуал» так:

— Это персонаж, который одет как пидор, но на самом деле не пидор. То есть, может, и пидор, но совсем не обязательно...

Это было несколько путано, и я обратился к Иегове за разъяснениями.

— Метросексуальность, — сказал Иегова, — просто очередная упаковка «conspicuous consumption».

— Чего-чего? — переспросил я и тут же вспомнил информацию из недавно проглоченного препарата. — А, знаю. Потребление напоказ. Термин введен Торстоном Вебленом в начале прошлого века...

Дождавшись урока гламура, я повторил это Бальдру.

— Чего Иегова тебе мозги пудрит, — пробормотал тот недовольно. — «Conspicuous consumption».

Это на Западе конспикьюос консампшн. А у нас все надо называть по-русски. Я уже объяснил тебе, кто такой метросексуал.

— Я помню, — сказал я. — А зачем метросексуал наряжается как пидор?

— Как зачем? Чтобы сигнализировать окружающим, что рядом с ним проходит труба с баблом.

— А что тогда такое вампосексуал?

— То, чем ты должен стать, — ответил Бальдр. — Четкой дефиниции здесь нет, все держится на ощущении.

— А почему я должен им стать?

— Чтобы успеть за пульсом времени.

— А если выяснится, что на самом деле пульс времени не такой?

— Какой пульс времени на самом деле, — ответил Бальдр, — никто знать не может, потому что пульса у времени нет. Есть только редакторские колонки про пульс времени. Но если несколько таких колонок скажут, что пульс времени такой-то и такой-то, все начнут это повторять, чтобы идти со временем в ногу. Хотя ног у времени тоже нет.

— Разве нормальный человек верит тому, что пишут в редакторских колонках?

— А где ты видел нормальных людей? Их, может быть, человек сто в стране осталось, и все у ФСБ под колпаком. Все не так просто. С одной стороны, ни пульса, ни ног у времени нет. Но, с другой стороны, все стараются держать руку на пульсе времени и идти с ним в ногу, поэтому корпоративная модель мира регулярно обновляется. В результате люди отпускают прикольные бородки и надевают шелковые галстуки, чтобы их не выгнали из офиса, а вампирам приходится участвовать в этом процессе, чтобы слиться со средой.

— И все-таки я не понимаю, что такое вампосексуал, — признался я.

Бальдр поднял со стола пробирку, оставшуюся после урока дискурса (на пробке была наклейка *«Немецкая классическая философия, розл. Филф. МГУ»)*, и стряхнул себе в рот оставшуюся в ней прозрачную каплю. Пожевав губами, он нахмурился и спросил:

— Помнишь одиннадцатый тезис о Фейербахе?

— Чей? — спросил я.

— Как — чей? Карла Маркса.

Я напряг память.

— Сейчас... «Философы лишь различным образом объясняли мир, но дело заключается в том, чтобы изменить его».

— Вот именно. Твоя задача не в том, чтобы понять, что такое вампосексуал, Рама. Твоя задача — стать им.

Бальдр, конечно, был прав — теория в этой области значила мало. Но курс гламура не сводился к теории. Мне были выданы «подъемные» — тяжелый блок запаянных в пластик тысячерублевых банкнот и карточка «Виза», на которой была сумасшедшая для меня сумма — сто тысяч долларов. Отчета о расходах от меня не требовалось.

— Практикуйся, — сказал Бальдр. — Кончатся — скажешь.

Думаю, именно после этого я утвердился в мысли, что быть вампиром — серьезное и надежное дело.

Вампиру полагалось одеваться и покупать необходимое в двух местах — в магазине «LovemarX» на площади Восстания и в комплексе «Archetypique Boutique» в Пожарском проезде.

Я, кстати, давно обратил внимание на пошлейшую примету нашего времени: привычку давать иностранные имена магазинам, ресторанам и даже написанным по-русски романам, словно желая сказать: мы не такие, мы продвинутые, офшорные, отъевроремонтированные. Это давно уже не вызывало во мне ничего, кроме тошноты. Но названия «LovemarX» и «Archetypique Boutique» я видел так часто, что поневоле перестал раздражаться и подверг их анализу.

Из теоретического курса я знал, что словом «lovemarks» в гламуре называют торговые марки, к которым человек прирастает всем сердцем и видит в них уже не просто внешние по отношению к себе предметы, а скелет своей личности. Видимо, «X» на конце была данью молодежному правописанию — или комсомольским корням (в торговом зале на видном месте стоял мраморный бюст Маркса).

«Архетипик Бутик» оказался целым комплексом бутиков, в котором легко можно было заблудиться. Выбор был больше, чем в «Лавмаркс», но я не любил это место. Ходили слухи, что раньше тут располагалась инспекция ГУЛАГа — то ли геодезическое управление, то ли кадровая служба. Узнав об этом, я понял, почему Бальдр и Митра называют эту точку «архипелаг гламур» или просто «архипелаг».

На стенах в «Архетипик Бутик» во множестве висели фотографии дорогих спортивных машин с дурашливыми подписями вроде «Тачка № 51», «Тачка № 89» и так далее. На товарном чеке присутствовал один из этих номеров, и покупатель, правильно назвавший марку соответствующего автомобиля, получал десятипроцентную скидку.

Я понимал, что это обычный рекламный трюк — покупатель бродит по *архипелагу* в поисках *тачки* и натыкается на новые товары, которые можно будет со временем в эту тачку положить. Но все же взаимный магнетизм этих слов казался жутким.

Была еще одна торговая точка, где следовало покупать безделушки вроде дорогих часов и курительных трубок. Она называлась «Height Reason», *бутик для мыслящей элиты* (так заведение позиционировалось в ознакомительной брошюре). По-русски название записывалось одним — и странным — словом «ХайТризон».

Трубки были мне ни к чему — я не курил. А что касалось дорогих часов, то меня навсегда отпугнула от них реклама «Patek Philippe» из той же ознакомительной брошюры. Там было сказано: «You never actually own a Patek Philippe. You merely look after it for the next generation»[1].

Из «Криминального чтива» Тарантино я помнил, как выглядит технология передачи ценных хронометров следующему поколению: в фильме фигурировали часы, которые отец героя сберегал в прямой кишке, сидя в японском лагере. История бизнесмена Ходорковского делала этот сюжет вполне актуальным и в наших автономиях. Кстати ска-

---

[1] «Вы никогда по-настоящему не владеете часами „Патек Филипп". Вы просто сохраняете их для следующего поколения».

зать, именно с тех пор многочисленные фото Ходорковского за решеткой стали казаться мне рекламой «Патек Филипп» — голые запястья держащегося за решетку предпринимателя делали месседж предельно доходчивым. На мой вкус, хронометр «Патек Филипп» был слишком большим. Сам он, может, и пролез бы, но вот металлический браслет...

В общем, войти в мыслящую элиту нашей страны мне не удалось. Разумеется, как и все лузеры, я утешал себя тем, что не захотел этого сам.

ИЕГОВА

Если Бальдр разъяснял любой вопрос так конкретно, что не понять его суть было тяжело, то Иегова обладал другим достоинством. Он умел в нескольких словах обозначить целое смысловое поле или сориентировать в сложном лабиринте понятий. Часто он прибегал к неожиданным сравнениям.

— Если ты хочешь понять, что такое человеческая культура, — сказал он однажды, — вспомни про жителей Полинезии. Там есть племена, обожествляющие технологию белого человека. Особенно это касается самолетов, которые летают по небу и привозят всякие вкусные и красивые вещи. Такая вера называется «карго-культ». Аборигены строят ритуальные аэродромы, чтобы, так сказать, дождаться кока-колы с неба...

У меня в голове произошла привычная реакция из серии «все, что было не со мной, помню».

— Нет, — сказал я, — это чепуха. Так аборигены говорили американским антропологам, чтобы быстрее отвязаться. Антропологи все равно не поверили бы, что у них могут быть другие желания. Духовная суть карго-культа глубже. Жители Меланезии, где он возник, были так потрясены подвигами камикадзе, что построили для них ритуальные аэродромы, приглашая их души переродиться на архипелаге — на тот случай, если им не хватит места в храме Ясакуни.

— Не слышал, — сказал Иегова, — интересно. Но это ничего не меняет. Аборигены строят не только фальшивые взлетно-посадочные полосы. Еще они делают насыпные самолеты из земли, песка и соломы — наверно, чтобы душам камикадзе было где жить. Эти самолеты бывают очень внушительными. У них может быть по десять двигателей, сделанных из старых ведер и бочек. С художественной точки зрения они могут быть шедеврами. Но земляные самолеты не летают. То же относится к человеческому дискурсу. Вампир ни в коем случае не должен принимать его всерьез.

Я рассказал об этом разговоре Бальдру.

— Выходит, — спросил я, — я тоже учусь строить насыпные самолеты из песка и соломы?

Бальдр смерил меня огненным взглядом.

— Не только, — ответил он. — Еще ты учишься наряжаться при этом как пидор. Чтобы все думали, что рядом с твоим земляным самолетом проходит труба с баблом, и ненавидели тебя еще сильнее. Ты забыл, кто ты, Рама? Ты вампир!

Несколько дней я размышлял над словами Иеговы, читая в интернете избранные образцы отечественного дискурса, в том числе и папашины опусы про «плебс» и «вменяемые элиты». Теперь я понимал в них практически все, включая отсылки к другим текстам, намеки и культурные референции. Они бывали остроумны, тонки и хорошо написаны. И все же Иегова был прав: эти самолеты не предназначались для полета. Я встречал в них много умных слов, но все они звенели мертво и нагло, как бусы людоеда, сделанные из заблудившихся европейских монет.

Вот что я записал в своей тетрадке:

Московский карго-дискурс отличается от полинезийского карго-культа тем, что вместо манипуляций с обломками чужой авиатехники использует фокусы с фрагментами заемного жаргона. Терминологический камуфляж в статье «эксперти» выполняет ту же функцию, что ярко-оранжевый life-jacket с упавшего «боинга» на африканском охотнике за головами: это не только разновидность маскировки, но и боевая раскраска. Эстетической проекцией карго-дискурса является карго-гламур, заставляющий небогатую офисную молодежь отказывать себе в полноценном питании, чтобы купить дорогую бизнес-униформу.

Когда я с гордостью показал эту запись Иегове, он повертел пальцем у виска и сказал:

— Рама, ты не понял главного. Ты, похоже, думаешь, что московский карго-дискурс вторичен по отношению к нью-йоркскому или парижскому, и в этом вся проблема. Но все не так. Любая человеческая культура — это карго-культура. И насыпные самолеты одного племени не могут быть лучше насыпных самолетов другого.

— Почему?

— Да потому, что земляные самолеты не поддаются сравнительному анализу. Они не летают, и у них нет никаких технических характеристик, которые можно было бы соотнести. У них есть только одна функция — магическая. А она не зависит от числа ведер под крыльями и их цвета.

— Но если вокруг нас одни лишь насыпные самолеты, что тогда люди копируют? — спросил я. — Ведь для того, чтобы возник карго-культ, нужно, чтобы в небе пролетел хоть один настоящий самолет.

— Этот самолет пролетел не в небе, — ответил Иегова. — Он пролетел через человеческий ум. Им была Великая Мышь.

— Вы имеете в виду вампиров?

— Да, — сказал Иегова. — Но сейчас эту тему бессмысленно обсуждать. У тебя недостаточно знаний.

— Только один вопрос, — сказал я. — Вы говорите, вся человеческая культура — это карго-культ. А что тогда люди строят вместо земляных самолетов?

— Города.

— Города?

— Да, — ответил Иегова, — и все остальное.

Я попытался поговорить с Бальдром, но он тоже отказался обсуждать эту тему.

— Рано, — сказал он. — Не спеши. Усваивать знания нужно в определенной последовательности.

То, что мы проходим сегодня, должно становиться фундаментом для того, что ты узнаешь завтра. Нельзя начинать строительство дома с чердака.

Мне оставалось только согласиться.

Еще одним социальным навыком, которым мне следовало овладеть, была «вамподуховность» (иногда Иегова говорил «метродуховность», из чего я делал вывод, что это примерно одно и то же). Иегова определил ее так: «престижное потребление напоказ в области духа». В практическом плане вамподуховность сводилась к демонстрации доступа к древним духовным традициям в зоне их максимальной закрытости: в реестр входили фотосессии с далай-ламой, документально заверенные знакомства с суфийскими шейхами и латиноамериканскими шаманами, ночные вертолетные визиты на Афон и так далее.

— Неужели и здесь то же самое? — задал я горький и не вполне понятный вопрос.

— И здесь, и везде, — сказал Иегова. — И всегда. Проследи за тем, что происходит во время человеческого общения. Зачем человек открывает рот?

Я пожал плечами.

— Главная мысль, которую человек пытается донести до других, заключается в том, что он имеет доступ к гораздо более престижному потреблению, чем про него могли подумать. Одновременно с этим он старается объяснить окружающим, что их тип потребления гораздо менее престижен, чем они имели наивность думать. Этому подчинены все социальные маневры. Больше того, только эти вопросы вызывают у людей стойкие эмоции.

— Вообще-то, мне в жизни попадались и другие люди, — сказал я с легкой иронией.

Иегова кротко посмотрел на меня.

— Рама, — сказал он, — вот прямо сейчас ты пытаешься донести до меня мысль о том, что ты имеешь доступ к более престижному потреблению, чем я, а мой тип потребления, как сейчас говорят, сосет и причмокивает. Только речь идет о потреблении в сфере общения. Именно об этом движении человеческой души я и говорю. Ничего другого в людях ты не встретишь, как ни ищи. Меняться будет только конкретный тип потребления, о котором пойдет речь. Это может быть потребление вещей, впечатлений, культурных объектов, книг, концепций, состояний ума и так далее.

— Отвратительно, — сказал я искренне.

Иегова поднял палец.

— Но презирать человека за это ни в коем случае нельзя, — сказал он. — Запомни как следует, для вампира это так же постыдно, как для человека — смеяться над коровой из-за того, что у нее между ног болтается уродливое жирное вымя. Мы вывели людей, Рама. Поэтому мы должны любить и жалеть их. Такими, какие они есть. Кроме нас, их не пожалеет никто.

— Хорошо, — сказал я. — А что надо делать, когда кто-нибудь из них вынимает свою фотографию с далай-ламой?

— Надо показать в ответ фотографию, где ты стоишь рядом с Христом, Буддой и Магометом... Впрочем, разумнее, если Магомета не будет. Достаточно стрелки, указывающей на край снимка, возле которой будет написано «там Магомет»...

Мы часто употребляли слово «духовность», и мне в конце концов стало интересно, в чем же его смысл. Изучив эту тему методом случайных дегустаций, я обобщил наблюдения в следующей записи:

«Духовность» русской жизни означает, что главным производимым и потребляемым продуктом в России являются не материальные блага, а понты. «Бездуховность» — это неумение кидать их надлежащим образом. Умение приходит с опытом и деньгами, поэтому нет никого бездуховнее (т. е. беспонтовее) младшего менеджера.

Курс гламура был велик по объему, но почти не запоминался на сознательном уровне. В нем было много дегустаций — мне пришлось перепробовать невероятное количество нелепых образцов, каждый из которых добавлял новую гирьку в мешок жизненного опыта, разбухавший за моими плечами. До сих пор не пойму, как я мог глотать такое:

«падлочка $%»
«blow аю-ю»
«cavalli № 3»
«офтень!»
«пля маша ц.»
«чичики»

Но рейды в мутную мглу чужих душ были не напрасны. Я все четче осознавал происходящее вокруг. Натыкаясь на репортаж о сезоне променад-концертов в Архангельском или на статью о втором фестивале подмосковных яхт на озере Гадючья Мгла, я уже не робел от сознания своего убожества, а понимал, что по мне ведут огонь идеологические работники режима, новые автоматчики партии, пришедшие на смену политрукам и ансамблям народного танца.

То же относилось и к дискурсу. Я начинал догадываться, что схватка двух интеллектуалов, где один выступает цепным псом режима, а другой бесстрашно атакует его со всех возможных направлений, — это не идеологическая битва, а дуэт губной гармошки и концертино, бэкграунд, который должен выгоднее оттенить реальную идеологию, сияющую из гадючьей мглы.

— Если гламур — это идеология режима, — сказал Иегова, — то важнейшими из искусств для нас являются пиар, джиар, биар и фиар. А если попросту, реклама.

«Джиар», кажется, означал «government relations». Что такое «биар» и «фиар», я не знал, но поленился спросить.

Рекламе было посвящено два урока. Мы изучали не человеческие теории на этот счет (Иегова назвал их шарлатанством), а только саму центральную технологию, равно относящуюся к торговле, политике и информации. Иегова определял ее так: нигде не прибегая к прямой лжи, создать из фрагментов правды картину, которая связана с реальностью ровно настолько, насколько это способно поднять продажи. Это звучало просто, но было одно важное уточнение: если связь с реальностью не могла поднять продажи (а она, как правило, не могла), связаться следовало с чем-нибудь другим. Именно сквозь это игольное ушко и шли все караваны.

Среди примеров, иллюстрировавших эту идею, был, например, следующий лингвогеометрический объект:

Об этом не говорят.
Такое не забывают.
Вот — корень всего.

Источник, из которого вышли мы все — и ты,
и те, кого ты пока что считаешь «другими».
Не где-то там, в Гималаях, — а прямо в тебе.

Реально и ощутимо.
Надежно и всерьез.
Это по-настоящему.

Пояснение было следующим:

Пр. 3. Нетрадиционное позиционирование анально-фаллической пенетрации с привлечением контекстов, ортогональных стандартному дискурсу сабжа.

— А почему крест? — спросил я Иегову.

Иегова вытряхнул из пробирки на палец капельку прозрачной жидкости, слизнул ее и некоторое время вглядывался в невидимую даль.

— Ты дальше не посмотрел, — сказал он. — «Почему крест?» — это слоган концепции.

Примером применения центральной технологии в политическом бизнесе был проект лоялистского молодежного движения «True Batch Надежды» (служебный рубрикатор «Surkoff_Fedayeen/built305»). Проект был рассчитан на пробуждение позитивного интереса у англоязычных СМИ и основывался на цитате из позднего Набокова, переводящего раннего Окуджаву:

«Nadezhda I shall then be back
When the true batch outboys the riot...»[1]

Вопроса «Почему трубач?» у меня не возникло. Короткий курс рекламы остался позади, и мы вернулись к общей теории гламура.

Сейчас мне немного смешно вспоминать ту важность, которую я придавал своим тогдашним озарениям, записывая их аккуратным почерком в учебной тетради:

Потребность в научном коммунизме появляется тогда, когда пропадает вера в то, что коммунизм можно построить, а потребность в гламуре возникает, когда исчезает естественная сексуальная привлекательность.

Впрочем, после знакомства с линейками *«Подиумное мясо 05–07»* и *«Шахидки Вельзевула ultimate»* (какой-то вампир-женоненавистник обозвал так девушек-моделей) эта мысль подверглась важному уточнению:

Все не так просто. Что такое естественная сексуальная привлекательность? Когда с близкого расстояния рассматриваешь девушку, которая считается эталоном красоты, видны поры на ее коже, волоски, трещины. В сущности, это просто глупое

---

[1] «Надежда, я приду тогда, когда правильная шобла перепацанит беспорядки...».

молодое животное, натертое французским кремом. Ощущение красоты и безобразия рождается, когда отдаляешься от рассматриваемого объекта и черты лица редуцируются до схематической картинки, которая сравнивается с хранящимися в сознании мультипликационными шаблонами. Откуда берутся эти шаблоны — непонятно, но есть подозрение, что сегодня их поставляет уже не инстинкт размножения, направляемый генетическим кодом, а индустрия гламура. В автоматике такое принудительное управление называется «override». Итак, гламур так же неисчерпаем, как и дискурс.

Были смешные моменты. Один образец оказался в моей программе дважды под разными номерами. Обозначсп оп был так:

«Куратор худпроектов Rh4».

Красная жидкость принадлежала даме средних лет, действительно похожей на шахидку. Ее включили в свои реестры и Бальдр, и Иегова: по их мнению, куратор подвизалась точно посередине между гламуром и дискурсом и была бесценным источником информации. Мне так не показалось. Темой дегустации было изучение внутреннего мира современного художника, но куратор не владела даже профессиональным жаргоном — она лазила за ним в интернет. Зато выяснилась трогательная личная деталь: она испытала оргазм только раз в жизни, когда пьяный любовник обозвал ее лобковой вошью компрадорского капитала.

Я высказал Иегове свое недоумение и услышал, что именно это переживание и было целью урока, поскольку полностью раскрывало тему. Я не поверил. Тогда он дал мне попробовать еще трех художников и одного галериста. После чего я сделал в тетради следующую пометку:

Современный художник — это анальная проститутка с нарисованной жопой и зашитым ртом. А галерист — это человек, который ухитряется состоять при ней сутенером духа, несмотря на абсолютную бездуховность происходящего.

Писатели (которых мы тоже проходили в курсе гламура) были немногим лучше — после знакомства с их линейкой я записал в тетради:

Что самое важное для писателя? Это иметь злобное, омраченное, ревнивое и завистливое эго. Если оно есть, то все остальное приложится.

Различного рода критики, эксперты, сетевые и газетные культурологи (к этому времени я выяснил наконец, что это такое) входили в программу по линии дискурса. Получасовая экскурсия по их вселенной позволила мне сформулировать следующее правило:

Временный рост мандавошки равен высоте объекта, на который она гадит, плюс 0,2 миллиметра.

Последняя запись в курсе гламуродискурса была такой:

Наиболее перспективной технологией продвижения гламура на современном этапе становится антигламур. «Разоблачение гламура» инфильтрует гламур даже в те темные углы, куда он ни за что не проник бы сам.

Не все дегустации имели внятную цель. Бальдр часто заставлял меня заглянуть в другого человека только для того, чтобы я ознакомился с маркой испанской обуви из крокодиловой кожи или линейкой мужских одеколонов из Кельна. Куртуазный английский экономист попадал в гламурный реестр как специалист по сортам дорогого кларета, а следом шло знакомство с японским модельером, делающим лучшие в мире галстуки из шелка (как выяснилось, он был сыном повешенного). Естественно, происходящее казалось мне пустой тратой моих сил.

Но вскоре я стал понимать, что целью этих путешествий было не только поглощение информации, но и трансформация всего моего мышления.

Дело в том, что между умственным процессом вампира и человека есть важное отличие. Думая, вампир использует те же ментальные конструкции, что и человек. Но его мысль движется между ними по другому маршруту, который так же отличается от предсказуемого человеческого мышления, как благородная траектория несущейся сквозь сумрак летучей мыши от кругов городского голубя над зимней помойкой.

— Лучшие из людей способны думать почти как вампиры, — сказал Бальдр. — Они называют это гениальностью.

Комментарий Иеговы был более сдержанным.

— Насчет гениальности не уверен, — сказал он. — Гениальность не поддается ни анализу, ни объяснению. А здесь все довольно прозрачно. Мышление становится вампирическим тогда, когда количество дегустаций переходит в новое качество ассоциативных связей.

Технически мой мозг уже готов был работать поновому. Но инерция человеческой природы брала свое. Я не схватывал многих вещей, которые были очевидны для моих менторов. То, что казалось им логическим мостом, часто было для меня смысловой пропастью.

— У гламура есть два главных аспекта, — сказал на одном из уроков Иегова. — Во-первых, это жгучий, невероятно мучительный стыд за нищее убожество своего быта и телесное безобразие. Вовторых, это мстительное злорадство при виде нищеты и убожества, которые не удалось скрыть другому человеку...

— Как же так? — изумился я. — Ведь гламур — это секс, выраженный через деньги. В любом случае что-то привлекательное. Где оно тут?

— Ты думаешь как человек, — сказал Иегова. — Ну-ка скажи мне сам, где оно тут?

Я задумался. Но ничего не пришло мне в голову.

— Не знаю, — сказал я.

— Ничего не бывает убогим или безобразным само по себе. Нужна точка соотнесения. Чтобы девушка поняла, что она нищая уродина, ей надо открыть гламурный журнал, где ей предъявят супербогатую красавицу. Тогда ей будет с чем себя сравнить.

— А зачем это нужно девушке?

— Ну-ка, объясни сам, — сказал Иегова.

Я задумался.

— Это нужно... — и вдруг вампирическая логика правильного ответа стала мне очевидной, — это нужно, чтобы те, кого гламурные журналы превращают в нищих уродов, и дальше финансировали их из своих скудных средств!

— Правильно, молодец. Но это не главное. Ты говоришь про финансирование гламура, а в чем его цель?

— Гламур движет вперед экономику, потому что его жертвы начинают воровать деньги? — выпалил я наугад.

— Это слишком человеческая логика. Ты же не экономист, Рама, ты вампир. Сосредоточься.

Я молчал — ничего не приходило в голову. Подождав с минуту, Иегова сказал:

— Цель гламура именно в том, чтобы жизнь человека проходила в облаке позора и презрения к себе. Это состояние, которое называют «первородный грех», — прямой результат потребления образов красоты, успеха и интеллектуального блеска. Гламур и дискурс погружают своих потребителей в убожество, идиотизм и нищету. Эти качества, конечно, относительны. Но страдать они заставляют по-настоящему. В этом переживании позора и убожества проходит вся человеческая жизнь.

— А зачем нужен первородный грех?

— Для того, чтобы поставить человеческое мышление в жесткие рамки и скрыть от человека его истинное место в симфонии людей и вампиров.

Я догадывался, что слово «симфония» в этом контексте означает что-то вроде симбиоза. Но все равно мне представился огромный оркестр, где за пультом дирижера стоит Иегова — в черном сюртуке, с вымазанным в крови ртом... Подумав, я сказал:

— Хорошо. Я могу понять, почему гламур — это маскировка. Но почему мы говорим то же самое про дискурс?

Иегова закрыл глаза и стал чем-то похож на учителя джедаев Йоду.

— В Средние века никто не думал об Америке, — сказал он. — Ее не надо было маскировать, просто потому что никому не приходило в голову ее искать. Это и есть лучшая маскировка. Если мы хотим скрыть от людей некий объект, достаточно сделать так, чтобы о нем никто никогда не думал. Для этого надо держать под надзором человеческое мышление, то есть контролировать дискурс. А власть над дискурсом принадлежит тому, кто задает его границы. Когда границы установлены, за их пределами можно спрятать целый мир. Именно в нем ты сейчас и находишься. Согласись, что мир вампиров неплохо замаскирован.

Я кивнул.

— Кроме того, — продолжал Иегова, — дискурс — это еще и магическая маскировка. Вот пример. В мире много зла. Никто из людей не станет с этим спорить, верно?

— Верно.

— Но о том, что именно является источником зла, каждый день спорят все газеты. Это одна из самых поразительных вещей на свете, поскольку человек способен понимать природу зла без объяснений, просто инстинктом. Сделать так, чтобы она стала непонятна, — серьезный магический акт.

— Да, — сказал я грустно. — Это похоже на правду.

— Дискурс служит чем-то вроде колючей проволоки с пропущенным сквозь нее током — только не для человеческого тела, а для человеческого ума. Он отделяет территорию, на которую нельзя попасть, от территории, с которой нельзя уйти.

— А что такое территория, с которой нельзя уйти?

— Как — что? Это и есть гламур! Открой любой глянцевый журнал и посмотри. В центре гламур, а по краям дискурс. Или наоборот — в центре дискурс, а по краям гламур. Гламур всегда окружен или дискурсом, или пустотой, и бежать человеку некуда. В пустоте ему нечего делать, а сквозь дискурс не продраться. Остается одно — топтать гламур.

— А зачем это надо?

— У гламура́ есть еще одна функция, о которой мы пока не говорили, — ответил Иегова. — Она и является самой важной для вампиров. Но сейчас ее рано обсуждать. О ней ты узнаешь после великого грехопадения.

— А когда оно произойдет?

Иегова ответил на этот вопрос молчанием.

Вот так, глоток за глотком и шаг за шагом, я превращался в культурно продвинутого метросексуала, готового нырнуть в самое сердце тьмы.

КАРТОТЕКА

Из моих слов может показаться, что я стал вампиром безо всякой внутренней борьбы. Это неправда.

В первые дни я чувствовал себя так, словно мне сделали тяжелую операцию на мозге. По ночам мне снились кошмары. Я тонул в бездонном черном болоте, окруженном кольцом каменных глыб, или сгорал во рту кирпичного чудища, где почему-то была устроена печь. Но тяжелее любого кошмара был момент, когда я просыпался и ощущал новый центр своей личности, стальную сердцевину, которая не имела со мной ничего общего и в то же время была моей сутью. Так я воспринимал сознание языка, вошедшее с моим умом в симбиоз.

Когда у меня выросли два выпавших клыка (они были такими же, как старые, только чуть белее), кошмары прекратились. Вернее сказать, я просто перестал воспринимать их как кошмары и смирился с тем, что вижу такие сны: нечто похожее мне пришлось проделать, когда я пошел в школу. Моя душа приходила в себя, как оживает оккупированный город или начинают шевелиться пальцы онемевшей руки. Но у меня было чувство, что день и ночь за мной наблюдает невидимая телекамера. Она была установлена у меня внутри, и одна моя часть следила через нее за другой.

Я съездил домой за вещами. Комната, где прошло мое детство, показалась мне маленькой и темной. Сфинкс в коридоре выглядел китчеватой карикатурой. Мать, увидев меня, почему-то растерялась, пожала плечами и ушла к себе. Я не ощущал никакой связи с местом, где прожил столько лет, — все здесь было чужим. Быстро собрав нужные вещи, я бросил в сумку свой ноутбук и поехал назад.

После уроков Бальдра и Иеговы у меня оставалось время, и я стал понемногу исследовать свое новое жилище. Жидкая библиотека в кабинете Брамы с самого начала вызывала у меня любопытство. Я догадывался, что к ней должен существовать каталог; вскоре я нашел его в ящике секретера. Это был альбом в обложке из странной кожи, похожей на змеиную. Он был заполнен от руки; каждому ящику картотеки соответствовала пара страниц, содержавших замечания и короткие комментарии к номерам пробирок.

В каталоге были разделы, которые забавным образом напоминали программу видеосалона. Самым большим оказался эротический — он был разделен на эпохи, страны и жанры. Имена действующих лиц впечатляли: во французском блоке фигурировали Жиль де Рец, мадам де Монтеспан, Генрих IV Бурбон и Жан Марэ (было непонятно, каким образом удалось сохранить красную жидкость всех этих людей, пусть даже в микроскопических дозах).

В военном разделе каталога присутствовали Наполеон, один из поздних сегунов династии Токугава, маршал Жуков и различные селебрити времен Второй мировой, в том числе воздушные асы Покрышкин, Адольф Галланд и Ганс Ульрих Рудель. Некоторые из этих лиц были представлены и в эротическом разделе, но я решил, что это однофамильцы или вообще какой-то условный шифр, увидев такую позицию: *«Ахтунг Покрышкин. Российское гей-комьюнити сороковых годов двадцатого века»*.

Военный и эротический разделы вызвали у меня жгучий интерес — и, как всегда бывает в жизни, вслед за этим последовало такое же жгучее разочарование. Эротическая и военная части картотеки были где-то в другом месте: ящики оказались пусты. Пробирки с препаратами оставались только в трех разделах — «Мастера-масочники», «Пренатальные переживания» и «Литература».

Никакого интереса к изготовителям масок, которые собирал покойный Брама (его коллекция висела на стенах), я не испытывал. К разделу «Литература» тоже — там было множество имен из школьной программы, но я еще помнил тошноту, которую они вызывали на уроках. «Пренатальные переживания» вызвали у меня куда больше любопытства.

Как я понимал, речь шла об опыте человеческого плода в утробе. Я даже представить себе не мог, на что это похоже. Наверно, думал я, какие-то всполохи света, приглушенные звуки из окружающего мира, рокот материнского кишечника, давление на тело — словом, что-то неописуемое, эдакое парение в невесомости, скрещенное с американскими горками.

Решившись, я набрал в пипетку несколько капель из пробирки с названием «Italy-(», уронил их в рот и сел на диван.

Своей бессвязностью и нелогичностью переживание было похоже на сон. Вроде бы я возвращался из Италии, где не успел доделать работу, которой от меня ждали, — что-то связанное с резьбой по камню. Мне было грустно, поскольку там осталось много милых сердцу вещей. Я видел их тени — беседки среди винограда, крохотные кареты (это были детские игрушки, воспоминание о которых сохранилось особенно отчетливо), веревочные качели в саду...

Но я был уже в другом месте, похожем на московский вокзал, — вроде бы я сошел с поезда, нырнул в малоприметную дверь и попал в специализированное здание наподобие научного института. Его как раз переоборудовали — двигали мебель, снимали старый паркет. Я решил, что надо выбраться на улицу, и пошел куда-то по длинному коридору. Сначала он улиткой заворачивался в одну сторону, а потом, после круглой комнаты, стал разворачиваться в другую...

После долгих блужданий по этому коридору я увидел в стене окно, выглянул в него и понял, что ничуть не приблизился к выходу на улицу, а только отдалился от него, поднявшись на несколько этажей над землей. Я решил спросить кого-нибудь, где выход. Но людей вокруг, как назло, не было видно. Я не хотел идти назад по коридору-улитке и стал по очереди открывать все двери, пытаясь кого-нибудь найти.

За одной из дверей оказался кинозал. В нем шла уборка — мыли пол. Я спросил у работавших, как выбраться на улицу.

— Да вон, — сказала мне какая-то баба в синем халате, — прямо по желобу давай. Мы так ездим.

Она указала мне на отверстие в полу — от него вниз шла зеленая пластмассовая шахта вроде тех, что устраивают в аквапарках. Такая система транспортировки показалась мне современной и прогрессивной. Меня останавливала только боязнь, что куртка может застрять в трубе: проход казался слишком узким. С другой стороны, баба, которая посоветовала мне воспользоваться этим маршрутом, была довольно толстой.

— А вы сами так же спускаетесь? — спросил я.

— А то, — сказала баба, наклонилась к трубе и вылила в нее из таза, который был у нее в руках, грязную воду с какими-то перьями. Меня это не удивило, я только подумал, что теперь мне придется ждать, пока труба высохнет...

Здесь переживание кончилось.

К этому дню я уже проглотил достаточно дискурса, чтобы распознать символику сновидения. Я даже догадался, что могут означать метки на пробирках. Видимо, если опыт «Italy-(» кончался ничем, стоявший рядом «France-)» завершался прыжком лирического героя в шахту. Но я не стал проверять эту догадку: по своему эмоциональному спектру пренатальный опыт был малоприятен и напоминал гриппозное видение.

После этого случая я вспомнил известное сравнение: тело внутри материнской утробы похоже на машину, в которую садится готовая к поездке душа. Вот только когда она туда залезает — когда машину начинают строить или когда машина уже готова? Такая постановка вопроса, разделявшая сторонников и противников аборта на два непримиримых лагеря, была, как оказалось, необязательна. В проглоченном мною дискурсе были представлены и более интересные взгляды на этот счет. Среди них был, например, такой: душа вообще никуда не залезает, и жизнь тела похожа на путешествие радиоуправляемого дрона. Существовал и более радикальный подход: это даже не путешествие дрона, а просто трехмерный фильм о таком путешествии, каким-то образом наведенный в неподвижном зеркале, которое и есть душа... Как ни странно, эта точка зрения казалась мне самой правдоподобной, — наверно, потому, что в моем зеркале к этому времени отразилось очень много чужих фильмов, а само оно никуда не сдвинулось — а значит, действительно было неподвижным. Но что это за зеркало? Где оно находится? Тут я понял, что снова думаю про душу, и у меня испортилось настроение.

Через пару дней в одном из ящиков картотеки нашлась приблудная пробирка. В ней было меньше жидкости, чем в остальных. Ее индекс не совпадал с индексом ящика; я проверил его по каталогу и увидел, что препарат называется «Rudel ZOO». Из записей следовало, что речь идет о германском летчике Гансе Ульрихе Руделе. Препарат относился не к военному разделу, а к эротическому. Это была единственная сохранившаяся пробирка оттуда.

Дегустация последовала незамедлительно.

Ничего связанного с боевыми действиями я не увидел — если не считать смазанных воспоминаний об одном рождественском полете над Сталинградом. Никаких всемирно известных злодеев тоже не было. Материал оказался сугубо бытовым — Ганс Ульрих Рудель был запечатлен во время своего последнего визита в Берлин. В черном кожаном пальто, с каким-то невероятным орденом на шее, он снисходительно совокуплялся с бледной от счастья старшеклассницей возле станции метро «Зоо» — почти не таясь, на открытом воздухе. Кроме эротической программы, в препарате осталось воспоминание об огромном бетонном зиккурате с площадками для зенитной артиллерии. Это сооружение выглядело так нереально, что у меня возникли сомнения в достоверности происходящего. В остальном все походило на стильный порнофильм.

Должен признать, что я посмотрел его не раз и не два. У Руделя было лицо интеллигентного слесаря, а школьница напоминала рисунок с рекламы маргарина. Как я понял, интимные встречи незнакомых людей возле станции «Зоо» стали традицией в Берлине незадолго до его падения. Радости в последних арийских совокуплениях было мало — сказывалась нехватка витаминов. Меня поразило, что в промежутках между боевыми вылетами Рудель метал диск на аэродроме, как какой-нибудь греческий атлет. Я совсем иначе представлял себе то время.

Еще через несколько дней я все-таки попробовал препарат из литературного раздела. Покойный Брама был большим ценителем Набокова — это подтверждали портреты на стене. В его библиотеке было не меньше тридцати препаратов, так или иначе связанных с писателем. Среди них были и такие странные пробирки, как, например, «Пастернак + 1/2 Nabokov». Было непонятно, что здесь имеется в виду. То ли речь шла о неизвестной главе из личной жизни титанов, то ли это была попытка смешать их дарования в алхимической реторте в определенной пропорции.

Этот препарат мне и захотелось попробовать. Но меня ждало разочарование. Никаких видений после дегустации меня не посетило. Сначала я решил, что в пробирке просто вода. Но через несколько минут у меня начала чесаться кожа между пальцами, а потом захотелось писать стихи. Я взял ручку и блокнот. Но желание, к сожалению, не означало, что у меня открылся поэтический дар: строчки лезли друг на друга, но не желали отливаться во что-то законченное и цельное.

Исчеркав полблокнота, я родил следующее:

За калину твою,
За твой пиленый тендер с откатом,
За твой снег голубой,
За мигалок твоих купола...

После этого вдохновение наткнулось на непреодолимый барьер. Вступление подразумевало какое-то ответное «я тебе...». А с этим было непросто. Действительно, думал я, пытаясь взглянуть на ситуацию глазами постороннего, — что, собственно, «я тебе» за пиленый тендер с откатом? Приходило в голову много достойных ответов на народном языке, но в стихах они были неуместны.

Я решил, что поэтический эксперимент на этом закончен, и встал с дивана. Вдруг у меня возникло ощущение какой-то назревающей в груди счастливой волны, которая должна была вот-вот вырваться наружу и обдать сверкающей пеной все человечество. Я глубоко вздохнул и позволил ей выплеснуться наружу. После этого моя рука записала:

My sister, do you still recall
The blue Hasan and Khalkhin-Gol?

И это было все. Напоследок только хлопнуло в голове какое-то бредовое трехступенчатое восклицание вроде «хлобысь хламида хакамада», и лампа музы угасла.

Возможно, несовершенство этого опыта было вызвано недостатком эмоционального стройматериала в моей душе. Ведь даже самому великому архитектору нужны кирпичи. А в случае с Набоковым дело могло быть еще и в недостаточности моего английского вокабуляра.

Но эксперимент нельзя было назвать бесполезным. Из него я понял, что существует способ ограничить объем информации, содержащейся в препарате: никаких сведений о личной жизни поэтов в нем не было.

Я решил спросить об этом Митру.

— Ты что, залез в библиотеку? — спросил он недовольно.

— Ну да.

— Не трогай ничего. Тебе на занятиях материала мало? Я могу Иегову попросить, чтобы он тебя загрузил...

— Хорошо, — сказал я, — я не буду больше. Но объясни, как получается, что в образце остается только одно какое-то свойство? Например, только связанное со стихосложением? И никаких картинок?

— Перегонка. Есть специальная технология. Красная жидкость проходит через цилиндрическую спираль в шлеме на голове вампира-чистильщика. Он впадает в особый транс и концентрируется на аспекте опыта, который надо сохранить. При этом все остальные фракции опыта гасятся за счет химических субстанций, которые принимает чистильщик. Так делают, чтобы выделить нужный спектр информации и убрать все остальное. Человеческий опыт вреден и разрушителен. А в больших дозах просто смертелен. Почему, по-твоему, люди мрут как мухи? Именно из-за своего жизненного опыта.

— А почему тогда я глотаю этот опыт ведрами на уроках?

— Это другое, — сказал Митра. — Тебе специально дают неочищенные препараты для того, чтобы ты, так сказать, набрал балласт.

— Зачем он мне?

— Если у корабля не будет балласта, он перевернется и утонет. А если напустить в него немного воды — той же самой, что за бортом, — он приобретет остойчивость. Ты должен быть готов к любому переживанию. Это как прививка. Неприятно, конечно, но ничего не поделаешь. Входит в программу обучения любого вампира.

Даже без запрета я не стал бы дальше экспериментировать с картотекой. Митра был прав: мне приходилось глотать уйму препаратов во время дневных уроков; заниматься тем же самым в свободное время было бы патологией.

Но меня очень интересовал один вопрос.

Из разговора с Энлилем Маратовичем я понял, что вампиры считают людей чем-то вроде дойного скота, специально выведенного, чтобы служить источником пищи. Мне трудно было в это поверить. И не только потому, что человечеству отводилась слишком жалкая роль.

Дело было в том, что я нигде не видел, так сказать, самого механизма доения. Укус, с помощью которого вампир знакомился с чужим внутренним миром, явно не был достаточен для пропитания. Это был просто анализ крови. Значит, должен был существовать другой метод.

Я пытался представить себе, как выглядит этот процесс. Может быть, думал я, вампиры поглощают красную жидкость, собранную в медицинских целях? Или где-то в третьем мире существуют плантации, на которых людей разводят специально?

Эти темы часто встречались в масскульте. Я вспомнил фильм «Остров», где наивных инфантильных людей, предназначенных для разделки на запчасти, выращивали глубоко под землей — они ходили по стерильным коридорам в белых спортивных костюмах и надеялись, что им когда-нибудь повезет в жизни... А в фильме «Блэйд-3» была фабрика с запечатанными в вакуумные пакеты коматозниками, производящими красную жидкость на прокорм вампирам, даже не приходя в себя.

Неужели все так и обстоит?

Была и другая загадка. Вампиры ели обычную человеческую пищу. После занятий я несколько раз обедал с Бальдром и Иеговой — и этот процесс не включал в себя никакой готики. Мы ходили в средней руки ресторан на Садовой, где ели суши. Все было вполне по-человечески. Правда, один раз Иегова заказал себе стакан свежевыжатого томатного сока — и, пока он пил его, двигая своим большим кадыком, это казалось мне до того отталкивающим, что я серьезно усомнился в своей способности стать вампиром. Никаких других действий, напоминающих кровососание или хотя бы намекающих на него, ни Бальдр, ни Иегова при мне ни разу не совершили.

Возможно, красная жидкость принималась в особые ритуальные дни?

Я пытался расспросить Бальдра и Иегову о технологии ее потребления, но каждый раз получал тот же самый ответ, который дал мне Энлиль Маратович: об этом рано говорить, всему свое время, дождись великого грехопадения.

Видимо, думал я, меня ждет особая инициация, после которой вампиры признают меня своим и откроют мне свои мрачные тайны. И тогда, думал я, сжимая кулаки, я вместе с ними начну... Возможно, мне даже будет этого хотеться. Какая мерзость...

Впрочем, котлеты тоже казались мне в детстве мерзостью. Но ведь приучили меня к ним в конце концов.

У меня была надежда, что ответ на мои вопросы может найтись где-то в картотеке. Перелистав каталог еще раз, я действительно нашел нечто любопытное.

Это была странная запись на предпоследней странице журнала. В отдельной ячейке находился препарат, обозначенный так:

«История: Поддержка укуса + Команда Мыши».

Ячейка была под самым потолком. Открыв ее, я не увидел привычной рейки с пробирками. Вместо этого я обнаружил красную коробочку, похожую на футляр от дорогой перьевой ручки. Внутри лежала пробирка — такая же, как и все остальные, только с красной пробкой. Я был заинтригован.

Дождавшись вечера, я решился на дегустацию.

Ответа на свой главный вопрос я не нашел. Но узнал много интересного из другой области.

Я понял наконец, почему укусы Брамы и Энлиля Маратовича были неощутимы. Раньше я думал, что дело в каком-то анестезирующем веществе, которое впрыскивается в ранку, как при укусе больших тропических кровососов. Но я ошибался.

Оказалось, что между укушенным и кусающим возникал мгновенный психический контакт, подобие садомазохистического тандема по схеме «палач – жертва». Этот процесс практически не осознавался жертвой. Тело ощущало укус и понимало все происходящее – но не на уровне человеческой личности, а этажом ниже, в зоне связей и валентностей животного мозга. Выше сигнал не успевал подняться, потому что одновременно с укусом жертва получала как бы сильнейшую пощечину, которая погружала ее в кратковременный ступор и блокировала все стандартные реакции.

Роль пощечины выполняла особая психическая команда, которую посылал язык. У вампиров она называлась «Крик Великой Мыши». Ее природа была неясна, но физическим звуком крик не был точно. Команде было много миллионов лет; она обладала такой силой, что мгновенно подчиняла даже крупного динозавра.

Дело здесь было не в насильственном подавлении чужой воли. Скорее, это напоминало своеобразный биологический пакт, выработанный за многие миллионы лет: покорное животное делилось своей кровью, но сохраняло жизнь. Крик Великой Мыши относился к совсем другой земной эре, но древние области мозга еще помнили весь связанный с ней ужас.

К сожалению, препарат из красного футляра был тщательно очищен и не содержал информации о том, кто пользовался этой командой в древности. Зато выяснились некоторые научные детали. Например, я узнал, что эта команда не фиксировалась высшими психическими центрами, поскольку весь связанный с ней процесс занимал всего триста пятьдесят миллисекунд, что было меньше пороговой длительности событий, осознаваемых человеком и другими крупными животными. В памяти укушенного не оставалось ничего — а если и оставалось, то защитной реакцией мозга было немедленное вытеснение.

Что чувствовали люди во время укуса? Реакция чуть-чуть различалась. Это могло быть иррациональное томление, дурное предчувствие, внезапная слабость. В голову приходили неприятные мысли. Вспоминались умершие родственники, просроченные кредиты и пропущенные футбольные репортажи: ум жертвы сам маскировал происходящее любым доступным способом. Наверное, это был самый необычный из всех изобретенных эволюцией защитных механизмов.

Заодно я узнал тайну своих новых клыков. Они были, как я уже говорил, обычного размера и формы и практически ничем не отличались от моих собственных — разве что были немного белее. Как выяснилось, кожу жертвы пробивали не сами зубы, а генерируемый ими электрический разряд, нечто вроде искры в зажигалке с пьезокристаллом. Электрические железы размещались в нёбе вампира, по краям от его второго мозга — там, где раньше были миндалины. После разряда над ранкой в коже укушенного возникала крохотная зона вакуума, в которую вытягивалось несколько капель крови. Укус сопровождался резким и практически невидимым рывком головы — вампир ловил капли крови в полете и прижимал языком к нёбу, после чего начиналась дегустация. На коже укушенного в идеальном варианте не оставалось никаких следов. В крайнем случае туда могла упасть одна или две капельки красной жидкости; кровотечения после укуса не было никогда. Для жертвы он был совершенно безвреден.

Кроме этих сведений, препарат содержал нечто вроде инструкции на тему «как вести себя во время укуса». Это были советы тактического характера.

Вампиру рекомендовалось делать вид, будто он собирается что-то тихо сказать жертве. Следовало соблюдать осторожность: окружающие не должны были думать, что вампир плюет жертве в ухо, шепчет непристойности, вдыхает аромат чужих духов и так далее — сколько защитников общественной морали, столько могло быть и интерпретаций.

И все это ждало меня впереди.

У художника Дейнеки есть такая картина — «Будущие летчики»: молодые ребята на берегу моря мечтательно глядят в небо, на легкий контур далекого самолета. Если бы я рисовал картину «Будущий вампир», она бы выглядела так: бледный юноша сидит в глубоком кресле возле черной дыры камина и завороженно смотрит на фото летучей мыши.

ПЕРВЫЙ УКУС

Митра позвонил узнать, как дела.

— Нормально, — ответил я хмуро. — Вот только эта норма мне не особо нравится.

— Образно говоришь, — хохотнул Митра. — Язык делает нас интересными собеседниками. У нас даже пословица есть: «Язык до Киева доведет»...

— А какие еще пословицы у вампиров?

— Например, такая: «Ради красного словца не пожалеет ни мать, ни отца». Смысл не надо объяснять?

— Не надо.

— Не понимаю, отчего ты мрачен. Ты хоть понимаешь, что ты теперь совсем другое существо? Намного образованней, совершеннее? Интеллектуально выше?

— У этого другого существа накопилось много вопросов. А на них никто не хочет отвечать.

— Подожди, скоро будешь знать больше, чем захочешь. Всему свое время. Сейчас, например, время предупредить тебя об одной вещи. Чтобы это не было для тебя шоком.

— Что такое? — спросил я встревоженно.

Митра засмеялся.

— У тебя, похоже, уже шок. Скоро ты первый раз укусишь человека. Когда точно, я не знаю — но ждать осталось недолго.

— Я не думаю, что у меня получится, — сказал я.

— Не переживай, — ответил Митра. — Твоя скрипочка заиграет сама.

— Ну и сравнения.

— В самый раз. Помнишь, как у Гумилева: «Но я вижу, ты смеешься, эти взгляды — два луча. На, владей волшебной скрипкой, загляни в глаза чудовищ, и погибни славной смертью...»

Митра сделал интригующую паузу.

— Ламца-дрица ча-ча-ча, — закончил я.

Видимо, препарат «Пастернак + 1/2 Nabokov» еще не выветрился полностью из моего организма.

— Ты просто боишься нового, — сказал Митра. — А бояться не надо. В твоей жизни приближается радостное событие. Первый раз — это... Я не берусь описать. Но воспоминания остаются очень отрадные.

— Что мне надо делать?

— Ничего, я же сказал. Жди. Твой дух сам проявит себя, когда настанет время.

Не могу сказать, что меня ободрило это напутствие. Я вспомнил японский обычай — получив новый меч, самураю следовало ночью выйти за окраину города и срубить голову первому встречному. Меня томило чувство, что я должен сделать нечто похожее. Но язык пребывал в равнодушном покое, и эта уверенная в себе тяжесть в самом центре души успокаивала, словно приложенный ко лбу лед... Я понимаю, что слова «в центре души» звучат странно — у души ведь никакого центра нет. Но это у нормальной души, а у моей он был.

Произошло все совсем не так, как я предполагал. Первый вампирический опыт оказался связан не столько с Танатосом, сколько с его многолетним партнером Эросом. Но назвать это событие приятным мне трудно все равно.

Однажды днем, сразу после занятий с Бальдром, я уснул. Проснувшись через несколько часов, я почувствовал внезапное желание выйти на прогулку. Надев джинсы и черную футболку с одним из Симпсонов (в этом наряде я когда-то ходил на работу в универсам), я вышел из квартиры.

Город тонул в вечернем солнце. Я шел по улице, мучаясь неясным томлением — хотелось то ли курить, чего я никогда не практиковал, то ли выпить пива, чего я никогда не любил. Я испытывал потребность что-то сделать, но не понимал, что именно и как. И вдруг это стало ясно.

Не берусь объяснить, каким образом я выбрал цель. Просто в какой-то момент оказалось, что она выбрана. Произошло это так: я увидел в толпе девушку, которая шла мне навстречу. На ней было светлое клетчатое платье, а в руке — белая сумка. Посмотрев на меня, она прошла мимо. Безо всяких сомнений или колебаний я развернулся и пошел за ней следом.

Я понял, что сейчас произойдет. У меня было ощущение, что действую уже не я — язык взял на себя управление моей волей. Я действительно чувствовал себя лошадью, которая несет в атаку старого опытного кавалериста. Лошади было страшно и хотелось убежать. Но шпоры сидели в ее боках слишком глубоко. Поэтому я действовал быстро и точно.

Приблизившись к девушке, я наклонился к ней, словно чтобы окликнуть. Инстинкт заставил меня приоткрыть рот, будто я хотел втянуть воздух; я увидел раковину ее уха совсем близко, и тут произошло нечто странное. Я услышал негромкий щелчок. Моя голова непроизвольно дернулась — и я понял, что дело сделано.

Со стороны, должно быть, это выглядело так: молодой человек решил обратиться к девушке с вопросом, открыл рот, наклонился к ее уху, внезапно чихнул — и, смутившись, сбавил шаг.

Она не обернулась, только нервно повела плечами. На ее шее появилось крохотное розовое пятнышко. Укус был выполнен мастерски — на коже не выступило ни капли крови. Борясь с желанием сесть прямо на тротуар и томно прикрыть глаза, я пошел за ней следом.

Тогда я еще не знал, что впервые укусить человека другого пола — это такое же странное переживание, как впервые поцеловаться. Есть такое библейское выражение — «познать женщину» (на него, я полагаю, намекала известная реприза юмориста Хазанова «У ты какая»). Но к людям оно не относится. Мужчина может в лучшем случае переспать с подругой. А вот *познать* женщину в состоянии лишь вампир. И это открывает ему глаза на удивительную тайну, которая в полном объеме не знакома никому из людей, хотя каждый знает ровно одну ее половину.

Дело в том, что сосуществование двух полов — это удивительный и смешной казус, невероятно нелепый, но совершенно скрытый от человека. Люди основывают свои мнения о внутренней жизни другого пола на всякой ахинее — почерпнутых из настенного календаря «секретах ее души» или, что гораздо страшнее, «методах манипулирования мужским „сверх-я“» в версии журнала «Женщина и успех». Эта внутренняя жизнь обычно изображается в понятной другому полу терминологии: мужчина описывается как нахрапистая и грубая женщина с волосатым лицом, а женщина — как мужчина-идиот без члена, который плохо водит автомобиль.

На деле мужчины и женщины гораздо дальше друг от друга, чем могут себе представить. Это даже трудно объяснить, насколько они непохожи. Дело здесь, конечно, в гормональном составе красной жидкости.

Можно сказать, что наш мир населяют два вида наркоманов, которые принимают сильнейшие психотропы с очень разным действием. Они видят диаметрально противоположные галлюцинации, но должны проводить время рядом друг с другом. Поэтому за долгие века они не только научились совместно ловить принципиально разный кайф, но и выработали этикет, позволяющий им вести себя так, как если бы они действительно понимали друг друга, хотя одни и те же слова, как правило, значат для них разное.

Могут возразить, что это знает любой транссексуал, который сделал операцию по перемене пола и прошел курс гормональных инъекций. Не совсем так. Транссексуалы меняют свое внутреннее состояние постепенно — это похоже на плавание через океан, за время которого путешественник забывает, кто он и откуда. А вампиры могут переноситься из одного состояния в другое за секунду...

Девушка, которую я укусил, запомнила меня — и я понял, что понравился ей (это было все равно что увидеть свое отражение в наделенном эмоциями зеркале). Сначала я удивился. Потом смутился. А потом мои мысли приняли не вполне порядочный и не до конца контролируемый характер.

Мы повернули на Большую Бронную. Шагая за ней, я бесстыдно рассматривал узлы ее памяти и соображал, как воспользоваться увиденным. Когда мы приблизились к Пушкинской площади, план был готов.

Обогнав ее метров на десять, я остановился, развернулся и пошел ей навстречу с широкой улыбкой на лице. Она с удивлением посмотрела на меня и прошла мимо. Немного подождав, я повторил маневр — обогнал ее, повернулся навстречу и улыбнулся. Она улыбнулась в ответ — и снова прошла мимо. Когда я повторил процедуру в третий раз, она остановилась и сказала:

— Чего?

— Ты меня не узнаешь? — спросил я.

— Нет. А кто ты?

— Рома.

Я назвал собственное имя, потому что она не помнила, как зовут человека, за которого я решил себя выдать.

— Рома? Какой Рома?

И тут я выложил на стол своего ворованного туза:

— Пансионат «Тихие Азоры». Новый год. Комната с елкой. Где свет не горел. Когда все пошли жечь пиротехнику. Правда не помнишь?

— Ой. — Она даже покраснела. — Это был ты?

Я кивнул. Она опустила голову, и мы пошли рядом.

— Я никогда так не напивалась, — сказала она. — Стыдно. Долго не могла в себя прийти.

— А для меня, — соврал я бессовестно, — это одно из лучших воспоминаний жизни. Звучит высокопарно, но так и есть. Я тебе звонил потом. Много раз.

— Куда звонил?

Я назвал номер ее мобильного, изменив последние две цифры с «пятнадцать» на «семнадцать». Она всегда говорила «семнадцать», когда не хотела давать свой настоящий номер, но неловко было отказать: потом всегда можно было сказать, что собеседник ослышался.

— Наизусть помнишь? — удивилась она. — Ты неправильно записал. Там в конце «пятнадцать».

— Вот черт, — сказал я. — Ну почему так всегда бывает... Слушай, может нам отметить встречу?

Остальное было просто.

Сначала мы зашли в кафе на Тверской. Потом в другое кафе, где мне пришлось укусить ее еще раз — уточнить, что именно обсуждать за столом (в этот раз на шее осталась капелька крови). Я говорил только на интересные ей темы и только то, что ей хотелось слышать. Это было нетрудно.

Я ощущал себя Казановой. У меня даже мысли не было, будто я делаю что-то дурное — разница со стандартным мужским поведением заключалась в том, что обычно человеческий самец врет наугад и навскидку, а я знал, что говорить и как. Это было все равно что играть в карты, зная, что́ на руках у партнера. Шулерство, да. Но ведь люди в таких случаях играют исключительно с целью проиграть друг другу как можно быстрее, по возможности не нарушая правил хорошего тона.

Мы пошли гулять. Я говорил не умолкая. Маршрут нашей прогулки как бы случайно вывел нас к ее дому — сталинской высотке на площади Восстания. Я знал, что у нее никого нет дома. И мы, естественно, пошли «пить чай». Даже самая сложная для меня фаза ухаживания — переход от разговоров к делу, который всегда выходил у меня крайне неловко и угловато, — прошла гладко.

Проблема возникла там, где я не мог ее ожидать. Думаю, что без облагораживающего влияния уроков дискурса я не смог бы внятно объяснить, что случилось.

Унылый и обыденный акт любви, совершаемый не по взаимному влечению, а по привычке (у людей так оно чаще всего и бывает), всегда напоминал мне наши выборы. После долгого вранья пропихнуть единственного реального кандидата в равнодушную к любым вбросам щель, а потом уверять себя, что это и было то самое, по поводу чего сходит с ума весь свободный мир... Но я знал: когда этот опыт удается (я не про выборы), происходит нечто качественно другое. Возникает момент, когда два существа соединяются в один электрический контур и становятся как бы двухголовым телом (геральдический пример — древний византийский герб, изображающий малого азиатского петуха в точке вынужденного единства с подкравшимся сзади державным орлом).

Нам повезло — этот момент наступил (я не про герб). И в эту же секунду она все про меня поняла. Не знаю, что именно она почувствовала, но я был разоблачен, сомнений не оставалось.

— Ты... Ты...

Оттолкнув меня, она села на край кровати. В ее глазах был такой неподдельный ужас, что мне тоже стало страшно.

— Кто ты? — спросила она. — Что это такое?

Выкручиваться было бесполезно. Сказать ей правду я не мог (все равно она бы не поверила), что врать — не представлял. Кусать ее в третий раз, чтобы понять, как выкручиваться, мне не хотелось. Встав с кровати, я молча натянул свою черную майку с Симпсоном.

Через минуту я бежал вниз по лестнице, издавая звук, похожий на вой подбитого бомбардировщика. Впрочем, бомбардировщик падал довольно тихо — привлечь к себе внимание я не стремился.

Я не испытывал раскаяния. Меня мучила только неловкость, какую чувствуешь, попадая в глупое положение. То, что я дважды укусил ее в шею, не казалось мне предосудительным. Нельзя же, думал я, осуждать комара за то, что он комар. Я знал, что не стал монстром — во всяком случае, пока еще. Тем страшнее была мысль, что любая женщина будет видеть во мне монстра.

Вечером на следующий день мне позвонил Митра.

— Ну как? — спросил он.

Я рассказал о своем первом укусе и последующем приключении. Единственное, о чем я умолчал, — это о том, чем все завершилось.

— Молодец, — сказал Митра. — Поздравляю. Теперь ты почти что один из нас.

— Почему «почти»? Разве это не было великое грехопадение?

Митра засмеялся:

— Что ты. У тебя просто прорезались зубки. Какое это грехопадение. Должна произойти еще одна вещь, самая главная...

— Когда?

— Жди.

— Сколько ждать?

— Не торопи события. Побудь напоследок человеком.

Эти слова отрезвили меня.

— Скажи честно, — продолжал Митра, — а с этой девушкой... Никаких неожиданностей не было?

— Были, — признался я. — В самом конце. Она поняла, что со мной не все в порядке. Испугалась. Словно черта увидела.

Митра вздохнул.

— Теперь ты знаешь. Наверно, хорошо, что все произошло таким образом. Ты не такой, как люди, и должен это помнить. Между тобой и человеком не может быть настоящей близости. Никогда об этом не забывай. И не надейся на чудо.

— Как человек может понять, кто я?

— Никак и никогда, — ответил Митра. — Единственное исключение — та ситуация, в которой ты побывал.

— И теперь так будет каждый раз, когда...

— Нет, — сказал Митра. — Маскироваться довольно просто. Локи тебя научит.

— Какой Локи?

— Он будет читать тебе следующий курс. Только учти: эта тема у вампиров — табу. Об этом не говорят вслух даже с преподавателями. Необходимость секс-маскировки объясняют совсем по-другому.

— Какой следующий курс? — спросил я. — Я думал, меня наконец введут в общество.

— Курс, который ведет Локи, — самый последний, — сказал Митра. — Клянусь своей красной жидкостью. А насчет общества... Проверь почту. Тебе письмо.

После того как он ушел, я спустился к почтовому ящику. Он был прав — в нем лежал конверт желтого цвета, без марки и адреса. Я задумался, откуда Митра знает про письмо. И сообразил, что он, скорее всего, сам и бросил его в ящик.

Вернувшись в квартиру, я сел за письменный стол, взял костяной нож для бумаг, вспорол конверту брюхо и перевернул его. На стол выпали большая цветная фотография и лист бумаги, исписанный крупным аккуратным почерком.

На фотографии была девочка моего возраста с причудливо выкрашенной головой — там были рыжие, белые, красные и коричневые пряди. Ее волосы были укреплены гелем в конструкцию, которая напоминала стог сена после попадания артиллерийского снаряда. Выглядело это живописно, но было, наверное, не особо практично в общественном транспорте.

Даже не знаю, как описать ее лицо. Красивое. Но бывает красота, которая очевидна, общепринята и вызывает скорее рыночные, чем личные чувства. А это лицо было другим. Про такие лица думаешь, что способен распознать их очарование только сам, а все остальные ничего не поймут и не заметят, — и на основании этого сразу записываешь увиденное в личную собственность. Потом, когда выясняется, что эта односторонняя сделка не имеет силы и остальные тоже отлично все поняли, чувствуешь себя преданным... Еще мне показалось, что я видел ее на юзерпике в «Живом журнале».

Я взял лист с текстом и прочел следующее:

Здравствуй, Рама.

Ты, наверно, уже догадался, кто я.

Теперь меня зовут Гера. Я стала вампиром (или вампиркой, не знаю, как правильно) практически одновременно с тобой — может, на неделю позже. Сейчас я начинаю учить гламур и дискурс. Со мной занимаются Бальдр и Иегова (они рассказали про тебя пару смешных историй). В общем, пока происходящее мне нравится. Если честно, я совсем простая девчонка, но мне сказали, что от дискурса я быстро поумнею. Странно, правда, когда к твоей голове приделывают такой большой склад?

Мне сказали, что мы с тобой встретимся во время великого грехопадения. Еще мне говорили, что ты ужасно его боишься. Я тоже его побаиваюсь — но, согласись, ведь глупо бояться того, о чем не имеешь никакого понятия.

Очень хочется на тебя посмотреть — какой ты. Я почему-то думаю, что мы с тобой будем дружить. Пришли мне, пожалуйста, свою фотографию. Ты можешь ее с кем-нибудь передать или послать по электронной почте.

До встречи,
Гера.

Внизу была добавлена ее почта и еще какой-то сетевой адрес, кончавшийся расширением .mp3. Она послала мне музыку.

Особенно мне понравилось, что длинный URL песни был написан от руки, аккуратными наклонными буквами. Это почему-то трогало. Впрочем, все эти детали могли казаться мне такими очаровательными просто потому, что перед этим я видел ее фотографию.

Я скачал песню. Это была «Not Alone Anymore»[1] группы «Traveling Wilburys» — за этим названием, как выяснилось, прятались Джордж Харрисон, Джеф Линн из «Electric Light Orchestra» и другие титаны зеленого звука. Песня мне понравилась —

[1] «Теперь ты не один».

особенно конец, где строка «You're not alone anymore» повторялась три раза с такой лирической силой, что я почти поверил: больше я не одинок.

Я подумал, что Гера только начинает учить гламур с дискурсом. Значит, я был значительно опытней и искушенней. Моя фотография должна была это отразить. Я решил сняться на фоне картотеки — ее полированные плоскости должны были хорошо выйти на фотографии.

Надев свой лучший пиджак, я сел в кресло, принесенное из другой комнаты, и сделал пару пробных снимков. В композиции чего-то недоставало. Я поставил на стол бутылку дорогого виски и объемистый хрустальный стакан, после чего сделал еще несколько фоток. Чего-то все равно не хватало. Тогда я нацепил на палец платиновый перстень с темным камнем, найденный в секретере, и оперся подбородком на руку — чтобы перстень был лучше виден. Сделав огромное количество снимков, я выбрал из них тот, где я больше всего походил на скучающего демона (для достижения этого эффекта мне пришлось подложить под зад два тома медицинской энциклопедии).

После этого я сел за компьютер и написал ответное письмо:

Ифин,
приятно было получить от тебя письмо. Ты очень милая. Я рад, что я теперь не один. Теперь мы одни вместе, да? Учи гламур и дискурс, это серьезно расширит твои горизонты. Буду рад тебя повидать.

Чмоки,
Рама.

ЗЫ В аттачменте немного серьезной музыки.

Я специально старался быть сухим, кратким и ироничным, полагая, что на женщин это производит неотразимое впечатление. «Ифин» было словом «baby», напечатанным на русской клавиатуре. Слово вышло вполне психоаналитическим, так как отчетливо разбивалось на «if» и «in». Это было мое собственное изобретение, по аналогии с ЗЫ вместо PS.

В качестве музыкального приложения я подвесил к письму десятимегабайтную запись ночной службы в даосском храме — монотонно-пронзительный речитатив на китайском языке в сопровождении экзотических ударных инструментов. Она давно пылилась у меня на хард-диске, а теперь ей нашлось применение. Оставалось надеяться, что ее ящик выдержит этот вес. Еще раз придирчиво проверив свою фотографию и найдя ее достойной, я отправил почту.

ЛОКИ

Последний учебный курс молодого вампира тоже был парным. Он назывался «Искусство боя и любви».

Занятия вел Локи, высокий худой старик с длинными желтыми волосами, немного похожий на поэта Тютчева, только без аристократического лоска. Он неизменно носил очки-велосипед и длинный черный пиджак с пятью пуговицами, напоминавший сюртук времен Крымской войны.

Второго преподавателя не было: Локи вел оба предмета. Сначала шел курс боевых искусств, а вслед за ним изучалось любовное мастерство.

Локи был старше, чем Бальдр с Иеговой. Казалось странным, что такое ветхое существо обучает боевым искусствам, — но я вспомнил седобородых мастеров из гонконгского кино и решил не торопиться с выводами.

У Локи была своеобразная манера преподавания. На уроке он не говорил, а диктовал — и требовал, чтобы я записывал за ним слово в слово. Кроме того, я должен был писать пером, и непременно фиолетовыми чернилами, — все это он сам принес на первое занятие в своем черном саквояже, таком же, как у Бальдра и Иеговы. На мой вопрос, почему все должно происходить именно так, он ответил коротко:

— Традиция.

Первое занятие он начал с того, что подошел к стене и написал на ней мелом:

Секрет живучести самого живучего человека всегда только в том, что его никто еще пока не убил.

Локи IX

Я понял, что цитата была из него самого.

— Не стирай, пока не кончится курс, — сказал Локи. — Я хочу, чтобы этот принцип как следует отпечатался в твоем сознании.

Усадив меня за стол перед тетрадкой, он заложил руки за спину и принялся ходить взад-вперед по комнате, неторопливо диктуя:

— Боевое искусство вампиров... практически не отличается от человеческого... если рассматривать саму технику рукопашного боя... Вампир использует те же удары, броски и приемы, которые встречаются... в классических единоборствах... Записал?

Разница заключается в том, как вампир использует эту технику... Боевое искусство вампиров предельно аморально — и за счет этого эффективно... Его суть в том, что вампир сразу же применяет самый подлый и бесчеловечный прием из всех возможных...

Я поднял голову от тетради:

— А как определить, какой прием — самый бесчеловечный и подлый?

Локи поднял вверх палец.

— Вот! — сказал он. — Молодец. Попал в точку. Чаще всего вампир проигрывает поединок именно потому, что слишком долго думает, какой прием будет самым подлым и бесчеловечным. Поэтому в боевой ситуации не следует размышлять. Надо довериться инстинкту. А чтобы довериться инстинкту, надо на время забыть о подлости. Это и будет самым подлым способом ведения боя. Такой вот парадокс. Записал?

— Записал, — сказал я. — Но ведь люди тоже доверяются инстинкту в драке. И подлости им не занимать. Чем мы тогда от них отличаемся?

Локи хмыкнул.

— А встань-ка, — сказал он, — я объясню.

Я встал.

Вернее, попытался. Не успел я распрямить ноги, как получил внезапный тычок в солнечное сплетение.

Он был несильным, но действительно на редкость подлым — Локи выбрал для удара такой момент, когда я находился в самом неустойчивом положении. Я потерял равновесие и упал вместе со стулом, больно ударившись локтем о пол.

— Понял? — спросил Локи как ни в чем не бывало.

Я вскочил на ноги. Он тут же вытянул перед собой руки и примирительно сказал:

— Ну все, все. Мир!

Моя ярость угасла. Я хотел сказать Локи, чтó я о нем думаю, и вдруг получил от него болезненный удар ботинком по голени. Это было просто невероятно подло — ведь только что он сам просил мира. От боли я присел.

Локи отошел к окну, вынул из кармана конфету в красной бумажке, развернул ее и кинул в рот.

— А если я вам сейчас по морде дам? — спросил я.

— Как ты смеешь это говорить? — нахмурился он. — Я твой учитель. Если у тебя возникает вопрос, мне приходится отвечать. Причем так, чтобы до тебя дошло. Понял?

— Понял, — пробормотал я хмуро, поглаживая ушибленное место. — Больше так не делайте. А то я за себя не отвечаю.

— Обещаю, — сказал Локи и отвернулся.

Мне показалось, что ему стало стыдно за свое дикое поведение. Я повернулся, чтобы сесть за стол, и в этот момент он, быстро подскочив ко мне сзади, ударил меня по внутренней стороне икры. Моя нога непроизвольно согнулась, и я повалился на колени. Тогда он дал мне затрещину. Я вскочил на ноги и молча бросился на него с кулаками.

Надо сказать, что в десятом классе я некоторое время занимался карате. Это, конечно, не превратило меня в Джеки Чана. Я мог, например, расколоть ударом ноги кафельную плитку на стене школьного туалета или сломать кулаком треснувшую доску — вот, пожалуй, и все. Но из-за этих занятий я мог в полной мере оценить все то, что проделывал на экране Джеки Чан.

Тем поразительнее было увиденное.

Локи прыгнул на стену, сделал по ней несколько шагов вверх (перемещались только его ноги) и, когда сила тяжести развернула его тело параллельно полу, перекувырнулся в воздухе и мягко приземлился у меня за спиной. В этом не было ничего сверхъестественного — все оставалось в рамках законов физики, просто для такого маневра требовалась невероятная ловкость, да и смелость тоже.

В следующую секунду он со свистом пронес ногу у меня перед лицом, заставив меня попятиться, затем поймал меня за руку и заломил мне кисть — такой уверенной хваткой, что я сразу же отбросил мысль о сопротивлении.

— Сдаюсь, сдаюсь! — закричал я.

Локи отпустил мою руку. От изумления я забыл все свои обиды.

— Как вы это?

— Садись и записывай, — сказал он.

Я сел за стол.

— Для того чтобы в боевой ситуации вампир был непобедим, вампиры создали *конфету смерти*... Записал?

— Ага, — догадался я, — это вы ее съели? В красной обертке?

— Именно, — сказал Локи.

Он сунул руку под сюртук и вытащил еще одну конфету — небольшую, круглую, в глянцевой красной обертке. Она напоминала бесплатные карамельки, которые раздают в самолетах.

— Можно попробовать?

Локи подумал немного.

— Не сегодня, — сказал он. — Ты... Слишком возбужден.

— Вы боитесь, что я вас... ну это... побью?

Локи презрительно засмеялся.

— Мальчишка... Ты думаешь, дело в конфете?

— А в чем?

— Конфета бесполезна без воинского духа. Ты знаешь, что это — воинский дух?

Ответа у меня не нашлось.

— Тогда, — сказал Локи, — пиши дальше.

Я склонился над тетрадкой.

— В китайской провинции Хубэй, — стал диктовать Локи, — расположены живописные горы Вудан... что означает «Воинский щит». С давних пор в них живут даосы, занимающиеся боевыми искусствами... Самым известным из них был Чжан Саньфэн, который умел летать...

Локи сделал паузу, ожидая, видимо, что я спрошу, действительно ли этот Чжан Саньфэн умел летать. Но я не стал спрашивать.

— В горах Вудан и сегодня существует множество академий ушу, где доверчивых туристов обучают красивым, но бесполезным танцам с мечом и палкой...

Локи сделал несколько карикатурных движений, изображая такой танец. Получилось и правда смешно.

— Даосы, которые занимаются настоящими боевыми искусствами, еще до Второй мировой войны ушли далеко в горы, прочь от дорог, гостиниц и, хе-хе, массажных центров. Настоящих мастеров осталось мало — но они есть. Чтобы жить вдали от людей, даосам необходимо получать средства к существованию. Эти средства должны быть весьма значительными... Записал? Вампиры предоставляют им эти средства. В обмен лучшие даосские мастера раз в год дают вампирам образцы своей красной жидкости... Из этих препаратов вампиры изготавливают несколько видов конфет смерти. Однако без воинского духа такая конфета бесполезна... Записал? На сегодня все.

Всю ночь я ворочался в своей огромной кровати под балдахином, думая, что такое «воинский дух».

У меня были разные предположения. Во-первых, я допускал, что это действительно какой-то дух, с которым надо вступить в контакт. Во-вторых, это могло быть какое-то героическое состояние сознания, которое следовало долго воспитывать в себе, не надеясь ни на какие вампирские штучки (такой вариант казался мне самым мрачным). В-третьих, «воинский дух» мог быть связан с особой процедурой, которая меняла физические свойства тела, — иначе трудно было объяснить, как немолодой и явно неспортивный Локи мог махать ногами, словно наевшийся амфетамина акробат.

Все три догадки были неверными.

«Воинский дух» оказался последовательностью из пяти особых вдохов — длинных и коротких вперемешку. Это был своего рода код, который приводил конфету в действие. Он был связан с даосскими практиками: таким способом настраивался дыхательный центр. Локи не стал углубляться в механику происходящего — подозреваю, что он и сам не понимал ее до конца. Просто запомнить эту последовательность было достаточно.

Вслед за этим Локи разрешил мне съесть кусочек конфеты смерти. Он предупредил, что ничего необычного я не увижу, поскольку информации о жизни даосов в конфете нет и доступно только их воинское умение. Я приступил к опыту.

По вкусу конфета была похожа на лакричный леденец. Сделав требуемую последовательность вдохов, я почувствовал головокружение и легкость. Но этим все и ограничилось. Вглядевшись в свое новое состояние, я не увидел ничего — как в случае со смесью «Пастернак + 1/2 Nabokov». Воспоминания о доноре были стерты.

Появилось только умение виртуозно управлять собственным телом. Но оно действительно впечатляло. Я попробовал сделать то, что мне ни разу не удавалось во время моих школьных занятий карате, — сесть на шпагат. К моему изумлению, это получилось безо всяких усилий — сначала я сел на поперечный шпагат, а потом на продольный.

Затем я запросто повторил прием, которым так поразил меня Локи, — пробежался по стене вверх, перекувырнулся и приземлился на ноги. Локи велел мне атаковать его, и за секунду я обрушил на него такой шквал ударов, какой до этого видел только в кино (правда, ни один из них не достиг цели). Но когда действие конфеты закончилось, повторить этих подвигов я не смог.

Локи объяснил, что секрет этой гуттаперчевости не в эластичности мышц, а в их способности к мгновенному расслаблению. Именно от нее и зависело умение садиться на шпагат и наносить высокие удары ногами.

— Если говорить о физиологической стороне вопроса, — сказал он, — все дело в нервных импульсах, которые мозг посылает в мышечные клетки. Долгие тренировки меняют физические свойства мышц, связок и костей очень незначительно. Меняется только последовательность нервных сигналов, которые управляют всей механикой. Конфета смерти действует на этот код. Любой средний человек, конечно, будет намного слабее тренированного бойца. Но все равно он достаточно развит физически, чтобы делать все то же самое. Не готов его нервный аппарат. То же самое относится и к силе ударов. Она связана не только со свойствами мышечных волокон, но и с умением концентрировать жизненную энергию. Вампир получает временный доступ ко всем этим навыкам через препарат. Но эта технология имеет, конечно, свои границы. Штангу весом в двести килограммов ты не сможешь поднять, даже высосав всю красную жидкость из чемпиона мира по штанге.

— То есть, — сказал я, — когда гимнаст долго тренирует свое тело, он работает не столько над хардом, сколько над софтом?

— Я этого наркоманского жаргона не понимаю, — ответил Локи.

Теперь стало ясно, почему вампиру следовало применять самые подлые приемы из всех возможных. Это был не этический выбор, как я подумал сначала, а практическая необходимость. Конфета смерти давала потрясающее чувство уверенности в себе; с противником хотелось играть как с котенком. Но как только ее действие кончалось, вампир делался беззащитен. Поэтому ни в коем случае не следовало тратить зря *время смерти,* как называл его Локи.

По правилам вампиру следовало носить с собой конфету смерти постоянно. Локи дал мне маленький футляр и показал, как доставать из него конфету: при нажатии на пружину она выскакивала прямо в руку. Для скорости конфету можно было кидать в рот прямо в обертке — она была сделана из специальной бумаги. Табельную конфету полагалось носить на поясе и использовать только в случае опасности для жизни.

— Скажите, — спросил я Локи, — а бывает такое, что вампиры дерутся между собой? Я имею в виду, когда оба участника драки съедают по такой конфете?

— Что значит «дерутся», — сказал Локи. — Вампиры не дети. Если между двумя вампирами возникает серьезная проблема, они решают ее с помощью дуэли.

— Дуэль? — спросил я. — Такое еще бывает?

— В нашем мире — да. Правда, редко.

— А как выглядит такая дуэль?

— Расскажу в следующий раз, — ответил Локи.

На следующее занятие он пришел с длинным черным тубусом вроде тех, в которых носят свернутые чертежи.

— Итак, — заговорил он, — что тебе следует знать о поединке... За долгую историю существования вампиров между ними часто возникали ссоры личного характера. Вампиры, как правило, рекрутировались из высших слоев общества, где было принято решать спорные вопросы с помощью дуэли. Этот обычай перешел в среду вампиров, однако после нескольких смертельных исходов на него был наложен запрет. Дело в том, что во время поединка вампир подвергает опасности не только собственную жизнь, но и жизнь языка. А у языка, как ты догадываешься, нет ни малейшего повода участвовать в дуэли. Это как если бы лошади начинали лягаться, и сидящие на них всадники...

— Понял, — перебил я, — не надо продолжать.

— С другой стороны, игнорировать гуманитарные потребности вампира или сводить его роль просто к средству передвижения недопустимо. В том числе потому, что депрессивный или угнетенный психический фон человеческой личности плохо сказывается на самочувствии языка. Поэтому был выработан компромисс, который позволял вампирам выяснять отношения, не подвергая опасности жизнь языка — и одновременно жизнь самого вампира.

— Но тогда поединок окажется просто фарсом.

— О нет, — улыбнулся Локи. — В чем, по-твоему, смысл любого поединка?

Я пожал плечами. Это, по-моему, было очевидно.

— Люди обмениваются острыми словами, — сказал Локи, — но эти слова ничего не весят. У человека во рту их много. Смысл поединка в том, чтобы придать словам дополнительный вес. Это может быть вес пули, лезвия или яда. Вампиры поступили просто — они разделили поединок на две части. Сначала они договариваются, какого рода вес будет приложен к словам. А уже потом выясняют, к кому именно он будет приложен. Дуэль вампиров похожа на жеребьевку. Понятно?

— Пока не очень.

— Сначала каждый участник поединка пишет так называемый дуэльный ордер, где подробно излагает наказание, придуманное для противника. Это может быть что угодно: ампутация конечностей, лишение зрения и слуха, порка на конюшне и тому подобное. Зависит только от меры гнева дуэлянтов. Секунданты должны удостовериться, что эта операция не будет угрожать физическому существованию языка, и утвердить оба дуэльных ордера. После этого начинается сам поединок.

— Участники дуэли знают, что их ждет в случае проигрыша? — спросил я.

— Нет, — ответил Локи. — Это воспрещено правилами. Каждый раз, когда эти правила нарушаются, последствия бывают самыми печальными. Как, например, во время последнего поединка.

— А чем он кончился?

— Проигравшему отрезали нос и уши. После этого он до самой смерти носил маску. Правда, прожил он недолго...

Меня охватила тревога.

— Подождите, — сказал я, — а кто был проигравший? Как его звали? Случайно не...

— Да, — сказал Локи. — Это был Брама. Нос и уши ему отрезал лучший пластический хирург в Москве, и он не испытал никакой боли. Но после этого события он впал в депрессию, и язык больше не пожелал оставаться в его теле.

— А с кем был поединок у Брамы?

— Мне не следовало бы тебе про это рассказывать, — сказал Локи. — Но раз уж ты спросил — у него была дуэль с Митрой.

— С Митрой?

— Да. Именно поэтому Митра и встретил тебя в нашем мире. Это обычай. Так бывает, если дуэль приводит к смерти одного из участников. Победитель становится куратором новичка, в тело которого переселяется язык. Только, пожалуйста, ни в коем случае не обсуждай эту тему с Митрой — подобное поведение считается недопустимой бестактностью. Понятно?

Я кивнул. Новость поразила меня.

— Значит, — сказал я, — я здесь из-за Митры...

— Нет, — ответил Локи, — так думать не надо. Митра никак не мог повлиять на этот выбор. Собственно, и сам Брама не играл здесь большой роли. Все решает язык.

— А почему произошла дуэль? — спросил я.

— Что-то связанное с картотекой Брамы, — ответил Локи. — Брама был страстный коллекционер. Митра взял у него на время часть коллекции, какие-то альковные редкости, точно не знаю. Взял просто для развлечения, а наврал, что для важного дела. Потом с коллекцией начались проблемы. То ли Митра все высосал сам, то ли потерял, то ли кому-то отдал — я точно не знаю. В общем, она пропала. Брама пришел в ярость и вызвал его на дуэль. И заранее объявил, что отрежет ему пальцы. А Митра, когда услышал, тоже решил не отставать... Остальное ты знаешь.

— Значит, Митра опытный дуэлянт?

— Опыт тут значит крайне мало, — сказал Локи. — Все решает судьба.

— А как проходит сама дуэль? Конфета смерти?

— Да. Специальный дуэльный выпуск, на красной жидкости лучших фехтовальщиков или стрелков.

— А оружие?

— Рапира или пистолет, — сказал Локи. — Но вампиры используют специальное оружие.

Он взял со стола тубус, открыл его и вынул из него рапиру.

— Вот, — сказал он, — посмотри.

На конце стального стрежня был круглый медный шарик диаметром в полтора-два сантиметра. Из него торчала короткая иголка.

— Транквилизатор, — сказал Локи. — В случае огнестрельной дуэли пистолет стреляет специальным шприцем с тем же веществом. Уколотого мгновенно парализует. Он сохраняет сознание, может дышать, но не может говорить и двигаться. Действие транквилизатора продолжается около сорока часов. За это время секунданты должны выполнить все условия дуэльного ордера. Для них это бывает тяжелой ношей, как во время дуэли Митры с Брамой. Но дело всегда доводится до конца, даже если в результате гибнет человеческий аспект...

То, что я выяснил о роли Митры в своей судьбе, превращало его в какого-то злого гения моей жизни. С другой стороны, сложно было инкриминировать ему умысел. Локи, видимо, понимал, о чем я думаю.

— Смотри только не приставай с этим к Митре, — повторил он. — Это будет не просто дурной тон, а совершенно недопустимое поведение.

— Обещаю, — ответил я.

Мне очень хотелось узнать что-нибудь еще про этих загадочных даосов, из красной жидкости которых делали конфеты смерти. Я решил спросить об этом Локи. Его удивил мой вопрос.

— А зачем тебе?

— Просто интересно. Нельзя ли как-нибудь заглянуть в их жизнь?

Локи пожал плечами.

— Бывают бракованные конфеты, — сказал он. — С плохой очисткой. Но много там все равно не увидишь. Все-таки эти даосы не простые люди.

— А вы можете дать мне такую?

Он ничего не ответил, и я подумал, что он счел мою просьбу несуразной. Но на следующем занятии он вручил мне расколотый надвое леденец.

— Это из плохой партии, — сказал он. — Там что-то такое есть... Странный ты парень, Рама.

Вечером, когда стемнело, я лег на кровать и положил обе половинки в рот.

Локи был прав, я увидел не особенно много. Но то, что я пережил, запомнилось мне навсегда.

Даоса, из красной жидкости которого был сделан леденец, звали Сюй Бэйшань (я даже понял смысл этих слов — они значили нечто вроде «разрешение северной доброты»). Ему было больше двухсот лет, и он начинал чувствовать приближение старости. По меркам обычного человека он был в прекрасной физической форме, но себе казался дряхлой и ни на что не годной развалиной.

Вместе с ним я совершил прогулку в горах Удан.

Сюй Бэйшань пробирался к священному месту сквозь толпы туристов — под видом рабочего, несущего на коромысле два каменных блока для дорожных работ.

Я видел красные кумирни с крышами из блестящей зеленой черепицы. Еще я видел огромных базальтовых черепах, стоящих в полуразрушенных кирпичных павильонах. Мы шли по гребню горы, где была проложена узкая дорожка, а далеко внизу блестело горное озеро.

Наконец даос добрался до места. Оно называлось Парящий Утес. Утес действительно парил над пропастью, а на его вершине была аккуратная площадка, выложенная камнем. Это было место высокой силы и святости. Сюй Бэйшань пришел сюда, чтобы получить знак от духов.

Дождавшись, когда все туристы спустятся вниз, он бросил свое коромысло с камнями, поднялся по лестнице к открытому алтарю, совершил поклоны и стал ждать.

Знак от духов оказался странным.

Откуда-то издалека прилетела огромная, размером с птицу, бабочка — с темно-синими бархатными крыльями в черных и коричневых пятнах. Она облетела вокруг даоса и приземлилась на край алтаря.

Даос некоторое время любовался ею. А потом увидел, что ее крылья иссечены и потрепаны на краях — до такой степени, что почти потеряли форму. Как только даос заметил это, бабочка сорвалась с места, взлетела вверх и исчезла в зеленом лабиринте между ветвями деревьев, которые росли на краю утеса.

Сам я не догадался бы, в чем смысл этого знака. Но даос понял — а вместе с ним понял и я. Пока бабочка может летать, совершенно не важно, насколько изношены ее крылья. А если бабочка не может летать, бабочки больше нет, вот и все.

Даос совершил поклон перед алтарем и пошел по лестнице вниз. Я запомнил каменную ограду этой лестницы с высеченными цветочными вазами. Некоторые ступени были сделаны из таких же резных плит, древних и истертых тысячами подошв.

Когда я пришел в себя, мне стало грустно. И еще противно оттого, что я вампир.

ПЯТЬ ПРАВИЛ ЛЮБВИ

Когда Локи сказал, что мы приступаем к изучению любовных практик вампира, я вообразил нечто похожее на курс гламура, только с препаратами вроде «Rudel ZOO». Мне представились ряды пробирок, каждая из которых содержит в себе трехмерный стереоскопический и стереофонический порнофильм, — и все это, думал я с энтузиазмом, надо будет просмотреть и усвоить...

Услышав, что занятие на эту тему будет всего одно, я снизил планку ожиданий. Но зато, думал я, уж это одно-единственное занятие наверняка будет ярким и запоминающимся.

Так и оказалось.

Локи в этот день тщательно побрился и даже напрыскался каким-то ванильным одеколоном. Его саквояж был в два раза толще, чем обычно. Мне было интересно, что там лежит, но спрашивать я не стал.

— Хочу предупредить, — сказал Локи, — что существует два разных курса любовного мастерства, которые читаются вампирам-юношам и вампирамдевушкам. Между ними нет ничего общего. Кроме того, все услышанное следует относить только к человеческим женщинам и ни в коем случае не переносить на женщин-вампиров.

— А если я влюблюсь в женщину-вампира? — спросил я.

Локи пожал плечами.

— Такую возможность мы не рассматриваем. Мы занимаемся только людьми. Отношения с другими вампирами ты строишь по собственному разумению и сам за все отвечаешь. Тут никакого курса молодого бойца быть не может. Итак, возьми ручку, открой тетрадь и пиши...

Он принялся диктовать:

— Отношение вампира к женщине — полная противоположность холодному человеческому цинизму. Оно соединяет в себе прагматичный рационализм и высокое рыцарство... Записал? Рационализм заключается в том, что вампир отбрасывает фальшивую и оскорбительную процедуру так называемого ухаживания и сразу переходит к существу вопроса. А рыцарство заключается в том, что женщина освобождается от постыдной необходимости имитировать оргазм и всегда получает за секс деньги...

— Я не успеваю, — сказал я.

Локи дал мне дописать предложение.

— Существует пять принципов, — продолжал он, — которыми вампир руководствуется в своей личной жизни. Первый: вампир стремится к тому, чтобы акт любви следовал незамедлительно за знакомством. Второй: после акта любви знакомство с женщиной, как правило, прекращается. Третий: вампир платит женщине за услуги. Четвертый: вампир, как правило, не кусает женщину, с которой занимается любовью. Пятый и самый главный: вампир никогда не позволяет женщине имитировать оргазм...

— Я не понял, — сказал я, отрываясь от тетрадки, — вампир рыцарски освобождает женщину от необходимости имитировать оргазм? Или он запрещает ей это делать?

— Это одно и то же.

— То есть как?

Локи посмотрел на меня долгим взглядом.

— Рама, — сказал он проникновенно, — давай поговорим как мужчина с мужчиной.

— Давайте, — согласился я.

— Будем называть вещи своими именами. Совместный генитальный оргазм мужчины и женщины во время полового акта — прекрасный, но недостижимый идеал, наподобие коммунизма. Вампир всегда должен помнить, что женское любовное поведение экономически и социально мотивировано. Оно выковывалось веками, и несколько десятилетий формального равноправия ничего не способны здесь изменить.

— Вы все время говорите о теоретическом аспекте, — сказал я. — А можно узнать, что все это означает на практике?

— Можно. Если женщина после третьей фрикции начинает шумно дышать, закатывает глаза и ненатурально вскрикивает, это значит, что она ведет себя неискренне и работает над социальным проектом, в то время как ее партнер работает над биологическим. А когда лежащий рядом человек тайно работает над своим социальным проектом, вампиру следует быть настороже.

— Какую выгоду женщина может извлечь из имитации оргазма? — спросил я. — Я правда не понимаю.

— Не понимаешь, потому что думаешь как человек.

Этот упрек уже натер мне мозоль. Я виновато потупился.

— Объясняю, — сказал Локи назидательно. — Мы любим вовсе не тех, кто сделал нам что-то хорошее. Мы любим тех, кому сделали что-то хорошее мы сами. И чем больше хорошего мы им сделали, тем больше хотим сделать еще. Это психологический закон. Женщина уже много тысячелетий успешно на нем паразитирует. Она убеждает вампира, будто испытывает непрерывные множественные оргазмы, чтобы вампир поверил, что сделал ее счастливой — и захотел сделать еще счастливее. Разве не понятно? Речь идет об инвестициях. Чем шумнее женщина сопит и ахает, тем больший объем средств она пытается освоить. А это надо пресекать в зародыше.

Я вспомнил, что Митра предупреждал меня о завесе лицемерия вокруг секс-маскировки вампира. И все-таки, из чистого хулиганства, решил возразить:

— Мне кажется...

Но Локи уже устал от моей несговорчивости.

— Для особо тупых, — перебил он, повысив голос, — говорят совсем просто. Не позволяйте женщине имитировать оргазм, ибо это ее первый шаг к тому, чтобы забрать ваши денежки! Теперь ясно?

Я испуганно кивнул.

— Если с самого начала пресечь имитацию оргазма, — продолжал Локи, — в отношениях с женщиной становится возможна человечность. А вампиры — гуманные существа, и их цель именно в этом... Записал?

— Записал, — ответил я. — А почему вампир обязательно платит женщине за услуги?

— Потому что бесплатный секс бывает только в мышеловке, — ответил Локи. — Это, кстати, тоже запиши.

Дописав предложение, я поставил в тетрадке жирную точку.

— Хорошо, — сказал Локи, — теоретическая часть закончена.

Раскрыв саквояж, он вынул из него сверток телесного цвета и голубой газовый баллон. Баллон кончался коротким резиновым шлангом. Прищелкнув шланг к резиновому свертку, Локи повернул черный рычажок. Я услышал громкое шипение, и сверток за несколько секунд развернулся и набух, превратившись в потасканную надувную женщину со свалявшимися соломенными волосами.

У нее были широко открытые синие глаза с густыми ресницами и на все готовый алый рот с круглой дырой посередине. Локи надул ее с избыточным давлением, отчего она казалась толстухой. Видимо, с ее помощью обучалось не одно поколение вампиров — ее покрывали многослойные потеки и темные пятна, похожие на отпечатки подошв. Еще на ней было множество надписей вроде тех, что делают на парте школьники. Среди них выделялось крупно написанное на бедре двустишие, которое, судя по следам на резине, многократно пытались стереть, но так и не смогли:

Она его за муки полюбила,
А он ее к аналу принуждал.

Заметив, что я гляжу на бедро со стихотворением, Локи повернул женщину так, чтобы надпись была не видна.

— Переходим к практическим методам, — сказал он.

— Э-э-э... В каком смысле?

— В прямом.

Он встал на колени перед резиновой женщиной и повернулся ко мне. В его руках появилась конфета смерти. Он развернул бумажку и бросил леденец в рот.

— Столкнувшись с проблемой, о которой я говорил, — сказал он, — вампиры не стали изобретать велосипед. Они используют свою технику рукопашной борьбы — именно по этой причине, кстати, искусства боя и любви объединены в один курс. Присущий вампирам гуманизм проявляется в том, что для пресечения имитации оргазма они используют только те приемы, которые не способны причинить вреда здоровью партнерши...

Локи склонился над резиновой женщиной, уперся локтями в пол, и его лицо потемнело от прилива красной жидкости (мне пришло в голову, что такой же эффект дала бы внезапно охватившая его страсть).

Вдруг он ловко приподнялся и двинул куклу правым коленом в бок. Затем повторил тот же прием другой ногой. Затем ткнул ее локтем в середину живота. Затем ударил пальцем в основание шеи. Затем шлепнул ладонями по ушам...

Это было странное, жуткое зрелище: высокий худой человек в черном лежал на резиновой женщине и быстро, но не особенно сильно молотил ее руками и ногами... Движения Локи были чрезвычайно профессиональны и даже артистичны, — наверно, он мог бы выступать с этим номером в каком-нибудь сюрреалистическом театре. И все же мне показалось, что он вкладывает в свои удары немного больше эмоций, чем требует процесс обучения.

— Скажите, — спросил я неожиданно для себя, — вы любили когда-нибудь?

Он замер.

— Что? — спросил он с недоумением, поворачивая ко мне разгоряченное лицо.

— Нет, — сказал я, — ничего. Это я так.

Локи встал на ноги и отряхнул невидимую пыль со своего черного сюртука.

— Теперь ты, — сказал он.

Я посмотрел на надувную женщину. Отчего-то мне хотелось максимально оттянуть момент встречи.

— А у меня еще вопрос, — сказал я. — Насчет пункта четыре. Почему вампир не кусает женщину, с которой занимается сексом? Из рыцарства?

— Да, но не только, — ответил Локи. — Главным образом потому, что после нескольких укусов происходит полная утрата интереса к женщине как к объекту желания. Это проверенное наблюдение. Во всяком случае, ни одного исключения из правила мне не известно...

Он сложил руки на груди и устремил взгляд вдаль, словно вспоминая что-то забытое.

— Наоборот, — сказал он, — если тяга к женщине становится невыносимой, вампир кусает ее много раз, чтобы изучить ее душу и излечиться. Это помогает всегда. Но если у вампира другие планы, он не станет так поступать...

Локи поглядел на резиновую женщину на полу, и я понял, что заговаривать ему зубы дальше не получится.

— Ну-с, за работу. Отрабатываем удары. Давай...

Я занял исходную позицию. Резиновая женщина равнодушно глядела мимо меня в потолок своими синими глазами — если она и почувствовала что-то, ей удалось это скрыть.

— Приподнимись на локтях, — сказал Локи. — Перенеси вес на колено... Выше... А теперь боковой удар коленом в бок. Вот так, отлично! Только не следует бить левой, потому что можешь повредить печень. Бей правой. Вот так. Молодец! Теперь удары локтем...

Тема занятия была, конечно, сугубо прикладной, но некоторые аспекты происходящего волновали мое воображение. При каждом ударе голова куклы дергалась вверх-вниз, как будто она беззвучно смеялась над моими усилиями — а может, назло всему миру имитировала оргазм.

Я решил не смотреть на ее лицо и отвел взгляд. И мне стало казаться, что я лежу на надувном матрасе и наперегонки со всем остальным человечеством яростно переправляюсь к счастливому берегу, к далекому горизонту, где самых быстрых гребцов ожидает награда — солнце, счастье, деньги и любовь.

ВЕЛИКОЕ ГРЕХОПАДЕНИЕ

Следующий день был красивым и грозным. Дул сильный ветер, и в воздухе чувствовалась какая-то отрезвляющая холодная свежесть — наверно, предвестие осени. Солнце то выходило, то пряталось за тучи. Я открыл окна в гостиной, закрепив створки на вделанных в стену крючках, и зачем-то зажег свечи — хоть было светло. Залетавший в комнату сквозняк заставлял их огоньки дрожать, и это очень мне нравилось.

Ближе к вечеру позвонил Митра и спросил, как дела. Я рассказал о вчерашнем уроке Локи. Митра развеселился.

— Я же говорил, эта тема у старшего поколения — табу. Примерно как с красным словцом. Все эти членовредительские методы, которым учит Локи, не стоит принимать всерьез. Джентльмен никогда не станет бить женщину ногой во время полового акта.

— А что делает джентльмен? — спросил я.

— Это индивидуально. Я, например, кладу на тумбочку пистолет или бритву.

Я не понял, шутит он или нет. Но следующая фраза Митры заставила меня забыть обо всем.

— Я чего звоню, — сказал он. — Сегодня у нас великое грехопадение...

По моему телу прошла холодная волна. Она возникла в районе солнечного сплетения и докатилась до кончика каждого нерва — словно у меня внутри включили ледяной душ.

— Как? Уже?

Митра засмеялся.

— Тебя не поймешь. То никак не дождешься, то слишком рано... Да не бойся ты. Ничего страшного в этом нет.

— Что мне нужно делать?

— Ничего. Жди, скоро приедет курьер и привезет пакет. В нем будут инструкции.

— Можно я тебе перезвоню? — спросил я. — Если возникнут вопросы?

— Вопросов не возникнет, — ответил Митра. — Если, конечно, ты не будешь их специально выдумывать. Звонить не надо. Я тебя встречу.

— Где?

— Увидишь, — сказал Митра и отключился.

Я положил трубку и сел на диван.

Я точно знал, что не хочу никакого грехопадения. Мне хотелось одного — посидеть в тишине и успокоиться. Я надеялся, что мне придет в голову какая-то спасительная мысль, какой-то хитроумный выход из ситуации. Он, несомненно, существовал, и нужны были только несколько минут сосредоточенности, чтобы обнаружить его. Я закрыл глаза.

И тут в дверь позвонили.

Я встал и обреченно поплелся открывать.

Но за дверью никого не оказалось – только на полу стояла маленькая черная шкатулка. Я отнес ее в гостиную. Поставив шкатулку на стол, я отправился в ванную – почему-то мне захотелось лишний раз принять душ.

Я тщательно вымылся и причесался, намазав волосы гелем. Затем пошел в спальню и надел свой лучший наряд – комбинацию пиджака, рубашки и брюк, снятую с манекена в торговом зале «LovemarX».

Откладывать момент истины дальше было невозможно. Вернувшись в гостиную, я открыл шкатулку.

Внутри, на красной бархатной подкладке, лежал маленький сосуд темного стекла в виде сложившей крылья мыши. Вместо головы у нее был череп-пробка. Рядом лежала записка.

Рама,
пожалуйста, потрать пару минут, чтобы заучить наизусть приветствие, которое по традиции должен произнести молодой вампир. Оно очень простое: «Рама Второй в Хартланд прибыл!» Надеюсь, ты с этим справишься.

У тебя может возникнуть вопрос – почему Рама Второй? По традиции к имени вампира в торжественных случаях добавляется номер, который играет роль фамилии. Я, например, Энлиль Седьмой. Это, конечно, не значит, что до меня было шесть Энлилей, а до тебя – один Рама. Их было гораздо больше. Но для краткости мы используем только последний разряд в порядковом чис-

ле. Энлиль Одиннадцатый будет опять Энлилем Первым.

Не волнуйся и не переживай. Все у нас получится.

Успеха,
Энлиль.

Я поглядел на флакон. Видимо, дальнейшие инструкции содержались в препарате.

Я вспомнил, что Хартланд — это нечто полумифическое, геополитический фетиш, который мусолят на круглых столах в редакциях национально-освободительных газет, когда надо показать спонсорам, что работа идет полным ходом. Значения этого термина я не знал. Участники этих круглых столов, скорее всего, тоже.

Что здесь имеется в виду? Может быть, какое-то сокровенное место? От «heart» — сердце? Наверно, это метафора... Вообще-то, метафоры разные бывают, подумал я. Запрут в комнате с каким-нибудь бомжем и скажут: «Хочешь быть вампиром — сожри его сердце...» Вот и будет Хартланд. И что тогда делать?

— Скоро узнаем, — сказал в комнате чей-то резкий и решительный голос.

Я понял, что это сказал я сам. Одновременно я заметил еще одну странную вещь. Мне казалось, что я полон сомнений и страхов — а мои руки тем временем деловито открыли флакон, вынув из него хрустальный череп... Какая-то моя часть умоляла не торопиться и отложить процедуру — но язык уже взял управление на себя.

Во флаконе оказалась ровно одна капля жидкости. Я перелил ее в рот и тщательно втер в верхнюю десну.

Ничего не произошло.

Я решил, что препарат действует не сразу и сел на диван. Вспомнив про приветствие, которое просил меня выучить Энлиль Маратович, я стал тихо повторять:

— Рама Второй в Хартланд прибыл! Рама Второй в Хартланд прибыл!

Через минуту у меня возникла уверенность, что забыть этих слов я не смогу уже никогда и ни при каких обстоятельствах. Я перестал бубнить их себе под нос. И тогда стала слышна музыка.

Где-то играл Реквием Верди (теперь я часто узнавал классику и каждый раз удивлялся своим обширным познаниям в этой области). Кажется, музыку слушали этажом выше... А может быть, и за стеной — трудно было определить точно. Мне стало казаться, что именно музыка, а не ветер заставляет шторы трепетать.

Я расслабился и стал слушать.

То ли из-за грозной музыки, то ли из-за мигания вечернего света за развевающейся шторой мне стало казаться, что с миром происходят странные изменения.

Почему-то он стал походить на сонное царство. Это было непонятно — я никогда не видел сонного царства, только читал о нем в сказках, и не знал, как оно должно выглядеть. Но я чувствовал, что геометрия старинной мебели, ромбы паркета и облицовка камина идеально подходят для того, чтобы оказаться попросту чьим-то сном... Я догадался, что думаю о сонном царстве потому, что меня самого клонит в сон.

Не хватало только проспать самое важное событие в жизни. Я встал и принялся ходить по комнате взад-вперед. Мне пришло в голову, что я мог уснуть и мне просто снится, будто я хожу по комнате.

А вслед за этим началось страшное.

Я понял, что во флаконе мог быть яд. И я мог не уснуть, а умереть, и все происходящее со мной — просто затухание остаточных разрядов в электрических контурах мозга. Эта мысль была непереносимо жуткой. Я подумал, что если бы я спал, то от страха наверняка проснулся бы. Но мне сразу показалось, что мой испуг на самом деле слишком вялый, и именно это доказывает, что я сплю.

Или умер.

Потому что смерть, понял я, — это просто сон, который с каждой секундой становится все глубже, — такой сон, из которого просыпаешься не туда, где был раньше, а в иное измерение. И кто знает, сколько времени он может сниться?

Может быть, вся моя вампирическая карьера — это просто смерть, которую я пытаюсь скрыть от себя как можно дольше? А «важное событие», которого я жду, и есть момент, когда мне придется сознаться во всем самому себе?

Я попытался отогнать эту мысль, но не смог. Наоборот, я находил все больше подтверждений своей жуткой догадке.

Мне вспомнилось, что вампиры во все времена считались живыми мертвецами — днем они лежали в гробах, синие и холодные, а по ночам вставали согреться глотком теплой крови... Может быть, чтобы стать вампиром окончательно, надо было умереть? И эта прозрачная капля из-под хрустального черепа — последний пропуск в новый мир?

Я понял, что, если я действительно умер, этот страх может нарастать бесконечно. Больше того, он способен длиться всю вечность — время ведь субъективно. Последние химические искры сознания могут выглядеть изнутри как угодно — ничто не мешает им растянуться на много миллионов лет. А вдруг все действительно кончается так? Желто-красные вспышки заката, ветер, камин, паркет — и вечная смерть... И люди не знают ничего про этот ужас, потому что никто не вернулся к ним рассказать.

«Libera me, Domine, de morte aeterna...» — пропел далекий голос. Действительно ли наверху играл Верди? Или это мой гибнущий мозг превратил в музыку понимание своей судьбы?

Я понял, что если не сделаю над собой усилия и не проснусь, то так и провалюсь навсегда в этот черный колодец, и уже не важно будет, спал я или нет, потому что ужас, который обнажился передо мной, был глубже сна и бодрствования, и вообще всего мне известного. Самым поразительным было то, что вход в ловушку лежал практически на виду — туда вела простая последовательность вполне обыденных мыслей, и было непонятно, почему все без исключения люди еще не попали в эту мертвую петлю ума.

«Так это и есть вечная смерть? — подумал я. — Вот про что они поют... Нет, не может быть. Я выберусь отсюда, чего бы мне это ни стоило!»

Надо было стряхнуть с себя оцепенение. Я попытался содрать с себя пленку кошмара — прямо руками, как будто она была чем-то физическим.

И вдруг я понял, что это уже не руки.

Вместо них я увидел какие-то черные лоскуты, покрытые коротким блестящим мехом наподобие кротовьего. Мои пальцы были сжаты в темные мозолистые кулаки с неправдоподобно большими ороговевшими костяшками, как бывает у фанатичных каратистов. Я попытался разжать их, но не смог — что-то мешало, словно пальцы были стянуты бинтом. Я удвоил усилие, и вдруг мои кисти раскрылись, но не как обычные человеческие пятерни, а как два черных зонта. Я посмотрел на свои пальцы и понял, что у меня их больше нет.

На их месте были длинные кости, соединенные кожистыми перепонками. Сохранился только большой палец, торчавший из крыла, как ствол авиационной пушки. Он кончался кривым и острым ногтем размером с хороший штык. Я повернулся к зеркалу, уже догадываясь, что увижу.

Мое лицо стало морщинистой мордой — невообразимой помесью свиньи и бульдога, с раздвоенной нижней губой и носом, похожим на сложенное гармошкой рыло. У меня были огромные конические уши со множеством сложных перегородок внутри и низкий лоб, заросший черной шерстью. Над моей головой высился длинный рог, круто загибающийся назад. Я был низкого роста, с бочкообразным мохнатым торсом и маленькими кривыми ногами. Но самым жутким были глаза — маленькие, хитрые, безжалостные и цинично-умные, как у милиционера с Москворецкого рынка.

Я уже видел эту морду на фотографии мыши-вампира *desmodus rotundus* — только у мыши не было рога. Я, собственно, и стал этой мышью, только очень большой.

Если совсем честно, я сильно напоминал черта. Когда эта мысль пришла мне в голову, я подумал, что все-таки не стал еще чертом до конца, поскольку мне не нравится происходящее. И понял, что это ничего не значит, — возможно, чертям тоже не нравится быть чертями.

Расправленные крылья цепляли за мебель, и я сложил их. Для этого надо было с усилием сжать пальцы — тогда крылья, как два зонта, сворачивались в черные цилиндры, кончавшиеся твердыми, как копыта, кулаками.

Я попытался сделать шаг, но не смог. Ходить надо особым образом. Чтобы перемещаться, следовало упереться кулаками в пол и перенести легкие задние лапы к новой точке опоры. Кажется, примерно так передвигались гориллы.

Я заметил, что перестал думать. Мой ум больше не генерировал бессвязных мыслей — внутреннее пространство, где они раньше клубились, теперь словно пропылесосили. В нем осталось только острое и точное осознание того, что происходит вокруг. Но кроме этого обостренного присутствия, появилось нечто, совершенно мне прежде не знакомое.

Я находился не только в настоящем. На реальность как бы накладывалось множество мерцающих образов будущего, которые обновлялись с каждым моим вдохом и выдохом. Я мог выбирать между разными вариантами того, что случится. Не знаю, с чем это сравнить — разве с жидкокристаллическим прицелом, сквозь который летчик-истребитель видит мир, одновременно считывая необходимую информацию. Этим прицелом было само мое сознание.

Я ощущал присутствие людей. В квартире наверху их было двое. Три человека было на моем этаже, и еще двое внизу. Я мог добраться до любого из них в несколько прыжков и взмахов, но это было ни к чему. Мне хотелось на свежий воздух. Я мог покинуть квартиру через окно, дверь и...

Я не мог поверить, что такая возможность реальна. Но инстинкт уверял меня в этом.

Мой ум нарисовал что-то вроде зеленого пунктира, ныряющего в камин и уходящего вверх и в будущее, — и я позволил себе совпасть с этим пунктиром. Перед моим лицом мелькнула каминная решетка, потом кирпичи, потом сажа и какая-то стальная скоба, а затем я увидел жестяные полосы крыши и вечернее небо.

Конечно, понял я, это просто сон — с такой легкостью можно двигаться только во сне. Я знал, что надо лететь на запад, где меня должны встречать. Перемещаться оказалось просто — достаточно было облокотиться на воздух и наметить направление.

Я чувствовал насекомых и птиц, висящих в пространстве. Они появлялись после свистящего выдоха, который естественно вырывался из моих легких при каждом взмахе крыльев. Каждый такой выдох освежал мою картину мира — словно автомобильный дворник проходил по мутному от дождя ветровому стеклу. Я видел внизу дома, машины, людей. Но меня, я был уверен, не замечает никто.

Я уже не боялся, что умер, — теперь этот страх казался смешным. С другой стороны, наяву было бы невозможно покинуть дом по трубе дымохода. Следовательно, я спал.

Но в мире было по крайней мере еще одно существо, которому снилось то же самое. Я понял это по далекому крику, который был в точности похож на мой, — он сразу сделал мир отчетливее и ярче, словно его осветили вторым солнцем. Ко мне приближался кто-то, похожий на меня. Я полетел ему навстречу, и вскоре мы оказались рядом.

Больше всего летящий вампир напоминал заросшую черным мехом свинью с перепончатыми крыльями. Они не росли из спины, как рисуют в церквях у чертей и ангелов, а были натянуты между передними и задними лапами. Возле тела их покрывала короткая черная шерсть. Передние лапы были длинными, и их огромные пальцы, растопыренные в безмерно наглый веер, были соединены черными кожистыми перепонками, образующими большую часть крыла.

«С прибытием», — сказало существо.

«Добрый вечер», — ответил я.

«Узнаешь? — спросило существо. — Я Митра».

Мы могли говорить — но не голосом, а иначе. Это не было телепатией, потому что я не имел понятия, о чем думает Митра. Мы обменивались фразами, состоявшими из слов, но не издавали никаких звуков. Скорее это было похоже на титры, возникавшие прямо в уме.

«Как долетел?» — спросил Митра, косясь из шерстистой глазницы похожим на маслину глазом.

«Нормально. Нас не видят из окон?»

«Нет».

«Почему?»

«Осторожно!»

Митра завернул вправо, чтобы облететь угол газпромовского карандаша. Я еле успел повторить его маневр. Убедившись, что препятствий впереди нет, я повторил вопрос:

«Почему нас не видят?»

«Спроси у Энлиля, — ответил Митра. — Он объяснит».

Я понял, куда мы летим.

Уже темнело. Город быстро уходил назад — внизу поплыли черные пятна леса, затем мы снизились, и вокруг стал сгущаться туман. Вскоре я совершенно перестал видеть что-нибудь вокруг. Даже Митра, летевший в нескольких метрах впереди, стал невидим. Но я не испытывал никаких трудностей с ориентацией.

Мы миновали дорогу, по которой шли машины. Затем долгое время под нами были только деревья, в основном сосны. Потом начались заборы и постройки самого разного вида. Впрочем, если быть точным, я не мог сказать, какого они вида, потому что воспринимал их не зрением, а как бы на ощупь — только ощупывал криком. Такие же крики издавал летящий рядом со мной Митра, и это придавало моему восприятию стереоскопическую надежность. Я чувствовал каждую черепицу, каждую сосновую иголку, каждый камешек на земле. Но я не знал, какого все это цвета и как видится глазу, отчего мир казался мне каким-то серым компьютерным макетом, трехмерной симуляцией самого себя.

«Где мы?» — спросил я Митру.

«Рядом с Рублевкой», — ответил он.

«Понятно, — сказал я, — где же еще... А почему вокруг этот туман? Я никогда такого не видел».

Митра не ответил. И вдруг я второй раз за день испытал приступ острого ужаса.

Я ощутил дыру в земле. Она была впереди по курсу.

Если бы я смотрел на мир обычными человеческими глазами, я, скорей всего, ничего не заметил бы: вокруг дыры росли деревья, она была со всех сторон окружена забором, а сверху затянута маскировочной сеткой с густо налепленными пластмассовыми листочками (я чувствовал, что это поддельные листья, поскольку все они были одинаковой формы и размера). Даже если бы я разглядел скат земли под сеткой, я принял бы его за овраг. И уж точно я не нашел бы в этом ничего странного — мало ли в ближнем Подмосковье оврагов, затянутых маскировочной сеткой.

Но я видел дыру не глазами, а своим локатором. И она казалась мне прорехой в мироздании, потому что мой крик улетал в нее и не возвращался. Кажется, внизу пропасть расширялась, хотя наверняка я сказать не мог — это было слишком глубоко. Так глубоко, что мне делалось нехорошо. Или, может быть, дело было не в глубине, а в чем-то другом... Словом, мне ужасно не хотелось приближаться к этому месту, но Митра летел именно туда.

Полностью скрытая сеткой, дыра напоминала по форме приплюснутое человеческое сердце — как его рисуют в комиксах. Или, понял я обреченно, пальмовый веер над моей детской кроватью...

Дыра была со всех сторон окружена высоким глухим забором, который я заметил издали. Но теперь мне стало ясно, что это ограды разных участков, прилегавших друг к другу. Заборы были разной высоты, из разного материала — но смыкались друг с другом так, что ограждение выходило сплошным, без малейшего просвета. Подойти к дыре по поверхности земли было нельзя.

«Внимание, — скомандовал Митра, — делай, как я!»

Выгнув крылья, он спустился к краю сетки, затормозил почти до полной остановки, изящно перегруппировался в воздухе и нырнул под ее край. Я последовал за ним — и, пролетев впритирку к заросшему травой обрыву, ухнул в пропасть.

Там было прохладно. На скалистых стенах кое-где росли трава и кусты. Пахло можжевеловым дымом — или чем-то похожим. Я чувствовал множество отверстий и расщелин в камне, но не видел их. Виден был только одинокий огонек на стене обрыва.

«Видишь лампу? — спросил Митра. — Тебе туда».

«А я доберусь один?»

«Тут трудно заблудиться. И потом, ты теперь не один...»

Я хотел спросить, что он имеет в виду, но он уже летел вверх. Тут я заметил, что в шахте появился еще один вампир. Он разминулся с Митрой у края пропасти и теперь снижался.

Я сообразил, что мне надо быстрее садиться, потому что лететь в узком пространстве вдвоем будет неудобно. Это было неудобно и одному. Я двигался как пловец в бассейне — долетев до одного края, переворачивался и летел к другому, постепенно снижаясь.

Вскоре я спустился к источнику света. Он был скрыт полукруглой аркой. Перед ней была небольшая площадка над пропастью, на которую падал желтый электрический луч. Здесь, похоже, мне и следовало приземлиться.

Я несколько раз пронесся от одного края расщелины к другому, прикидывая, как это сделать. Крылья второго вампира шелестели всего в нескольких метрах надо мной, и я стал всерьез опасаться, что мы столкнемся. Надо было спешить, и я решил довериться инстинкту.

Оказавшись точно над площадкой, я затормозил до полной остановки в воздухе, сжал крылья в кулаки и упал на их роговые костяшки. Движение вышло очень ловким, но слегка патетическим — я оказался в какой-то молитвенной позе, словно преклонил колени перед алтарем. Почти сразу же второй вампир с шорохом приземлился рядом. Я повернул голову, но увидел только его черный силуэт.

Вокруг было темно, тихо и сыро. Впереди была арка, вырубленная в камне. За ней горела слабая электрическая лампа в плафоне желтого стекла в виде надрезанного крестом апельсина: она не столько рассеивала тьму, сколько подчеркивала ее. Под лампой была дверь. Она сливалась по цвету со скалой, и я заметил ее только тогда, когда она стала медленно поворачиваться внутрь.

Она открылась, но в черном прямоугольнике проема никто не появился. Несколько секунд я колебался, не зная, что делать — то ли ждать приглашения, то ли войти внутрь. Потом я вспомнил про приветствие, которое мне надо было произнести. Похоже, было самое время это сделать. Повторив его про себя, чтобы не ошибиться, я громко сказал:

— Рама Второй в Хартланд прибыл!

Я понял, что произнес эту фразу своим нормальным человеческим голосом. Я посмотрел на свои руки — и увидел обычные человеческие кулаки, упертые в камень пола. Мой шикарный пиджак был разорван на рукаве и испачкан сажей на локтях. Кроме того, на моей левой кисти была свежая царапина. Я поднялся на ноги.

— Гера Восьмая в Хартланд прибыла!

Я повернул голову. Рядом со мной стояла та самая девочка с фотографии. Она была выше, чем я думал, худая, в темных штанах и такой же майке. На голове у нее была уже знакомая мне взрывообразная копна волос.

— Ну что, — сказал из темноты голос Энлиля Маратовича, — добро пожаловать в мой скромный хамлет, ребята. Раз уж прибыли.

И в комнате впереди зажегся свет.

УМ «Б»

В хамлете Энлиля Маратовича не было никакой мебели, если не считать лестницы-стремянки. Обстановка была аскетичной: подушки скучного серого цвета на полу; выдержанная в такой же унылой гамме круговая фреска, изображавшая похороны неизвестного рыцаря — его провожало в последний путь множество достойных господ в кружевных воротниках, а сам мертвец был одет в черные латы с рассеченной грудной пластиной, над которой парил в воздухе светящийся синий комар размером с хорошую ворону.

На высоте моих плеч находился широкий медный обруч, прикрепленный к потолку тремя штангами, — он занимал почти всю комнату. Почему-то при первом взгляде на это металлическое кольцо делалось ясно, что передо мной очень древняя вещь.

Энлиль Маратович висел головой вниз, зацепившись за обруч ногами и скрестив руки на груди. На нем был тренировочный костюм из толстого черного трикотажа: отвисший капюшон его куртки казался стоячим воротом нелепой фантастической формы — словно его пытались одеть под вампира на «Мосфильме».

— Вы прямо как мобильный вампир, — сказала Гера.

— Что? — удивленно переспросил Энлиль Маратович.

— По телевизору когда-то такая реклама была. Про вампиров, которые говорят по своим мобильным ночью, чтобы сэкономить на дневных тарифах. А днем спят вниз головой, как летучие мыши.

Энлиль Маратович хмыкнул.

— Насколько я знаю, — сказал он, — вампиры не экономят на тарифах. Вампиры экономят на рекламе.

— Позвольте не поверить, Энлиль Маратович, — сказала Гера. — Мне кажется... То есть не кажется, а я совершенно уверена, что в мире уже много лет идет пиар-кампания по реабилитации вампиров. Взять хотя бы этих мобильных вампиров. Дураку ведь понятно, что это реклама вампиров, а не реклама тарифов... А про Голливуд я вообще не говорю.

Я сразу же понял, что она права. Мне пришло в голову огромное количество примеров, которые подтверждали ее слова. По какой-то странной причине люди были склонны идеализировать вампиров. Нас изображали тонкими стилистами, мрачными романтиками, задумчивыми мечтателями — всегда с большой дозой симпатии. Вампиров играли привлекательные актеры; в клипах их с удовольствием изображали поп-звезды. На Западе и на Востоке селебритиз не видели в роли вампира ничего зазорного. Это действительно было странно — растлители малолетних и осквернители могил стояли куда ближе к среднему человеку, чем мы, но ни какой симпатии человеческое искусство к ним не проявляло. А на вампиров изливался просто фонтан сочувственного понимания и любви... Только сейчас я понял, в чем дело. Удивительно было, как я не догадался сам.

— Так и есть, — сказал Энлиль Маратович. — Все вампиры мира регулярно скидываются на очередной фильм о вампирах, чтобы никто из людей не задумался, кто и как сосет их красную жидкость на самом деле. Но это, конечно, не будет продолжаться вечно. Настанет день, когда симфония человека и вампира перестанет быть тайной. И к этому дню надо заранее готовить общественное мнение.

Я решил, что пришло время задать мучивший меня вопрос.

— Скажите, Энлиль Маратович, а наш полет... это и было великое грехопадение?

— Нет.

Такого я не ожидал. Энлиль Маратович улыбнулся.

— Великое грехопадение — это узнать то, что я вам сегодня расскажу. Желательно, чтобы ваши головы хорошо работали, поэтому устраивайтесь...

И он указал на обруч.

Медное кольцо было обтянуто мягкой прокладкой из прозрачного пластика, совсем как турник в спортзале. Подождав, пока Гера освободит стремянку (я хотел ей помочь, но она справилась очень ловко), я залез вверх и повис на кольце вниз головой. Кровь прилила к голове, но я нашел это приятным и умиротворяющим.

Гера висела прямо напротив меня, закрыв глаза. На нее падала полоса желтого света от лампы. Ее футболка сбилась вниз, и был виден пупок.

— Нравится? — спросил Энлиль Маратович.

Он обращался ко мне. Я быстро отвел глаза.

— Вы о чем?

— Висеть так нравится?

— Да, — сказал я, — даже не ожидал. Это потому, что кр... красная жидкость приливает к языку?

— Именно. Когда вампиру надо быстро восстановить силы и сосредоточиться, это лучший метод.

Он был прав — с каждой секундой я чувствовал себя все лучше. Ко мне возвращались потраченные в полете силы. Висеть вниз головой было так же уютно, как сидеть в кресле возле камина.

Несколько минут прошли в тишине.

— Сегодня вы должны узнать тайну, — сказал Энлиль Маратович. — Но у вас, я думаю, накопилось много вопросов. Может быть, мы начнем с них?

— Скажите, чем был наш полет? — спросил я.

— Он был полетом.

— Я имею в виду, все это снилось? Это особый транс? Или все это было по-настоящему? Что увидел бы сторонний наблюдатель?

— Главное условие такого путешествия именно в том, — ответил Энлиль Маратович, — чтобы сторонний наблюдатель его не видел.

— Вот это мне и непонятно, — сказал я. — Мы все время летели мимо домов, а в один я вообще чуть не врезался. Но Митра сказал, что нас никому не видно. Как такое может быть?

— Ты знаешь про технологию «Стелс»? Это нечто похожее. Только вампиры поглощают не радиоволны, а направленное на них внимание.

— А мы видны в это время на радаре?

— Кому?

— Вообще.

— Вопрос не имеет смысла. Даже если мы видны на радаре, радар в это время не виден никому.

Я предлагаю сменить тему, — сказала Гера.

— Принимается, — ответил Энлиль Маратович.

— У меня есть одна догадка, — продолжала Гера. — Мне кажется, я знаю, где жил язык до того, как поселиться в человеке.

— И где же?

— В этой огромной мыши, которой я только что была?

Энлиль Маратович одобрительно крякнул.

— Мы называем ее Великой Мышью, — сказал он. — По-английски «Mighty Bat». Смотри не скажи «Mighty Mouse», когда будешь общаться с американскими друзьями. Наши иногда так говорят по ошибке, а они обижаются. Такая культура, ничего не поделаешь.

— Я угадала? — спросила Гера.

— И да и нет.

— Как это — и да и нет?

— Нельзя сказать, что язык жил в Великой Мыши. Он был ею. Очень давно, много десятков миллионов лет назад. Тогда вокруг бродили динозавры, и пищей Великой Мыши была их красная жидкость... Отсюда и выражение «крик Великой Мыши»... Подумай, как это удивительно: кусая человека, ты даешь ему ту же самую команду, которая когда-то лишала воли огромную гору мяса. У меня это просто не укладывается в голове — хочется встать на колени и молиться...

Мне захотелось спросить, кому собирается молиться Энлиль Маратович, но я не решился.

— А этих огромных мышей находят в ископаемых слоях? — спросил я вместо этого. — Сохранились их скелеты?

— Нет.

— Почему?

— Потому, что это были разумные мыши. Они сжигали своих мертвых. Так же, как это сегодня делают люди. Кроме того, их было не так уж много, поскольку они были вершиной пищевой пирамиды.

— А когда они ею стали? — спросил я.

— Вампиры всегда были вершиной пищевой пирамиды. Это была первая разумная цивилизация

Земли. Она не создавала материальной культуры — зданий, промышленности. Но это не значит, что она была низкоразвитой, совсем наоборот. С сегодняшней точки зрения ее можно назвать экологической.

— Что случилось с этой цивилизацией?

— Ее уничтожила глобальная катастрофа. Шестьдесят пять миллионов лет назад на Землю упал астероид. Там, где сейчас Мексиканский залив. Над сушей пронеслись огромные волны-цунами, смывшие все живое. Но Великая Мышь сумела пережить их удар, поднявшись в воздух. В Библии осталось эхо этих дней — «земля была пуста и безвидна, и дух Божий носился над водою...».

— Круто, — сказал я, чтобы сказать хоть что-нибудь.

— Пыль сделала небо черным. Наступили темнота и холод. За несколько лет вымерли почти все пищевые цепочки. Исчезли динозавры. Великая Мышь, которая питалась их красной жидкостью, тоже оказалась на грани гибели. Но вампирам удалось выделить из себя свою суть то, что мы называем «язык». Это была как бы переносная флешкарта с личностью, сердцевина мозга — своего рода червь, на девяносто процентов состоящий из нервных клеток. Это вместилище индивидуальности стало селиться в черепе других существ, лучше приспособленных к новым условиям жизни, и входить с ними в симбиоз. Подробности, я думаю, не надо объяснять.

— Да уж, — сказал я. — А что это были за существа?

— Долгое время мы жили в крупных хищниках. Например, в саблезубых тиграх и других больших кошках. Наша культура была в то время, я бы сказал, э-э-э... довольно пугающей. Героически-насильственной, так сказать. Мы были страшными, прекрасными и жестокими. Но быть прекрасным и жестоким нельзя. И примерно полмиллиона лет назад в мире вампиров началась революция духа...

Выражение «революция духа» использовалось в дискурсе довольно многообразно и могло значить что угодно. Я выбрал последний запомнившийся мне случай его употребления:

— Это как в Киеве на майдане?

Энлиль Маратович хмыкнул:

— Не совсем. Это было религиозное обращение. Как я уже говорил, вампиры поставили задачу перейти от мясного животноводства к молочному. Они решили создать себе дойное животное. В результате появился человек.

— А как вампиры его создали?

— Правильнее говорить не «создали», а «вывели». Примерно так же, как собака или овца были выведены человеком.

— Искусственный отбор?

— Да. Но сначала была проведена целая последовательность генетических модификаций. Это был не первый подобный эксперимент. Великая Мышь ответственна за появление теплокровных животных, главный смысл существования которых заключался в том, чтобы подогревать красную жидкость до оптимальной температуры. Но человек был качественно другим созданием.

— Из кого выводили человека? — спросила Гера. — Из обезьян?

— Да.

— А где? И когда?

— Продолжалось это довольно долго. Самая последняя генетическая модификация была проведена сто восемьдесят тысяч лет назад в Африке. Именно из этой точки происходит современное человечество.

— А по какой методике проводился искусственный отбор? — спросила Гера.

— Что значит — по какой методике?

— Когда выводят молочных коров, отбирают тех, которые дают много молока, — сказала Гера. — В результате появляется корова, которая дает молока больше всех. А какая задача решалась здесь?

— Вампиры выводили животное с особым типом ума.

— А какие бывают типы ума?

— Это серьезная тема, — сказал Энлиль Маратович. — Не соскучитесь?

Гера поглядела на меня.

— Нет.

— Не соскучимся, — подтвердил я.

— Хорошо, — сказал Энлиль Маратович. — Только начать придется издалека...

Он зевнул и закрыл глаза.

Прошла примерно минута тишины — видимо, Энлиль Маратович решил начать не просто издалека, а из такого далека, чтобы в первое время вообще ничего не было заметно. Я решил, что он уснул, и вопросительно посмотрел на Геру. Гера пожала плечами. Вдруг Энлиль Маратович открыл глаза и заговорил:

— Есть одна старая идея, которая часто излагается в фантастических и оккультных книгах: людям лишь кажется, что они ходят по поверхности шара и глядят в бесконечное пространство, а в действительности они живут внутри полой сферы, и космос, который они видят, — просто оптическая иллюзия.

— Знаю, — сказал я. — Это эзотерическая космогония нацистов — они даже собирались строить ракеты, которые полетят вертикально вверх, пройдут сквозь зону центрального льда и поразят Америку.

Моя эрудиция не произвела на Энлиля Маратовича впечатления.

— На самом деле, — продолжал он, — это чрезвычайно древняя метафора, которая была известна еще в Атлантиде. Она содержит прозрение, которое люди в те времена не могли выразить иначе, чем иносказательно. Прозрение вот в чем: мы живем не среди предметов, а среди ощущений, поставляемых нашими органами чувств. То, что мы принимаем за звезды, заборы и лопухи, есть просто набор нервных стимулов. Мы наглухо заперты в теле, а то, что кажется нам реальностью, — просто интерпретация электрических сигналов, приходящих в мозг. Мы получаем фотографии внешнего мира от органов чувств. А сами сидим внутри полого шара, стены которого оклеены этими фотографиями. Этот полый шар и есть наш мир, из которого мы никуда не можем выйти при всем желании. Все фотографии вместе образуют картину мира, который, как мы верим, находится снаружи. Поняли?

— Да, — сказал я.

— Простейший ум похож на зеркало внутри этого полого шара. Оно отражает мир и принимает решение. Если отражение темное, надо спать. Если светлое, надо искать пищу. Если отражение горячее, надо ползти в сторону до тех пор, пока не станет прохладно, и наоборот. Всеми действиями управляют рефлексы и инстинкты. Назовем этот тип ума «А». Он имеет дело только с отражением мира. Поняли?

— Конечно.

— А теперь попробуйте представить живое существо, у которого два ума. Кроме ума «А», у него есть ум «Б», который никак не связан с фотографиями на стенах шара и производит фантазмы из себя самого. В его глубинах возникает такое... полярное сияние из абстрактных понятий. Представили?

— Да.

— Теперь начинается самое важное. Представьте, что ум «Б» является одним из объектов ума «А». И те фантазмы, которые он производит, воспринимаются умом «А» в одном ряду с фотографиями внешнего мира. То, что ум «Б» вырабатывает в своих таинственных глубинах, кажется уму «А» частью отчета о внешнем мире.

— Не понимаю, — сказал я.

— Так только кажется. Вы оба сталкиваетесь с этим много раз в день.

— Можно пример? — спросила Гера.

— Можно. Представь себе, скажем... что ты стоишь на Новом Арбате и смотришь на два припаркованных у казино автомобиля. По виду они почти одинаковые — черные и длинные. Ну, может быть, один чуть ниже и длиннее. Представила?

— Да, — сказала Гера.

— Когда ты замечаешь разницу в форме кузова и фар, отличие в звуке мотора и рисунке шин — это работает ум «А». А когда ты видишь два «мерса», один из которых гламурный, потому что это дорогущая модель прошлого года, а другой — срачный ацтой, потому что на таком еще Березовский ездил в баню к генералу Лебедю и в наши дни его можно взять за десять грин, — это работает ум «Б». Это и есть полярное сияние, которое он производит. Но для тебя оно накладывается на две черные машины, стоящие рядом. И тебе кажется, что продукт ума «Б» — это отражение чего-то действительно существующего снаружи.

— Хорошо объясняете, — сказал я. — А разве оно не существует снаружи на самом деле?

— Нет. Это легко доказать. Все отличия, которые замечает ум «А», могут быть измерены с помощью физических приборов. Они останутся такими же и через сто лет. А вот те отличия, которые приписывает внешнему миру ум «Б», никакой объективной оценке или измерению не поддаются. И через сто лет никто даже не поймет, в чем именно они заключались.

— А почему тогда разные люди, увидев эти две машины, подумают одно и то же? Насчет того, что одна гламурная, а другая срачная? — спросила Гера.

— Потому что ум «Б» у этих людей настроен на одну и ту же волну. Он заставляет их видеть одинаковую галлюцинацию.

— А кто создает эту галлюцинацию? — спросил я.

— Ум «Б» и создает. Точнее, множество таких умов, поддерживающих друг друга. Этим люди отличаются от животных. Ум «А» есть и у обезьяны, и у человека. А вот ум «Б» есть только у человека. Это результат селекции, которую провели вампиры древности.

— А зачем дойному животному этот ум «Б»?

— Тебе еще не ясно?

— Нет, — сказал я.

Энлиль Маратович посмотрел на Геру.

— Тоже нет, — сказала она. — Наоборот, только сильнее запуталась.

— А причина одна. Вы до сих пор думаете как люди.

В очередной раз услышав этот приговор, я рефлекторно втянул голову в плечи. Гера буркнула:

— Научите думать по-новому.

Энлиль Маратович засмеялся.

— Милая, — сказал он, — у вас в голове пятьсот маркетологов срали десять лет, а вы хотите, чтобы я там убрал за пять минут... Вы только не обижайтесь. Я ведь вас не виню. Сам таким был. Думаете, я не знаю, о чем вы размышляете по ночам? Отлично знаю. Вы не можете понять, где и как вампиры достают человеческую красную жидкость. Вы думаете о донорских пунктах, об умученных младенцах, о подземных лабораториях и прочей белиберде. Разве не так?

— Примерно, — согласился я.

— Хоть бы одно исключение за сорок лет, — сказал Энлиль Маратович. — Вот это, если хотите знать, и есть самое поразительное, что я видел в жизни. Эта всеобщая слепота. Когда вы поймете, в чем дело, она тоже покажется вам удивительной.

— А что мы должны понять? — спросила Гера.

— Давайте рассуждать логически. Если человек — дойное животное, его главным занятием должно быть производство пищи для вампиров. Верно?

— Верно.

— Теперь скажите, какое занятие у людей самое главное?

— Деторождение? — предположила Гера.

— Это в цивилизованном мире бывает все реже. И уж точно это не главное занятие человека. Что для человека важнее всего?

— Деньги? — спросил я.

— Ну наконец. А что такое деньги?

— А то вы не знаете, — пожал я плечами.

При положении тела вниз головой это было очень странное движение.

— Я-то, может, и знаю. А вот знаете ли вы?

— Есть где-то пять... нет, семь научных определений, — сказал я.

— Я знаю, что ты имеешь в виду. Но у всех твоих определений есть один фундаментальный недостаток. Они придуманы с единственной целью — заработать денег. А это все равно что пытаться измерить длину линейки самой линейкой...

— Вы хотите сказать, что эти определения неверные?

— Не то чтобы неверные. Если разобраться, все они говорят одно: деньги — это деньги и есть. То есть не говорят ничего. Но в то же самое время, — Энлиль Маратович поднял палец, вернее, опустил его к полу, — в то же самое время подсознательно люди понимают правду. Вспомни, как представители социальных низов называют хозяев?

— Эксплуататоры?

— Кровососы? — сказала Гера.

Я подумал, что Энлиль Маратович одернет ее, но он, наоборот, довольно хлопнул в ладоши.

— Вот! Умница моя. Именно что сосатели красной жидкости. Хотя красную жидкость никто из них в прямом смысле не сосет. Понимаете?

— Вы хотите сказать... — начала Гера, но Энлиль Маратович не дал ей закончить.

— Да. Именно так. Вампиры уже давно используют не биологическую красную жидкость, а гораздо более совершенный медиум жизненной энергии человека. Это деньги.

— Вы серьезно? — спросил я.

— Более чем. Подумай сам. Что такое человеческая цивилизация? Это не что иное, как огромное производство денег. Человеческие города — просто денежные фабрики, и только по этой причине в них живет такая уйма людей.

— Но там ведь производят не только деньги, — сказал я. — Там...

— Там все время идет бурный рост, — перебил Энлиль Маратович, — хотя не до конца понятно, что именно растет и куда. Но это непонятно что растет и растет, и всех очень волнует, быстрее оно растет, чем у других, или медленнее. Потом оно внезапно накрывается медным тазом, и в стране объявляют национальный траур. А потом оно начинает снова расти. При этом никто — вообще никто из тех, кто в городе живет, — этого непонятно чего ни разу не видел...

Он провел перед собой рукою, как бы указывая на панораму невидимого города за стенами.

— Люди производят продукт, о котором не имеют никакого понятия, — продолжал он. — Несмотря на то, что ежедневно думают только про него. Как бы ни называлась человеческая профессия, это просто участок карьера по добыче денег. Человек работает в нем всю жизнь. У него это называется «карьерой», хе-хе... Не подумайте, что я злорадствую, но современное рабочее место в офисе — cubicle — даже внешне похоже на стойло крупного рогатого скота. Только вместо ленты с кормом перед мордой офисного пролетария стоит монитор, по которому этот корм показывают в дигитальном виде. Что вырабатывается в стойле? Ответ настолько очевиден, что вошел в идиоматику самых разных языков. Человек делает деньги. He or she makes money.

Мне захотелось возразить.

— Деньги — это не производимый продукт, — сказал я. — Это просто одно из изобретений, которые делают жизнь проще. Одно из следствий эволюции, которая подняла человека над животными...

Энлиль Маратович насмешливо уставился на меня:

— Ты действительно думаешь, что человек поднялся в результате эволюции выше животных?

— Конечно, — ответил я. — А разве нет?

— Нет, — сказал он. — Он опустился гораздо ниже. Сегодня только ушедший от дел миллионер может позволить себе образ жизни животного: жить на природе в самых подходящих для организма климатических условиях, много двигаться, есть экологически чистую пищу и при этом вообще никогда ни о чем не волноваться. Подумайте: ведь никто из животных не работает.

— А белочки? — спросила Гера. — Они ведь собирают орехи.

— Милая, это не работа. Вот если бы белочки с утра до ночи впаривали друг другу прокисшее медвежье говно, это была бы работа. А собирать орехи — это бесплатный шопинг. Работают только скоты, которых человек вывел по своему образу и подобию. И еще сам человек. Если, как ты говоришь, задача денег — сделать жизнь проще, почему люди добывают их всю жизнь, пока не превратятся в старческий мусор? Вы серьезно считаете, что человек делает все это для себя? Я вас умоляю. Человек даже не знает, что такое деньги на самом деле.

Он обвел нас с Герой взглядом.

— В то же время, — продолжал он, — понять, что это, совсем несложно. Достаточно задать элементарный вопрос: из чего их добывают?

Мне показалось, что вопрос обращен ко мне.

— В двух словах сформулировать сложно, — сказал я. — На этот счет до сих пор спорят экономисты...

— И пусть спорят дальше. Но для любого карьерного работника это однозначно. Деньги добываются из его времени и сил. В них превращается его жизненная энергия, которую он получает из воздуха, солнечного света, пищи и других впечатлений жизни.

— Вы имеете в виду, в переносном смысле?

— В самом прямом. Человек думает, что добывает деньги *для себя*. Но в действительности он добывает их *из себя*. Жизнь устроена так, что он может получить немного денег в личное пользование только в том случае, если произведет значительно больше для кого-то другого. А все, что он добывает для себя, имеет свойство странным образом просачиваться между пальцев... Ты разве не заметил? Когда работал грузчиком в универсаме?

Гера посмотрела на меня с любопытством. Мне захотелось убить Энлиля Маратовича на месте.

— Заметил, — буркнул я.

— Причина, по которой люди не понимают природу денег, проста, — продолжал Энлиль Маратович. — О них разрешается говорить только в рамках карго-дискурса. Речь идет не о том, что жизнь человека перерабатывается в непонятную субстанцию, а о том, какая валюта перспективней — евро или юань. И можно ли в этой связи верить иене. Серьезные люди о другом не говорят и не думают.

— Естественно, — сказал я. — Человек стремится к деньгам, потому что иначе он умрет с голоду. Так уж жизнь устроена.

— Слова правильные, — согласился Энлиль Маратович. — Но я бы чуть поменял их порядок. Тогда изменится акцент.

— А как надо?

— Жизнь устроена таким образом, что человек умрет с голоду, если станет стремиться к чему-то, кроме денег. Я как раз и объясняю, кем она так устроена и почему.

— Допустим, — сказала Гера. — Но как именно человек вырабатывает деньги? У коровы есть вымя. А у человека ничего подобного нет.

Энлиль Маратович улыбнулся.

— Кто тебе сказал?

Гера, как мне показалось, смутилась.

— Вы хотите сказать, что у человека есть вымя, как у коровы? — спросила она.

— Именно так.

— Где же оно? — спросила Гера совсем тихо.

Я не удержался и посмотрел на ее грудь. Это не укрылось от Энлиля Маратовича.

— В голове, — сказал он и, глядя на меня, выразительно постучал пальцами по черепу.

— Где именно в голове? — спросил я.

— Я только что объяснял, — ответил Энлиль Маратович. — Ум «Б» и есть тот орган, который производит деньги. Это денежная железа, которая из всех животных есть только у человека...

— Подождите, — перебил я. — Мы говорили про то, что ум «Б» производит различие между двумя «мерседесами». А при чем тут деньги?

— Различие между двумя «мерседесами», выделенное в чистом виде, и есть деньги. А культурная среда, которая состоит из таких различий, — это карьер, в котором деньги добывают. Этот карьер, как вы понимаете, не где-то снаружи, а в голове. Поэтому я и говорю, что люди добывают деньги из себя.

— А как человек может работать в карьере, если этот карьер у него в голове?

— Очень просто. В уме «Б» идет непрерывное абстрактное мышление, которое створаживается в денежный концентрат. Это похоже на брожение в виноградном чане.

— А что такое денежный концентрат?

— Различие между двумя «мерседесами» — это и есть денежный концентрат. Он соотносится с деньгами примерно как листья коки с кокаином. Можно сказать, что деньги — это очищенный и рафинированный продукт ума «Б».

— Скажите, а этот денежный концентрат, случайно, не то же самое, что гламур? — спросила Гера.

— Верно мыслишь, — ответил Энлиль Маратович. — Но денежный концентрат — это не только гламур. В деньги перерабатывается практически любое восприятие, которое существует в современном городе. Просто некоторые его виды приводят к выработке большего объема денежной массы на единицу информации. Гламур здесь вне конкуренции. Именно поэтому вокруг человека всегда столько глянца и рекламы. Это как клевер для коровы.

— А разве гламур есть всюду? — спросил я.

— Конечно. Только он всюду разный. В Нью-Йорке это автомобиль «феррари» и туалет от какой-нибудь Донны Каран. А в азиатской деревне это мобильный с большим экраном и майка с надписью «Mickey Mouse USA Famous Brand». Но субстанция одна.

Гера посмотрела на мои ноги. Я заметил, что мои штанины сбились вниз и обнажились носки, резинки которых были украшены лейблами в виде британского флага.

— А в чем состоит роль дискурса? — спросил я озабоченно.

— У пастбища должна быть ограда, — ответил Энлиль Маратович. — Чтобы стадо не разбрелось.

— А кто за этой оградой?

— Как — кто? Мы.

Я вспомнил, что то же самое, почти слово в слово, говорил мне в свое время Иегова. Гера вздохнула. Энлиль Маратович засмеялся.

— Ждала от жизни большего? — сказал он. — Не жди.

— А что бывает с людьми, которые отказываются поедать концентрат и вырабатывать деньги? — спросила Гера.

— Я пастырь добрый, — ответил Энлиль Маратович. — Ругать не буду. Но ты сама подумай, как корова может отказаться вырабатывать молоко? Ей придется перестать кушать.

— Но ведь люди, наверно, могут вырабатывать вместо денег что-то другое? Например, как в Советском Союзе?

Энлиль Маратович поднял брови.

— Хороший вопрос... Если коротко, можно сказать так: животноводство бывает мясное и молочное. Когда оно перестает быть молочным, оно становится мясным. А когда оно перестает быть мясным, оно становится молочным. В переходные эпохи оно бывает комбинированным. Ничего другого пока не придумали.

— А что это значит — мясное животноводство? — спросил я.

— То и значит, — сказал Энлиль Маратович. — Можно пить молоко, а можно есть мясо. Есть ресурс, который люди производят при жизни, и есть ресурс, который они производят во время смерти... К счастью, эти ужасные технологии давно осуждены и остались в прошлом, так что не будем на них останавливаться.

— Войны? — спросила Гера.

— Не только, — ответил Энлиль Маратович. — Впрочем, войны тоже сюда относятся. Они бывают разной природы. Иногда вампиры разных стран просто играют друг с другом, как дети. Только вместо солдатиков у них люди. Бывает даже, что вампиры одного клана играют в солдатики друг с другом на собственной территории. Правда, обычно мы стараемся делить ресурсы мирно. Но это не всегда получается.

— Может быть, людям нужно добраться до этих мясных и молочных животноводов? — спросила Гера.

— Разрушить ограду? — поддакнул я. — Вернуться в естественную среду?

— Вы, ребята, не забывайте, что вы теперь сами животноводы, — сказал Энлиль Маратович. — Иначе вы бы здесь не висели. Ценю ваш порыв, я сам по природе сострадательный и добрый. Но поймите раз и навсегда: коров, свиней и людей нельзя отпустить на волю. Причем если для коров и свиней еще можно что-то подобное специально придумать, то для людей это невозможно в принципе, поскольку они, в сущности, есть просто вынесенная наружу часть нашей перистальтики. Особенность этих существ в том, что естественной среды обитания у них нет. Только неестественная, ибо сами они глубоко неестественны. Человеку нечего делать на воле. Он выведен именно для того, чтобы жить как живет. Но не надо проливать по этому поводу слезы — не так уж человеку и плохо. Вместо воли у него есть свобода. Это совершенно потрясающая вещь. Мы говорим ему — пасись где захочешь! Чем больше у тебя свободы, тем больше ты произведешь денег. Разве плохо?

И Энлиль Маратович довольно засмеялся.

— Мне непонятно самое главное, — сказал я. — Все денежные потоки от начала до конца контролируются людьми. Каким образом вампиры собирают и используют деньги?

— Это уже другая тема, — ответил Энлиль Маратович. — Об этом вы узнаете позже. А теперь немного помолчим...

Наступила тишина.

Я закрыл глаза. Мне нравилось просто так висеть вниз головой и ни о чем не думать. Скоро я впал в оцепенение, похожее на сон, — но это был не сон, а, скорее, какое-то хрустальное безмыслие. Наверно, о чем-то похожем пел Игги Поп: «The fish doesn't think, because the fish knows everything...»[1] Может быть, в этом состоянии я тоже все знал, но проверить это было затруднительно, потому что для проверки пришлось бы начать думать. А думать и означало выйти из этого состояния. Не знаю, сколько прошло времени. Меня привел в чувство резкий хлопок в ладоши. Я открыл глаза.

— Подъем, — бодро произнес Энлиль Маратович.

Схватившись руками за кольцо, он ловким для своего грузного тела движением спустился на пол. Я понял, что аудиенция окончена. Мы с Герой тоже слезли вниз.

— И все-таки, — сказал я. — Насчет того, как вампиры используют деньги. Можно хотя бы какой-нибудь намек?

Энлиль Маратович улыбнулся. Достав из кармана тренировочных бумажник, он вынул из него купюру в один доллар, разорвал ее пополам и протянул мне половинку.

---

[1] «Рыба не думает, потому что рыба все знает».

— Ответ здесь, — сказал он. — А теперь шагом марш отсюда.

— Куда? — спросила Гера.

— Здесь есть лифт, — ответил Энлиль Маратович. — Он поднимет вас в гараж моего дома.

ГЕРА

Машина выехала из подземного бетонного бокса, миновала будку охраны, проехала ворота, и за стеклом поплыли сосны. Я даже не увидел дома Энлиля Маратовича и вообще не успел разглядеть ничего, кроме трехметрового забора. Был уже полдень — выходило, что мы провисели в хамлете всю ночь и все утро. Я совершенно не понимал, куда делось столько времени.

Сидевшая рядом Гера опустила голову мне на плечо.

Я обомлел. Но оказалось, что она просто уснула. Я закрыл глаза, сделав вид, что тоже сплю, и положил руку на ее ладонь. Мы просидели так с четверть часа — потом она проснулась и убрала руку.

Я открыл глаза, выглянул в окно и зевнул, изображая пробуждение. Мы приближались к Москве.

— Куда сейчас? — спросил я Геру.

— Домой.

— Давай вылезем в центре. Прогуляемся.

Гера поглядела на часы.

— Давай. Только не очень долго.

— Довезите нас до Пушкинской, — сказал я шоферу.

Тот кивнул.

Остаток дороги мы молчали — мне не хотелось говорить при шофере, который изредка поглядывал на нас в зеркало. Он был похож на условного американского президента из среднебюджетного фильма-катастрофы — строгий темный костюм, однотонный красный галстук, волевое усталое лицо. Было лестно, что за рулем сидит такой представительный мужчина.

Мы вылезли из машины возле казино «Шангри-Ла».

— Куда пойдем? — спросила Гера.

— Давай по Тверскому бульвару, — сказал я.

Пройдя мимо фонтана, мы миновали изнывающего в бензиновом чаду Пушкина и спустились в переход.

Мне вспомнился мой первый укус. Место преступления было совсем неподалеку — говорят, преступника всегда на него тянет. Может быть, потому я и попросил шофера высадить нас здесь?

Но кусать Геру не стоило: скорее всего, на этом наша прогулка сразу кончилась бы. Этот экзамен я должен был сдавать без шпаргалки, как все, — вот оно, возмездие... Меня охватила неуверенность в себе, граничащая с физической слабостью, и я решил срочно победить это чувство, сказав что-нибудь яркое и точное, свидетельствующее о моей наблюдательности и остром уме.

— Интересно, — сказал я. — Когда я был маленький, в этом переходе были отдельно стоящие ларьки. Постепенно их становилось все больше и больше, и теперь вот они слились в один сплошной ряд...

И я кивнул на стеклянную стену торгового павильона.

— Да, — ответила Гера равнодушно. — Концентрата тут много.

Мы поднялись на другой стороне улицы и дошли до Тверского бульвара. Когда мы проходили между каменных чаш по краям лестницы, я хотел было сказать, что внутри у них всегда какой-то мусор и пустые бутылки, но решил больше не демонстрировать свою наблюдательность и острый ум. Однако надо было о чем-то говорить: молчание становилось неприличным.

— О чем думаешь? — спросил я.

— Об Энлиле, — сказала Гера. — Вернее, о том, как он живет. Хамлет над пропастью. Пафосно, конечно. Но все равно очень стильно. Это мало кто может себе позволить.

— Да, — сказал я, — и висишь не на жерди, а на кольце. Есть в этом что-то философическое...

К счастью, Гера не спросила меня о том, что в этом философического, — я мог бы затрудниться с ответом. Она засмеялась — видимо, решила, что я пошутил.

Я вспомнил, что фотография Геры показалась мне похожей на картинку пользователя из «Живого журнала». Может быть, я там ее и видел и у нее есть свой аккаунт? У меня такой был — и даже имелось около полусотни френдов (с которыми я, естественно, не делился всеми подробностями своей жизни). Это была хорошая тема для разговора.

— Скажи, Гера, а я не мог видеть тебя на юзерпике в «Живом журнале»?

— Не мог, — сказала она. — Жопной жужжалки у меня нет.

Такого выражения я не слышал.

— А чего так строго?

— Это не строго, — сказала она. — Это трезво. Иегова ведь объяснял, почему люди заводят себе интернет-блоги.

— Я не помню такого, — ответил я. — А почему?

— Человеческий ум сегодня подвергается трем главным воздействиям. Это гламур, дискурс и так называемые новости. Когда человека долго кормят рекламой, экспертизой и событиями дня, у него возникает желание самому побыть брендом, экспертом и новостью. Вот для этого и существуют отхожие места духа, то есть интернет-блоги. Ведение блога — защитный рефлекс изувеченной психики, которую бесконечно рвет гламуром и дискурсом. Смеяться над этим нельзя. Но вампиру ползать по этой канализации унизительно.

— Это ты мне за «чмоки» под письмом? — спросил я. — Какая ты злопамятная...

— Нет, — сказала она, — что ты. Твое письмо мне понравилось. Особенно «иниф». Я тоже люблю делать такие открытия. Например, если напечатать на русской клавиатуре «self», получится «ыуда».

И она опять засмеялась. Я не понял, то ли она привела этот пример просто так, то ли это был намек на мое якобы гипертрофированное эго.

У нее была интересная манера смеяться: громко, но коротко, словно веселье прорывалось из нее наружу только на секунду и клапан сразу закрывался — она, можно сказать, чихала смехом. А когда она улыбалась, у нее на щеках появлялись продолговатые ямочки. Даже не просто ямочки, а две канавки.

— Вообще-то, — сообщил я, — я в свой жэжэ почти ничего не пишу. Просто я не читаю газет и не смотрю телевизор. Я там узнаю новости. В жэжэ всегда можно выяснить, что думают профессионалы — у любого эксперта сейчас есть свой блог.

— Читать вместо газет блоги экспертов, — ответила Гера, — это все равно что не есть мяса, а вместо него питаться экскрементами мясников.

Я откашлялся.

— Интересно, где ты этого набралась?

— Я не набралась. Я сама так думаю.

— В «Живом журнале», — сказал я, — после такой фразы полагалось бы поставить смайлик.

— А смайлик — это визуальный дезодорант. Его обычно ставят, когда юзеру кажется, что от него плохо пахнет. И он хочет гарантированно пахнуть хорошо.

Мне вдруг захотелось отойти в сторону и проверить, не пахнет ли от меня потом. До конца бульвара мы дошли в тишине.

За это время я успел разозлиться. Но достойного ответа не приходило в голову. Вдохновение посетило меня, когда я поглядел на памятник Тимирязеву.

— Да, — сказал я, — с дискурсом у тебя порядок. Но вот с гламуром... Или это я отстал? Сейчас что, такая мода — одеваться под Тома Сойера?

— Что значит — под Тома Сойера?

Я посмотрел на ее стираную черную футболку. Потом на ее темные штаны — когда-то они тоже, видимо, были черными. Потом на ее кроссовки.

— Так, как будто собираешься красить забор.

Это, конечно, был удар ниже пояса — девушкам такого не говорят. Во всяком случае, я искренне надеялся, что это удар ниже пояса.

— Ты считаешь, я плохо одета? — спросила она.

— Ну почему плохо. Рабочая одежда — это нормально. Тебе даже идет. Просто в современной городской стилистике...

— Подожди-ка, — сказала она, — ты действительно думаешь, что это на мне рабочая одежда? А не на тебе?

Мой пиджак был разорван и в нескольких местах испачкан сажей, но и в таком виде я был уверен в безупречности своего наряда. Вся комбинация — пиджак, брюки, рубашка и туфли — была куплена мной в «LovemarX». Я полностью позаимствовал ее с манекена, выставленного в торговом зале, — кроме носков, которые купил отдельно. Приобретая готовые комплекты с манекенов, я научился маскировать свою гламурную несостоятельность. Метод работал: Бальдр лично одобрил этот наряд, сказав, что я одет как гренландский пидор во время течки.

— Скажем так, — ответил я, — для работы в огороде я бы оделся по-другому. Одежда — это всетаки ритуал, а ритуалы надо уважать. Это демонстрация статуса. Каждый должен одеваться в соответствии со своим положением в обществе. Таков социальный кодекс. Мне кажется, вампир — это очень высокий статус. Не просто очень высокий, а самый высокий. И наша одежда должна ему соответствовать.

— А как одежда отражает социальный статус?

Пора было показать, что я тоже владею дискурсом.

— Вообще-то, во все эпохи действует один и тот же простой принцип, — сказал я, — который называется «industrial exemption». Одежда демонстрирует, что человек освобожден от тяжелого физического труда. Например, длинные рукава, спадающие ниже пальцев. Типа «Lady Greensleeves» — знаешь песню?

Она кивнула.

— Понятно, — продолжал я, — что дама, которая носит такую одежду, не будет мыть кастрюли или кормить свиней. Сюда же относятся кружева, которые окружают кисти рук, нежнейшая обувь на каблуке или с загнутым носом, различные подчеркнуто нефункциональные детали костюма — панталоны буфф, гульфики, всякие излишества. Ну а сегодня это просто, э-э-э... дорогая одежда, подобранная со вкусом. Такая, по которой видно, что человек не занимается окраской заборов.

— С теорией правильно, — сказала Гера. — Ошибка с практикой. Твоя офисная униформа вовсе не показывает, что ты освобожден от унизительного труда по окраске заборов. Наоборот. Она сообщает окружающим, что в десять утра ты должен прибыть в контору, представить себе ведро краски и до семи вечера красить воображаемый забор внутри своей головы. С коротким перерывом на обед. И твой старший менеджер должен быть доволен ходом работы, о котором он будет судить по выражению оптимизма на твоем лице и румянцу на щеках...

— Почему обязательно... — начал я.

— Какой ужас! — перебила она. — И это говорит вампир? Рама, ты одет как клерк перед интервью с нанимателем. У тебя такой вид, словно в твоем внутреннем кармане лежит сложенный вчетверо листок с краткой автобиографией и ты не решаешься взять его в руки, чтобы перечитать, потому что твои ладони потеют от ответственности и ты боишься, что буквы расплывутся. И ты делаешь замечания мне? Да еще в день, когда я ради торжественного случая специально надела нашу национальную одежду?

— Какую национальную одежду? — спросил я оторопело.

— Национальная одежда вампиров — черный цвет. А стиль «industrial exemption» в двадцать первом веке — это когда тебя не волнует, что о твоем пиджаке подумает капитан галеры, где ты прикован к веслу. Все остальное — это рабочая одежда. Даже если ты носишь «ролекс». Кстати сказать, особенно если ты носишь «ролекс».

У меня на руке действительно был «ролекс» — неброский, но настоящий. Он вдруг показался мне невыносимо тяжелым, и я втянул кисть в рукав. Я чувствовал себя так, словно меня спустили в бочке по Ниагарскому водопаду.

Мы перешли Новый Арбат. Гера остановилась перед витриной, внимательно себя оглядела, вынула из кармана патрончик с ярко-алой помадой и подвела ей губы. После этой процедуры она стала напоминать девушку-вампира из комиксов.

— Красиво, — сказал я заискивающе.

— Спасибо.

Она спрятала помаду в карман.

— Скажи, а ты веришь, что вампиры вывели человека? — спросил я.

Она пожала плечами.

— А почему нет. Ведь люди вывели свинью. И корову.

— Но это разные вещи, — сказал я. — Люди ведь не просто скот. Они создали потрясающую культуру и цивилизацию. Мне трудно поверить, что все это появилось только для того, чтобы вампиры могли без проблем обеспечивать себя пищей. Посмотри по сторонам...

Гера отреагировала буквально. Остановившись, она с комичным вниманием оглядела все вокруг: кусок Нового Арбата, кинотеатр «Художественный», Министерство обороны и станцию метро «Арбатская», похожую на степной монгольский мавзолей.

— Посмотри сам, — сказала она и указала на рекламный щит впереди. На щите была реклама унитаза — огромные цифры «9999 рублей» и подпись: *«Эльдорадо — территория низких цен»*.

— Я бы им предложил такой слоган: «Золото Фрейда», — сказал я. — Нет, лучше боевик такой снять...

Унитаз вдруг пришел в движение и распался на вертикальные полосы. Я понял, что щит состоит из треугольных планок. Когда они повернулись, появилась другая реклама — телефонного тарифа. Она была выдержана в жизнерадостных желтых и синих красках: *«$10 не лишние! Подключись и получи*

10 долларов!» Прошла еще пара секунд, планки снова развернулись, и появилось последнее изображение — строгая черная надпись на белом фоне:

Я Господь, Бог твой, да не будет у тебя других богов, кроме Меня.

— Потрясающая культура и цивилизация, — повторила Гера.

— Ну и что, — сказал я, — подумаешь. Какие-то протестанты арендовали щит и рекламируют свою амбарную книгу. В смысле Библию. Смешного вокруг много, никто не спорит. Но я все равно не могу поверить, что человеческие языки и религии, одно перечисление которых занимает целую энциклопедию, — это побочный эффект продовольственной программы вампиров.

— А что тебя смущает?

— Несоразмерность цели и результата. Это как строить огромный металлургический комбинат, чтобы наладить выпуск... Не знаю... Скрепок.

— Если бы вампиры сами придумывали все эти культуры и религии, тогда действительно было бы хлопотно, — ответила она. — Только это ведь делают люди. Это, как ты сам выразился, побочный эффект.

— Но если единственная задача людей — кормление вампиров, получается, что у человеческой цивилизации очень низкий коэффициент полезного действия.

— А почему он должен быть высоким? Какая нам разница? Нам что, надо перед кем-то отчитываться?

— Это верно, но... Все равно не верю. В природе нет ничего лишнего. А здесь лишнее почти все.

Гера нахмурилась. Выглядело это так, словно она злится, но я уже знал, что у нее бывает такое выражение лица, когда она о чем-то сосредоточенно думает.

— Ты знаешь, кто такие термиты? — спросила она.

— Да. Слепые белые муравьи. Они выедают изнутри деревянные вещи. Про них еще этот писал, как его, Мракес.

— Маркес? — переспросила Гера.

— Может. Я не читал, знаю чисто по дискурсу. Как и про термитов. Живых не видел.

— Я тоже, — сказала Гера. — Но я видела про них фильм. У термитов есть король и королева, которых охраняют обычные термиты. Король и королева сидят в своих камерах, откуда нельзя вылезти, а рабочие термиты постоянно их вылизывают и кормят. У термитов есть свой архитектурный стиль — такая, типа, кислотная готика. Есть сложная социальная иерархия. Много разных профессий — рабочие, солдаты, инженеры. Больше всего меня поразило, что новый термитник возникает, когда молодые король и королева улетают из старого строить другое царство. Прилетев на место, они для начала отгрызают друг другу крылья...

— Ты хочешь сравнить цивилизацию людей с термитником? — перебил я.

Она кивнула.

— Уже одно то, что ты это делаешь, — сказал я, — показывает, насколько люди и термиты далеки друг от друга.

— Почему?

— Потому что два термита никогда не будут говорить о том, что их термитник похож на готичный собор.

— Во-первых, — сказала Гера, — не готичный, а готический. Во-вторых, никто не знает, что обсуждают термиты. В-третьих, я не договорила. В фильме рассказывали, что есть две разновидности термитов-солдат. Бывают обычные солдаты — у них на голове что-то вроде кусачек. А еще бывают носатые термиты — у них на голове такой длинный штырь. Этот штырь смазывается химическим раздражителем, экстрактом их лобной железы. Когда выяснилось, что экстракт лобной железы термита помогает при лечении болезней, термитов стали разводить искусственно, чтобы получать это вещество. Если бы носатому термиту из такого искусственно устроенного термитника сказали, что вся их огромная сложная монархия, вся их уникальная архитектура и гармоничный социальный строй — это побочные следствия того, что каким-то обезьянам нужен экстракт их лобной железы, термит бы не поверил. А если бы и поверил, то увидел бы в этом чудовищную и оскорбительную несоразмерность.

— Экстракт лобной железы менеджера низшего звена, — повторил я. — Красивое сравнение...

— Прямо по Энлилю Маратовичу. Только давай без наездов на офисный пролетариат, это пóшло. Ребята в офисе ничем не хуже нас, просто нам повезло, а им нет.

— Ладно, — сказал я миролюбиво, — пусть будет менеджер среднего звена.

Мы приближались к храму Христа Спасителя. Гера указала на одну из скамеек. Я увидел на ее спинке сделанную желтым распылителем надпись:

Христос — это Яхве для бедных.

В русской культуре последних лет все так смешалось, что невозможно было понять — то ли это хула на Спасителя, то ли, наоборот, хвала ему... Отчего-то я вспомнил о порванной купюре, которую мне дал Энлиль Маратович, вынул ее из кармана и прочел надписи вокруг пирамиды с глазом:

— «Novus Ordo Seclorum» и «Annuit Caeptis». Как это переводится?

— «Новый мировой порядок», — сказала Гера, — и что-то вроде «наши усилия принимаются с приязнью».

— И какой в этом смысл?

— Просто масонская белиберда. Ты не там ищешь.

— Наверно, — сказал я. — Важен был сам его жест, да? То, что он порвал банкноту? Может, существует какая-то особенная технология уничтожения денег. Нечто вроде аннигиляции, при которой выделяется заключенная в них энергия.

— Это как, например?

Я задумался.

— Ну, допустим, переводят деньги на специальный счет. А потом как-то по-особому уничтожают. Когда деньги исчезают, выделяется жизненная сила, и вампиры ее впитывают...

— Неправдоподобно, — сказала Гера. — Где выделяется жизненная сила? Счет ведь в банковской компьютерной системе. Невозможно сказать, где именно он находится.

— Может быть, вампиры собираются вокруг ноута, с которого посылают команду куда-нибудь на Каймановы острова. А у этого ноута на USB висит особая вампирская фишка.

Гера засмеялась.

— Чего? — спросил я.

— Представляю себе, как наши во время дефолтов гуляют.

— А это, кстати, ценная мысль, — сказал я. — Может быть, все вообще делают централизованно. Типа, опускают доллар на десять процентов и прутся потом полгода.

Гера вдруг остановилась.

— Стоп, — сказала она. — Кажется...

— Что такое?

— Я только что все поняла.

— Что ты поняла?

— Скорей всего, вампиры пьют не человеческую красную жидкость, а особый напиток. Он называется «баблос». Его делают из старых банкнот, подлежащих уничтожению. Поэтому Энлиль бумажку и порвал.

— С чего ты взяла?

— Я вспомнила разговор, который случайно слышала. Один вампир при мне спросил Энлиля, все ли готово, чтобы сосать баблос. А Энлиль ответил, что еще не пришла партия старых денег с Гознака. Тогда я вообще не поняла, о чем они. Только сейчас все встало на места.

— Партия старых денег с Гознака? — переспросил я недоверчиво.

— Подумай сам. Люди постоянно теребят деньги в руках, пересчитывают, прячут, надписывают, хранят. Это для них самый важный материальный объект. В результате банкноты пропитываются их жизненной силой. Чем дольше бумажка находится в обращении, тем сильнее она заряжается. А когда она становится совсем ветхой и буквально сочится человеческой энергией, ее изымают из обращения. И вампиры готовят из нее свой дринк.

Я задумался. Звучало это, конечно, странно и не особо аппетитно — но правдоподобнее, чем моя версия про счета на Каймановых островах.

— Интересно, — сказал я. — А кто этот другой вампир, с которым говорил Энлиль Маратович?

— Его зовут Митра.

— Ты знаешь Митру? — удивился я. — Хотя да, конечно... Это ведь он мне твое письмо и передал.

— Он про тебя очень смешно рассказывал, — сообщила Гера. — Говорил, что...

Она ойкнула и прикрыла ладошкой рот, словно сказала лишнее.

— Что он говорил?

— Ничего. Замнем.

— Нет, говори уж, раз начала.

— Я не помню, — ответила Гера. — Ты думаешь, мы только про тебя с ним беседуем? У нас других тем хватает.

— А что за темы, если не секрет?

Гера улыбнулась:

— Он мне комплименты делает.

— Какие?

— Не скажу, — ответила Гера. — Не хочу сковывать твое воображение примером. Вдруг ты сам захочешь сделать мне комплимент.

— А тебе нужны комплименты?

— Девушкам всегда нужны комплименты.

— Разве ты девушка? Ты вампирка. Сама ведь в письме написала.

Сказав это, я понял, что совершил ошибку. Но было уже поздно. Гера нахмурилась. Мы перешли дорогу и молча пошли по Волхонке. Через минуту или две она сказала:

— Вспомнила, что Митра говорил. Он рассказывал, что у тебя дома осталась картотека покойного Брамы. Весь сомнительный материал оттуда убрали, завалялась только одна пробирка с препаратом времен Второй мировой. Что-то про нордический секс в зоопарке, так кажется. Он сказал, ты ее досуха вылизал.

— Да врет он все, — возмутился я. — Я... да, попробовал. Ну, может, пару раз. И все. Там еще есть. Было, во всяком случае, если не вытекло... А сам этот Митра, между прочим...

Гера засмеялась:

— А что ты оправдываешься?

— Я не оправдываюсь, — сказал я. — Просто не люблю, когда о людях плохо говорят за спиной.

— А что здесь плохого? Если бы это было плохо, ты бы, наверно, не стал вылизывать эту пробирку досуха, верно?

Я не нашелся что ответить. Гера подошла к краю тротуара, остановилась и подняла руку.

— Ты чего? — спросил я.

— Дальше я поеду на машине.

— Я тебя так утомил?

— Нет, что ты. Совсем наоборот. Просто мне пора.

— Может, дойдем до парка Горького?

— В другой раз, — улыбнулась она. — Запиши мой мобильный.

Как только я набрал ее номер на клавиатуре, рядом остановилось желтое такси. Я протянул ей руку. Она взяла меня ладонью за большой палец.

— Ты славный, — сказала она. — И симпатичный. Только не носи больше этот пиджак. И не мажь волосы гелем.

Изогнувшись, она поцеловала меня в щеку, очаровательно боднула головой в шею и сказала:

— Чмоки.

— Чмоки, — повторил я, — рад знакомству.

Когда такси отъехало, я почувствовал на шее что-то влажное, провел по этому месту рукой и увидел на своей ладони чуть-чуть красной жидкости. Не больше, чем бывает, если прихлопнуть комара.

Мне захотелось догнать такси и треснуть изо всех сил кулаком по заднему стеклу. Или даже не кулаком, а ногой. Так, чтобы вылетело стекло. Но машина была уже слишком далеко.

ХАЛДЕИ

Следующие несколько дней я не видел никого из вампиров. Звонить Гере я не хотел. Я боялся даже того, что позвонит она, — после ее укуса я чувствовал себя не просто голым королем, а голым самозванцем, у которого на спине вытатуировано неприличное слово. Особенно стыдно мне было за свои попытки пустить ей пыль в глаза.

Я представлял себе, что она увидит, каким образом был получен снимок скучающего демона с перстнем, и меня корежило. А стоило мне подумать о том, что одновременно с этим она узнает, как я использовал ее фотографию, и меня начинало трясти.

«Чмоки, — бормотал я, — чмоки всему». Мое страдание было настолько интенсивным, что завершилось вполне полноценным катарсисом, который, как это часто бывает, осветил не только сам источник боли, но и его окрестности. Я записал в учебной тетради:

Кидание понтов, бессмысленных и беспощадных, — обычная российская болезнь, которая передается и вампирам. Это вызвано не пошлостью нашего национального характера, а сочетанием европейской утонченности и азиатского бесправия, в котором самая суть нашей жизни. Кидая понты, русский житель вовсе не хочет показать, что он лучше тех, перед кем выплясывает. Наоборот. Он кричит: «Смотрите, я такой же, как вы, я тоже достоин счастья, я не хочу, чтобы вы презирали меня за то, что жизнь была со мной так жестока!» Понять это по-настоящему может лишь сострадание.

Про сострадание, конечно, я написал из риторической инерции. Во мне оно просыпалось редко — тем не менее, как и все вампиры, я считал, что достоин его в полной мере. Увы, нам, как и людям, в высшей степени свойствен этот недостаток — мы плохо видим себя со стороны.

Я проводил время, слоняясь по ресторанам и клубам. Пару раз я покупал незнакомым девчонкам выпивку и вступал с ними в многозначительные беседы, но каждый раз терял интерес к происходящему, когда следовало переходить к практическим действиям. Возможно, я не был пока готов применить учение Локи на практике. Или, еще вероятнее, все дело было в том, что ни одна из них не походила в достаточной степени на Геру... Придя к таким выводам, я задумался — получалось, если бы мне встретилась девушка, достаточно похожая на Геру, я бы все-таки применил технологию Локи? Словом, на личном фронте все было так запутанно, что впору было обращаться к психотерапевту.

Как часто бывает, личная неустроенность компенсировалась избыточными денежными тратами. За эти дни я купил уйму шмоток в «Архетипик Бутик» и даже получил скидку на набор из семи совершенно не нужных мне шелковых галстуков «Nedelka top executive», угадав марку настенной «тачки № 02» — желтой «Ламборджини Диаблеро».

Все это время у меня сгущалось предчувствие, что впереди меня ждет новое испытание, куда серьезней предыдущих. Когда предчувствие достигло достаточной густоты и плотности, произошла материализация. Она приняла форму Митры. Он пришел утром, без звонка. К этому времени я уже почти не был на него зол.

— Я от тебя такого не ждал, — сказал я. — Зачем ты все рассказываешь Гере?

— А что я ей рассказал? — опешил он.

— Про препарат «Рудель Зоо». Что я его вылизал досуха.

— Я такого не говорил, — сказал Митра. — Мы беседовали про разные редкие препараты, и я упомянул, что этот тебе достался по наследству. Насчет того, что ты его досуха вылизал, она сама догадалась. Гера необыкновенно тонко чувствует собеседника.

— Не надо было ей вообще ничего говорить на эту тему. Неужели не понятно?

— Теперь понятно. Извини, не подумал.

— Чем обязан визиту?

— Мы едем к Энлилю Маратовичу. Сегодня плотный день, и ночь тоже. Днем тебя представят богине. А ночью будет капустник.

— Что это такое?

— Ритуальный вечер дружбы вампиров и халдеев. Если коротко о сути, хитрые и бесчеловечные существа устраивают вечеринку, где убеждают друг друга в том, что они простодушные добряки, которым не чуждо ничто человеческое...

— Кто там будет?

— Из тех, кого ты знаешь, — твои учителя. Ну и твоя соратница по учебе. Ты, похоже, по ней уже скучаешь?

— Гера там тоже будет? — спросил я нервно.

— При чем тут Гера?

— А о ком ты тогда говоришь?

— Локи принесет свою резиновую женщину... Ой, какой взгляд, я сейчас сгорю, хе-хе... Он не тебе ее принесет, дурачина, это такая традиция. Типа юмор. Одевайся.

Оставив Митру в гостиной, я пошел в спальню и открыл шкаф. После прогулки с Герой все мои купленные с манекенов комбонаряды вызывали во мне отвращение. Теперь они казались тематической подборкой из музея дарвинизма: свадебные перья попугаев, отвергнутых естественным отбором. Я оделся во все черное — таких рубашек у меня не было, и я надел под пиджак хлопчатобумажную футболку. «Это даже хорошо, — думал я, — что Геры не будет. А то решит, что сильно влияет на мои вкусы...»

— Выглядишь как настоящий вампир, — одобрительно сказал Митра.

Он тоже был одет в черное, но куда шикарнее, чем я. Под его смокингом был черный пластрон и крохотная бабочка из алого муара. Он благоухал модным одеколоном «New World Odor» от «Gap». Все вместе делало его похожим на отучившегося в Йеле цыганского барона.

Внизу ждала та самая машина, которая увезла нас с Герой из жилища Энлиля Маратовича, — черный лимузин неизвестной мне марки. За рулем сидел знакомый шофер. Когда мы залезли внутрь, он вежливо улыбнулся мне в зеркальце. Машина тронулась; Митра нажал на кнопку, и из стенки впереди поднялась стеклянная перегородка, отделившая нас от шофера.

— Кто такие халдеи? — спросил я.

— Это члены организации, которая сопрягает мир вампиров с миром людей. Ее официальное название — «Халдейское общество».

— Зачем они нужны?

— Людей надо держать в узде. Этим и занимаются халдеи. Уже много тысяч лет. Это наш управляющий персонал.

— Как они управляют людьми?

— Через структуры власти, в которые входят. Халдеи контролируют все социальные лифты. Без их ведома человек может подняться только до определенной карьерной ступеньки.

— Понятно, — сказал я, — масонский заговор? Мировое правительство?

— Типа того, — улыбнулся Митра. — Человеческая конспирология — весьма полезная для нас вещь. Люди знают: есть какое-то тайное общество, которое всем управляет. А о том, что это за общество, с давних пор спорят все газеты. И, как ты понимаешь, будут спорить и дальше.

— А почему халдеи подчиняются вампирам?

— Все держится на традиции. На том, что дела обстояли так всегда.

— И все? — изумился я.

— А как это может быть по-другому? Власть любого короля держится только на том, что вчера он тоже был королем. Когда он просыпается утром в своей кровати, у него в руках нет никаких рычагов или нитей. Любой из слуг, которые входят в спальню, может свернуть ему шею.

— Ты хочешь сказать, что люди могут... Свернуть шеи вампирам?

— Теоретически да, — ответил Митра. — А практически — вряд ли. Без нас исчезнут все фундаментальные смыслы. Человечество останется без скелета.

— Смыслы, скелеты... Это все разговоры, — сказал я. — Людей этим сегодня не удержать. Какие-нибудь реальные средства контроля у нас есть?

— Во-первых, традиция — это очень реальное средство контроля, поверь мне. Во-вторых, мы держим халдеев на поводке, контролируя их красную жидкость. Мы знаем все их мысли, а это производит на людей неизгладимое впечатление. От нас ничего нельзя скрыть. У людей есть понятие «инсайдерская информация». Мы делаем ее, так сказать, аутсайдерской. Это основной товар, который мы обмениваем на человеческие услуги.

— А почему люди ничего про это не знают?

— Как не знают? Знают, и очень давно. Например, советником английских королей много веков был так называемый лорд-пробователь — сам понимаешь кто. Про него даже в учебнике истории написано. Естественно, написали какую-то смешную чушь, что он якобы пищу пробовал — проверить, не отравленная ли. Ничего так работка для лорда. Мог бы еще говно вывозить... Полностью перекрыть утечку информации невозможно, но мы можем добиться того, что она будет невероятно искажена. Нам помогает склонность людей считать нас гораздо более сверхъестественными существами, чем мы есть на самом деле. У них кружится голова от близости к бездне. Юмор в том, что по сравнению с той бездной, в которую сегодня ухнули люди, наша не так уж глубока...

Я вспомнил пропасть, над которой парил во время великого грехопадения, и задумался. Действительно, какая бездна была глубже — черный колодец Хартланда, куда я начал спуск, или зияющее очко универсама, где я работал грузчиком? Дело было не в универсаме — любой жизненный выбор, оставленный молодому человеку моих лет, был несомненной норой, ведущей в нижнюю тьму. Различался только наклон коридора. Если разобраться, не вампиры, а люди висели головой вниз, просто глубина называлась у них высотой...

— Халдеи, — пробормотал я, — халдеи... У нас в дискурсе что-то было такое... Это жители Вавилона? Или так бандиты называют официантов?

— Про официантов не знаю. А насчет Вавилона — совершенно верно. Халдейское общество возникло в Вавилоне, отсюда и его название. В нынешнем виде оно существует со времен Нововавилонского царства, когда городом правила халдейская династия. Кстати, именно в этой ближневосточной традиции впервые упоминается Дерево Жизни.

— Дерево Жизни? Что это такое?

— Это дом Великой Богини. Разные религии спорят, где именно она живет — в стволе или в ветвях, но такое дерево есть в каждой стране.

— Что, в каждую страну откуда-то завозят?

— С точностью до наоборот. Отдельная человеческая нация со своим языком и культурой образуется там, где есть такое дерево. Вокруг него, так сказать. Но, с другой стороны, все Деревья Жизни — это одно и то же дерево.

— А кто такая Великая Богиня?

Митра засмеялся.

— Узнаешь вечером, — сказал он. — Обещаю, что впечатление будет сильным.

Я почувствовал тревогу, но решил не поддаваться ей.

— Все же я не понимаю, — сказал я, — зачем тайному обществу людей, которое контролирует все социальные лифты, работать на вампиров? Зачем им вообще работать на кого-то, кроме самих себя?

— Я же сказал. Мы читаем в их душах.

— Да ладно тебе. Одна Варфоломеевская ночь, и никто нигде больше не читает. Если халдеи настолько серьезные люди, что могут контролировать весь этот ядерно-финансовый бардак, зачем им кому-то подчиняться? Люди в наше время очень прагматичны. И чем выше они поднимаются на своих социальных лифтах, тем они прагматичнее. Уважение к традиции сегодня не мотивация.

Митра вздохнул.

— Ты все понимаешь верно, — сказал он. — Но верхушка человечества оберегает Дерево Жизни именно из прагматизма.

— Почему?

— Прагматизм — это ориентация на практическое достижение цели. Если цель отсутствует, ни о каком прагматизме нельзя говорить. А цель перед людьми появляется именно благодаря Дереву Жизни.

— Каким образом?

— Это тебе расскажет Энлиль Маратович.

— А что такое «баблос»? Можешь хотя бы это сказать?

Митра страдальчески наморщился.

— К Энлилю! — прокричал он и замахал руками, словно отбиваясь от стаи летучих мышей.

На нас покосился водитель — видимо, услышал что-то сквозь перегородку или увидел движение. Я повернулся к окну.

За обочиной мелькали блочные восемнадцатиэтажки спальных районов, последние постройки советской эпохи. Я пришел в мир на самом ее закате. Я был слишком мал, чтобы понимать происходящее, но помнил звуки и краски того времени. Советская власть возвела эти дома, завезла в них людей, а потом вдруг взяла и кончилась. Было в этом какое-то тихое «прости».

Странным, однако, казалось вот что — эпоха кончилась, а люди, которые в ней жили, остались на месте, в бетонных ячейках своих советских домов. Порвались только невидимые нити, соединявшие их в одно целое. А потом, после нескольких лет невесомости, натянулись по-другому. И мир стал совершенно другим — хотя ни один научный прибор не мог бы засечь этих нитей. Было в этом что-то умопомрачительное. Если прямо на моих глазах могли происходить такие вещи, стоило ли удивляться словам Митры?

Я понял, что мы приближаемся к дому Энлиля Маратовича, когда вокруг замелькали сосны. Мы снизили скорость. Под колесами стукнул «лежачий полицейский», потом еще один; мы проехали открытый шлагбаум, которого я не заметил в прошлый раз, и затормозили у ворот в высоком заборе. Забор я помнил, а проходную тоже не рассмотрел.

Это было мощное сооружение из кирпича трех оттенков желтого — цвета складывались в замысловатый, но ненавязчивый орнамент. Так мог бы выглядеть черный ход Вавилона, подумал я. Створки ворот, сделанные из похожего на танковую броню металла, медленно открылись, и мы въехали внутрь.

Дорога вела к спуску в подземный гараж, откуда мы поднялись в прошлый раз. Но сейчас мы свернули в боковую аллею, проехали мимо почетного караула старых сосен и оказались на открытом пространстве, заставленном припаркованными автомобилями (у нескольких были мигалки на крыше). Машина остановилась; шофер вылез наружу и открыл дверь.

Дома, в обычном понимании слова, я не увидел. Впереди было несколько несимметричных белых плоскостей, поднимающихся прямо из земли. В ближайшей к нам плоскости была входная дверь — к ней вела широкая каменная лестница. Сбоку от лестницы был устроен красивый и необычный водопад.

Это был как бы кусочек реки: вода сбегала вниз по широким уступам и исчезала в бетонной щели. В потоке стояли разноцветные лодки из камня, в каждой из которых сидел каменный кавалер и каменная дама с веером. Кажется, это была старинная китайская скульптура — краска оставалась только на лодках и почти совсем слезла с кавалеров и дам. Я заметил, что кавалеры были двух типов. У первого было серьезное сосредоточенное лицо; в руках он держал весло и занимался греблей. Второй, подняв лицо к небу, широко улыбался, а в руках у него была лютня: видимо, он догадался, что от гребли не будет особого толку в связи с характером переправы. Дамы во всех лодках были одинаковыми — напряженно-важными; различался только фасон каменной прически и форма веера в руке. «Переправа, переправа, — вспомнил я старинные строки, — кому память, кому слава, кому темная вода...»

Поэт, конечно, немного лукавил, но ведь иначе в то время не напечатали бы.

Мы с Митрой пошли вверх по лестнице.

— У Энлиля необычный дом, — сказал Митра. — Это, по сути, большая многоуровневая землянка с прозрачными потолками.

— Зачем он такой построил?

Митра усмехнулся.

— Говорит, когда люди за стеной, неспокойно. А когда там землица, лучше спишь... Традиционалист.

Как только мы приблизились к двери, она открылась. Миновав ливрейного лакея (я видел такого впервые в жизни), мы прошли по изгибающемуся коридору и оказались в большом круглом зале.

Зал был очень красив. В нем было много воздуха и света, который проходил через прозрачные сегменты потолка и падал на пол, выложенный плитами со сложным геометрическим узором. Обстановка была выдержана в классическом стиле: на стенах висели картины и гобелены; между ними стояли бюсты античных философов и императоров — я узнал Сократа, Цезаря, Марка Аврелия и Тиберия. Судя по паре отколотых носов, это были оригиналы.

Меня удивил камин в одной из стен — несмотря на свои внушительные размеры, он явно был мал, чтобы согреть это просторное помещение. Это была или ошибка архитектора, или какой-нибудь модный изыск — например, врата ада. Возле камина полукругом стояло несколько зачехленных кресел. У противоположной стены зала помещалась небольшая эстрада. А в центре стояли накрытые для фуршета столы.

Я увидел Энлиля Маратовича, Бальдра, Локи и Иегову. Остальных я не знал. Особо сильное впечатление произвел на меня огромный рыжеволосый мужчина, стоявший рядом с Энлилем Маратовичем. Вид у него был решительный и грозный. Для вампира, впрочем, он был слишком румян.

Бальдр, Иегова и Локи ограничились кивками головы издалека. Энлиль Маратович подошел пожать мне руку. Следом мне протянул руку рыжеволосый гигант — и задержал мою ладонь в своей.

— Мардук, — сказал он.

— Мардук Семенович, — поправил Энлиль Маратович и со значением поднял бровь.

Я понял, что к рыжему следует относиться с таким же почтением, как к нему самому.

— Эх, — вздохнул рыжий, тряся мою руку и внимательно глядя в глаза, — что же вы такое делаете с нами, молодежь...

— А что мы делаем? — спросил я.

— В могилу гоните, — сказал рыжий горько. — Приходит смена, пора освобождать площадку...

— Брось, Мардук, — засмеялся Энлиль Маратович. — Тебе до могилы еще сосать и сосать. Вот меня молодняк туда толкает конкретно. Я уже половины слов не понимаю, какие они говорят.

Рыжеволосый гигант отпустил наконец мою руку.

— Тебя, Энлиль, в могилу никто никогда не столкнет, — сказал он. — Потому что ты в нее переехал еще при жизни, хе-хе. И все мы в ней сейчас находимся. Предусмотрительный, черт. Ну что, начинаем?

Энлиль Маратович кивнул.

— Тогда запускаю халдеев, — сказал Мардук Семенович. — У вас пять минут на подготовку.

Он повернулся и пошел к дверям.

Я вопросительно посмотрел на Энлиля Маратовича.

— Маленькая торжественная часть, — сказал тот. — Кто такие халдеи, Митра объяснил?

— Да.

— Ну вот и хорошо.

Он взял меня за локоть и повел к сцене с микрофоном.

— У твоего сегодняшнего выступления будет две части, — сказал он. — Сначала тебе надо поприветствовать наших халдейских друзей.

— А что мне говорить?

— Что хочешь. Ты вампир. Мир принадлежит тебе.

Видимо, на моем лице не отразилось особого энтузиазма по этому поводу. Энлиль Маратович сжалился.

— Ну скажи, что ты рад их обществу. Намекни на историческую преемственность и связь времен, только туманно, чтобы чего не ляпнуть. На самом деле совершенно не важно, что ты скажешь. Важно, что ты потом сделаешь.

— А что мне надо сделать?

— Тебе надо будет укусить одного из халдеев. И показать остальным, что ты проник в его душу. Вот эта часть действительно ответственная. Они должны заново убедиться, что ничего не могут от нас скрыть.

— Кого мне кусать?

— Халдеи выберут сами.

— А когда? Прямо сейчас?

— Нет. Потом, ночью. Это традиционный номер в нашем капустнике. Вроде бы такая шутка. Но в действительности самая серьезная часть вечера.

— А халдей будет готов к тому, что я его укушу?

— Это тоже не должно тебя заботить. Главное, чтобы готов был ты.

Слова Энлиля Маратовича намекали на незнакомое мне состояние духа — гордое, уверенное, безразличное. Так, наверно, должен был чувствовать себя ницшеанский сверхчеловек. Мне стало стыдно, что я не соответствую этому высокому образцу и на каждом шагу задаю вопросы, как первоклассник.

Мы поднялись на сцену. Это была маленькая площадка, годная, чтобы разместить какое-нибудь трио виртуозов или микроскопический джаз-банд. На ней стоял микрофон, два софита и черные коробки динамиков. На стене висела темная плита, которую я издалека принял за часть музыкального оборудования.

Но она не имела к музыке никакого отношения.

Это был древний барельеф с полустертой резьбой, закрепленный на стальных скобах. В его центре, над грубо обозначенной поверхностью земли, было изображено дерево с большими круглыми плодами, похожими то ли на глаза с ресницами, то ли на яблоки с зубами. Вокруг размещались фигуры: с одной стороны волк, с другой — женщина с кубком. По краям плиты были вырезаны сказочные животные, одно из которых очень напоминало вампира в полете. Пространство между рисунками было покрыто строчками клинописи.

— Что это? — спросил я.

— Иллюстрация к эпосу о Гильгамеше, — ответил Энлиль Маратович. — Там упоминается Дерево Жизни. Вот это оно и есть.

— А что у этой женщины в кубке? Надо думать, баблос?

— Ого, — сказал Энлиль Маратович, — ты и про это слышал?

— Да. Краем уха. Знаю, что напиток из денег, и все...

Энлиль Маратович кивнул. Похоже, он не собирался углубляться в тему.

— Это вампир? — спросил я и показал на крылатого зверя в углу.

— Да, — сказал Энлиль Маратович. — Этот барельеф — святыня Халдейского общества. Ему почти четыре тысячи лет. Когда-то похожий был в каждом храме.

— А сейчас храмы халдеев еще существуют?

— Да.

— Где?

— Любое место, где установлен такой барельеф, становится храмом. Учти, что для членов общества, которые сюда войдут, это довольно волнующий момент — они встречаются со своими богами... А вот и они.

Двери открылись, и в зал стали входить люди странного вида. На них были одеяния из многоцветной ткани, явно не относящиеся к нашей эпохе, — что-то похожее, кажется, носили древние персы. Поражали, однако, не эти экстравагантные наряды, которые при желании можно было принять за чересчур длинные и пестрые домашние халаты, а блестящие золотые маски на их лицах. К поясам халдеев были прикреплены металлические предметы, которые я сначала принял за старые сковородки. Но эти сковородки слишком ярко блестели, и я понял, что это древние зеркала. Лица вошедших были склонены долу.

Я вспомнил фильм «Чужой против Хищника». В нем была сцена, которую я пересмотрел не меньше двадцати раз: космический охотник стоял на вершине древней пирамиды и принимал поклоны от процессии жрецов, поднимающихся к нему по бесконечной лестнице. Это был, на мой взгляд, один из самых красивых кадров американского кинематографа. Разве мог я подумать, что мне самому придется оказаться в подобной роли?

По моей спине прошел холодок — мне показалось, что я нарушил какой-то древний запрет и начал создавать реальность силой своей мысли, действительно осмелившись стать богом... А это, понял я вдруг, единственный смысл, действительно достойный слов «великое грехопадение».

Но мое головокружение продолжалось только секунду. Люди в масках подошли к сцене и стали вежливо аплодировать мне и Энлилю Маратовичу. Жрецы из фильма не делали на вершине пирамиды ничего подобного. Я пришел в себя — повода для паники у меня не было. Если не считать странного наряда вошедших, все происходило вполне в русле какой-нибудь бизнес-презентации.

Подняв руку, Энлиль Маратович добился тишины.

— Сегодня, — сказал он, — у нас грустный и радостный день. Грустный, потому что с нами больше нет Брамы. А радостный он потому, что Брама по-прежнему с нами — только теперь его зовут Рама, он очень помолодел и похорошел! С удовольствием представляю вам Раму Второго, друзья мои!

Люди в масках выдали еще один вежливый аплодисмент. Энлиль Маратович повернулся ко мне и жестом пригласил меня к микрофону.

Я откашлялся, пытаясь сообразить, что говорить. Видимо, мне не следовало быть слишком серьезным. Но и чересчур игривым тоже. Я решил скопировать тон и интонации Энлиля Маратовича.

— Друзья, — сказал я. — Я никогда не видел вас раньше. Но я видел вас всех неисчислимое множество раз. Такова связывающая нас древняя тайна. И я сердечно рад нашей новой встрече... Может быть, это не совсем уместный пример, но мне только что вспомнилась одна кинематографическая цитата...

Только тут я сообразил, как нескромно и оскорбительно будет говорить про сцену из «Чужого против Хищника»: получится, что я сравниваю собравшихся с придурковатыми индейцами. На счастье, я сразу же нашелся:

— Помните фильм Майкла Мура, которому Квентин Тарантино когда-то дал главную премию в Каннах? Про президента Буша. В этом фильме Буш сказал на встрече со столпами американского истеблишмента: «Some people call you the elite, I call you my base...»[1] С вашего позволения, я хочу повторить то же самое. С одним небольшим уточнением. Вы элита, потому что вы — моя база. И вы моя база, потому что вы — элита. Уверен, вы понимаете, насколько неразрывно одно связано с дру-

[1] «Кто-то называет вас элитой, а я называю вас своей базой...»

гим. У меня нет сомнений, что и в этом тысячелетии наше сотрудничество будет плодотворным. Вместе мы взойдем на новые вершины и шагнем еще ближе к... э-э... нашей прекрасной мечте! Верю в вас. Верю вам. Благодарю, что пришли.

И я с достоинством опустил голову.

В зале захлопали. Энлиль Маратович потрепал меня по плечу и отодвинул от микрофона.

— Насчет базы все правильно, — сказал он и строгим взглядом обвел зал, — вот только с одним согласиться не могу. Насчет веры. На этот счет у нас есть тройное правило: никогда, никому и ничему. Вампир не верит. Вампир знает... И Буша этого нам тоже не надо. Как говорит Великая Богиня: «The only bush I trust is mine...»[1]

Энлиль Маратович сделал серьезное лицо.

— Тут, правда, получается противоречие с тем, о чем я только что говорил, — заметил он озабоченно. — Фигурирует слово «trust». Но противоречие только кажущееся. Это слово вовсе не значит, что Великая Богиня чему-то верит. Совсем наоборот. Она так говорит... Ну? Кто догадается первый — почему?

В зале захохотали несколько вампиров. Видимо, в шутке была какая-то непонятная мне соль. Энлиль Маратович поклонился, подхватил меня под руку, и мы сошли с эстрады.

Халдеи разбирали коктейли и переговаривались — все здесь, похоже, были давно и хорошо знакомы. Мне было интересно, как они будут есть и пить в своих масках. Оказалось, проблема реша-

---

[1] «Единственный куст, которому я верю, — это тот, который растет у меня между ног».

лась просто. Маска крепилась к круглой кожаной шапочке. Приступив к закускам, халдеи просто развернули маски на сто восемьдесят градусов, и золотые лица переехали на их затылки.

— Скажите, Энлиль Маратович, — спросил я, — а в чем смысл вашей шутки — насчет «the only bush I trust is mine»? До меня не дошло.

— Это, Рама, игра слов, — ответил Энлиль Маратович. — А с точки зрения Великой Богини, это просто фантомные боли.

Я опять не понял, о чем идет речь. Меня охватило раздражение.

Мардук Семенович пришел мне на помощь.

— По преданию, — сказал он, — Великая Богиня превратилась в золотой дождь. Примерно как Зевс в мифе о Данае. Это, как ты понимаешь, метафора — в обоих случаях божество превращает себя в деньги. Вернее, не в деньги, а в то, что стоит за ними на самом деле. С тех пор к богине стремятся все человеческие умы. Она и есть тот смутный свет, к которому сквозь века бредет человечество. Фигурально выражаясь, все люди держатся за протянутые к ней нити. Так что ты, Рама, уже с ней знаком.

— Да, — добавил Энлиль Маратович. — Великая Богиня — это вершина Фудзи. Понимаешь?

Я кивнул.

— Но раз богиня стала золотым дождем, тела у нее нет. А раз нет тела, значит нет и bush'а. Поэтому богиня может смело ему верить. То, чего нет, не обманет никогда.

Шутка, возможно, и не стоила того, чтобы ее понимать. Но дело было не в шутках. Мне надоела эта затянувшаяся игра в прятки.

— Энлиль Маратович, когда вы мне расскажете, как все устроено на самом деле?

— Куда ты спешишь, мальчик? — печально спросил Энлиль Маратович. — Во многой мудрости много печали.

— Послушайте, — сказал я, стараясь, чтобы мой голос звучал спокойно и веско, — во-первых, я уже давно не мальчик. А во-вторых, мне кажется, что я в двусмысленном положении. Вы представили меня обществу как полноправного вампира. Но меня почему-то до сих пор держат в потемках относительно самых важных основ нашего уклада, вынуждая расспрашивать о смысле каждой фразы. Не пора ли...

— Пора, — вздохнул Энлиль Маратович. — Ты совершенно прав, Рама, пора. Идем в кабинет.

Я поглядел на собравшихся в зале:

— Мы вернемся?

— Хочется верить, — ответил Энлиль Маратович.

АГРЕГАТ «М5»

Кабинет Энлиля Маратовича был большой строгой комнатой, отделанной дубом. У стены стоял довольно скромный письменный стол с вращающимся стулом. Зато в самом центре кабинета возвышалось старинное деревянное кресло с высокой резной спинкой. Оно было покрыто потускневшей позолотой, и я подумал, что так мог бы выглядеть первый в истории электрический стул, разработанный Леонардо да Винчи в те редкие спокойные дни, когда ему не надо было охранять мумию Марии Магдалины от агентов озверевшего Ватикана. Видимо, Энлиль Маратович сажал на этот трон позора провинившихся вампиров и распекал их из-за своего стола.

Над столом висела картина. Она изображала странную сцену, похожую на лечебную процедуру в викторианском сумасшедшем доме. Возле пылающего камина сидели пять человек во фраках и цилиндрах. Они были привязаны к своим креслам за руки и за ноги, а их туловища были пристегнуты широкими кожаными ремнями, словно на каком-то древнем самолете. Каждому в рот была вставлена палочка, удерживаемая завязанным на затылке платком (такой деревяшкой, вспомнил я, разжимали зубы эпилептику во время припадка, чтобы он не откусил язык). Художник мастерски передал отблески пламени на черном ворсе цилиндров. Еще на картине был виден человек в длинной темно-красной робе — но он стоял в полутьме, и различить можно было только контур его тела.

На другой стене висело два эстампа. На первом размашистая тень темно-зеленого цвета неслась над ночной землей (название было «Alan Greenspan's Last Flight»). На втором алела изображенная в трех проекциях гвоздика с блоком крупно набранного текста:

Гвоздика внутриствольная подкалиберная. Состоит на вооружении боевых пловцов CNN, диверсионно-разведывательных групп BBC, мобильных десантных отрядов германских Telewaffen и других спецподразделений стран НАТО.

Больше в кабинете не было никаких достопримечательностей — разве что металлическая модель первого спутника Земли на столе Энлиля Маратовича и стоящее рядом серебряное пресс-папье (Пушкин в сюртуке и цилиндре лежал на боку, подперев умиротворенное лицо кулаком, — совсем как умирающий Будда). Под Пушкиным была стопка чистых листов бумаги, рядом — сувенирная ручка в виде маленького меча. В кабинете пахло кофе, но кофейной машины не было видно, — возможно, она была спрятана в шкафу.

Аккуратная чистота этого места отчего-то рождала жутковатое чувство — будто здесь только что кого-то убили, спрятали труп и замыли красную жидкость. Впрочем, такие ассоциации могли возникнуть у меня из-за темного каменного пола с черными щелями между плит: в нем определенно было что-то древнее и мрачное.

Энлиль Маратович указал мне на кресло в центре комнаты, а сам сел за рабочий стол.

— Итак, — сказал он, поднимая на меня глаза, — про баблос ты уже слышал.

Я кивнул.

— Что ты про него знаешь?

— Вампиры собирают старые банкноты, пропитавшиеся человеческой жизненной силой, — ответил я. — А потом что-то с ними делают. Наверно, настаивают на спирту. Или кипятят.

Энлиль Маратович засмеялся:

— Пообщался с Герой? Эту версию мы уже слышали. Остроумно, свежо и, как вы теперь говорите, готично. Но мимо. Старые банкноты не пропитываются энергией, они пропитываются только человеческим потом. И кишат микробами. Я не стал бы пить их отвар даже по личному приказу товарища Сталина. Банкноты действительно играют роль в наших ритуалах, но она чисто символическая и не имеет к божественному напитку отношения. Еще попытка?

Я подумал, что, если Гера ошиблась, правильной может оказаться моя собственная версия.

— Может, вампиры делают что-то особое с деньгами на счетах? Собирают большую сумму где-то в офшоре, а потом... Как-то перегоняют деньги в жидкое состояние?

Энлиль Маратович опять засмеялся. Наша беседа явно доставляла ему удовольствие.

— Рама, — сказал он, — ну разве могут вампиры использовать финансы иначе, чем люди? Ведь деньги — это просто абстракция.

— Это очень конкретная абстракция, — сказал я.

— Да. Но согласись, что денег не существует за пределами ума.

— Не соглашусь, — ответил я. — Как вы любите всем рассказывать, у меня в жизни был период, когда я работал грузчиком в универсаме и получал зарплату. И я определенно могу сказать, что ее платили из точки за пределами моего ума. Если бы я мог получать ее прямо из ума, чего бы я ходил куда-то по утрам?

— Но если бы ты отдал свою зарплату, например, корове, она бы тебя не поняла. И не только потому, что тебе платили оскорбительно мало. Для нее твоя зарплата была бы просто стопкой мятой бумаги. Никаких денег в окружающем человека мире нет. Есть только активность человеческого ума по их поводу. Запомни: деньги — это не настоящая сущность, а объективация.

— Что такое объективация?

— Я приведу пример. Представь себе, что в Бастилии сидит узник, совершивший некое мрачное преступление. Однажды на рассвете его сажают в карету и везут в Париж. По дороге он понимает, что его везут на казнь. На площади толпа народу. Его выводят на эшафот, читают ему приговор, прилаживают к гильотине... Удар лезвия, и голова летит в корзину...

Энлиль Маратович хлопнул себя ладонью по колену.

— И? — спросил я нервно.

— В этот момент он просыпается и вспоминает, что он не заключенный, а грузчик из универсама. Которому во сне упал на шею большой веер в виде сердца, висевший над кроватью.

— Он бы никогда не упал, — тихо сказал я. — Он был приклеен.

Энлиль Маратович не обратил на мою реплику внимания.

— Другими словами, — продолжал он, — в реальности происходит нечто такое, чего человек не понимает, поскольку спит. Но игнорировать происходящее совсем он не может. И тогда ум спящего создает подробное и сложное сновидение, чтобы как-то все объяснить. Такое сновидение называется объективацией.

— Понял, — сказал я. — Вы хотите сказать, что деньги — это красочный сон, который люди видят, чтобы объяснить нечто такое, что они чувствуют, но не понимают.

— Именно.

— А по-моему, — сказал я, — люди все очень хорошо понимают.

— Думают, что понимают.

— Так ведь понимать — это и значит думать. А думать — и значит понимать.

Энлиль Маратович внимательно посмотрел на меня.

— Знаешь, что думает корова, которую всю жизнь доят электродоильником? — спросил он.

— Корова не думает.

— Нет, думает. Просто не так, как люди. Не абстрактными понятиями, а эмоциональными рефлексами. И на своем уровне она тоже очень хорошо понимает происходящее.

— Как?

— Она считает, что люди — ее дети-уроды. Жуткие. Неудачные. Но все-таки ее родные детки, которых ей надо накормить, поскольку иначе они будут страдать от голода. И поэтому она каждый день жует клевер и старается дать им как можно больше молока...

У Энлиля Маратовича зазвонил телефон. Он раскрыл его и поднес к уху.

— Нет, еще долго, — ответил он. — Давай про текущие вопросы пока. Жеребьевка потом.

Сложив телефон, он кинул его в карман.

— Ну вот, — сказал он. — Тебе осталось только сложить фрагменты в одну картину. Можешь?

Я отрицательно помотал головой.

— Вдумайся в это! — сказал Энлиль Маратович, назидательно подняв палец. — Я привел тебя прямо на порог нашего мира. Поставил перед его дверью. Но ты не можешь ее открыть. Какое открыть, ты даже не можешь ее увидеть... Наш мир спрятан так надежно, что, если мы не втащим тебя внутрь за руку, ты никогда не узнаешь, что он существует. Вот это, Рама, и есть абсолютная маскировка.

— Может быть, — ответил я, — просто я такой глупый.

— Не только ты. Все люди. И чем они умнее, тем они глупее. Человеческий ум — это или микроскоп, в который человек рассматривает пол своей камеры, или телескоп, в который он глядит на звездное небо за окном. Но самого себя в правильной перспективе он не видит.

— А что такое правильная перспектива?

— Я именно о ней и рассказываю, поэтому слушай внимательно. Деньги — это просто объективация, нужная, чтобы рационально объяснить человеку спазмы денежной сиськи, — то ментальное напряжение, в котором все время пребывает ум «Б». Поскольку ум «Б» работает постоянно, это значит, что...

Мне в голову пришла дикая мысль.

— Вампиры доят человека дистанционно? — выдохнул я.

Энлиль Маратович просиял:

— Умница. Ну конечно!

— Но... Так ведь не бывает, — сказал я растерянно.

— Вспомни, откуда берется мед.

— Да, — сказал я. — Пчела приносит мед сама. Но она прилетает для этого в улей. Мед нельзя передать по воздуху.

— Мед нельзя. А жизненную силу — можно.

— Каким образом? — спросил я.

Энлиль Маратович взял со стола ручку, придвинул к себе лист бумаги и нарисовал на нем следующую схему:

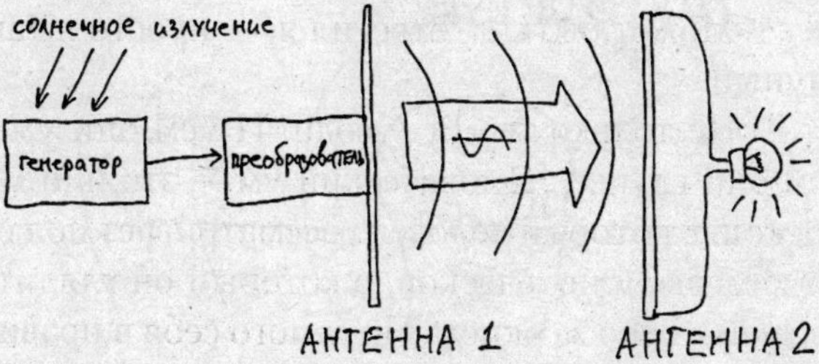

— Представляешь, что такое радиоволна? — спросил он.

Я кивнул. Потом подумал еще немного и отрицательно помотал головой.

— Если совсем просто, — сказал Энлиль Маратович, — радиопередатчик — это устройство, которое гоняет электроны по металлическому стержню. Взад-вперед, по синусоиде. Стержень называется антенной. От этого образуются радиоволны, которые летят со скоростью света. Чтобы поймать энергию этих волн, нужна другая антенна. У антенн должен быть размер, пропорциональный длине волны, потому что энергия передается по принципу резонанса. Знаешь, когда ударяют по одному камертону, а рядом начинает звучать другой. Чтобы второй камертон зазвенел в ответ, он должен быть таким же, как первый. На практике, конечно, все сложнее — чтобы передавать и принимать энергию, надо особым образом сфокусировать ее в пучок, правильно расположить антенны в пространстве и так далее. Но принцип тот же... Теперь давай нарисуем другую картинку...

Энлиль Маратович перевернул бумажный лист и нарисовал следующее:

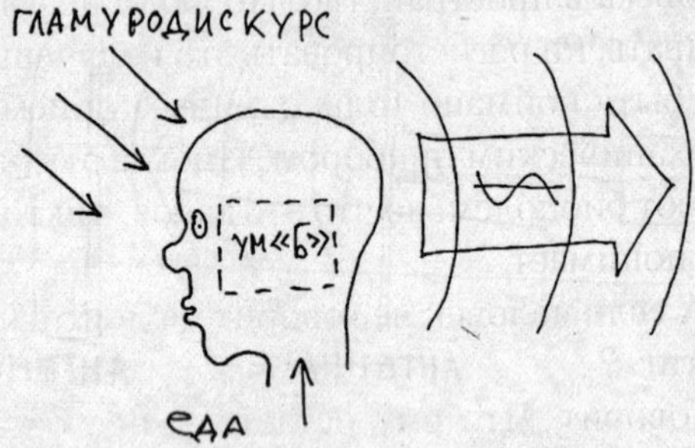

— Вы хотите сказать, что ум «Б» — это передающая антенна? — спросил я.

Он кивнул.

— А что человек думает, когда антенна работает?

— Сложно сказать. Это меняется в зависимости от того, кто этот человек — корпоративный менеджер с наградным смартфоном или торговец фруктами у метро. Но во внутреннем диалоге современного городского жителя всегда в той или иной форме повторяются два паттерна. Первый такой: человек думает — я добьюсь! Я достигну! Я всем докажу! Я глотку перегрызу! Выколочу все деньги из этого сраного мира!

— Такое бывает, — согласился я.

— А еще бывает так: человек думает — я добился! Я достиг! Я всем доказал! Я глотку перегрыз!

— Тоже случается, — подтвердил я.

— Оба этих процесса попеременно захватывают одно и то же сознание и могут рассматриваться как один и тот же мыслепоток, циклически меняющий направление. Это как бы переменный ток, идущий по антенне, которая излучает жизненную силу человека в пространство. Но люди не умеют ни улавливать, ни регистрировать это излучение. Оно может быть поймано только живым приемником, а не механическим прибором. Иногда эту энергию называют биополем, но что это такое, никто из людей не понимает.

— А если человек не говорит «я достигну» или «я достиг»?

— Говорит. Что ему остается? Все остальные процессы в сознании быстро гасятся. На это работает весь гламур и дискурс.

— Но не все люди стремятся к достижениям, — сказал я. — Гламур с дискурсом не всем интересны. Бомжам и алкоголикам они вообще по барабану.

— Так только кажется, потому что в их мире другой формат достижения, — ответил Энлиль Маратович. — Но своя Фудзи, пусть маленькая и заблеванная, есть везде.

Я вздохнул. Меня стали утомлять эти цитаты из моего жизненного опыта.

— Человек занят решением вопроса о деньгах постоянно, — продолжал Энлиль Маратович. — Просто этот процесс принимает много разных нечетливых форм. Может казаться, что человек лежит на пляже и ничего не делает. А на самом деле он прикидывает, сколько стоит яхта на горизонте и что надо сделать в жизни, чтобы купить такую же.

А его жена глядит на женщину с соседнего топчана и соображает, настоящая ли у нее сумка и очки, сколько стоят такие уколы ботокса и такая липосакция жопы и у кого дороже бунгало. В центре всех подобных психических вихрей присутствует центральная абстракция — идея денег. И каждый раз, когда эти вихри возникают в сознании человека, происходит доение денежной сиськи. Искусство потребления, любимые бренды, стилистические решения — это видимость. А скрыто за ней одно — человек съел шницель по-венски и перерабатывает его в *агрегат «эм-пять»*.

Раньше я не слышал этого выражения.

— Агрегат «эм-пять»? — повторил я. — Что это?

— Агрегатами в экономике называются состояния денег. «Эм-ноль», «эм-один», «эм-два», «эм-три» — это формы наличности, денежных документов и финобязательств. Агрегат «эм-четыре» включает устную договоренность об откате, его еще называют «эм-че» или «эм-чу» — в честь Эрнесто Че Гевары и Анатолия Борисовича Чубайса. Но все это просто миражи, существующие только в сознании людей. А вот «эм-пять» — нечто принципиально иное. Это особый род психической энергии, которую человек выделяет в процессе борьбы за остальные агрегаты. Агрегат «эм-пять» существует на самом деле. Все остальные состояния денег — просто объективация этой энергии.

— Подождите-подождите, — сказал я. — Сначала вы сказали, что денег в природе нет. А теперь говорите про агрегат «эм-пять», который существует на самом деле. Получается, деньги то существуют, то нет.

Энлиль Маратович подвинул ко мне лист с первым рисунком.

— Смотри, — сказал он. — Мозг — это прибор, который вырабатывает то, что мы называем миром. Этот прибор может не только принимать сигналы, но и излучать их. Если настроить все такие приборы одинаково и сфокусировать внимание всех людей на одной и той же абстракции, все передатчики будут передавать энергию на одной длине волны. Эта длина волны и есть деньги.

— Деньги — длина волны? — переспросил я.

— Да. Про длину волны нельзя сказать, что она существует, потому что это просто умственное понятие, и за пределами головы никакой длины волны нет. Но сказать, что длины волны не существует, тоже нельзя, поскольку любую волну можно измерить. Теперь понял?

— Секундочку, — сказал я. — Но ведь деньги в разных странах разные. Если москвичи получают доллары в конвертах, они что, посылают свою жизненную силу в Америку?

Энлиль Маратович засмеялся.

— Не совсем так. Деньги есть деньги, независимо от того, как они называются и какого они цвета. Это просто абстракция. Поэтому длина волны всюду одна и та же. Но у сигнала есть не только частота, но и форма. Эта форма может сильно меняться. Ты когда-нибудь думал, почему в мире есть разные языки, разные нации и страны?

Я пожал плечами.

— Так сложилось.

— Складывается ножик. А у всего остального есть механизм. В мире есть суверенные сообщества вампиров. Национальная культура, к которой принадлежит человек, — это нечто вроде клейма, которым метят скот. Это как шифр на замке. Или код доступа. Каждое сообщество вампиров может доить только свою скотину. Поэтому хоть процесс выработки денег везде один и тот же, его культурная объективация может заметно различаться.

— Вы хотите сказать, что смысл человеческой культуры только в этом? — спросил я.

— Ну почему. Не только.

— А в чем еще?

Энлиль Маратович задумался.

— Ну как объяснить... Вот представь, что человек сидит в голой бетонной клетке и вырабатывает электричество. Допустим, двигает взад-вперед железные рычаги, торчащие из стен. Он ведь долго не выдержит. Он начнет думать: а чего я здесь делаю? А почему я с утра до вечера дергаю эти ручки? А не вылезти ли мне наружу? Начнет, как считаешь?

— Пожалуй, — согласился я.

— Но если повесить перед ним плазменную панель и крутить по ней видеокассету с видами Венеции, а рычаги оформить в виде весел гондолы, плывущей по каналу... Да еще на пару недель в году делать рычаги лыжными палками и показывать на экране Куршевель... Вопросов у гребца не останется. Будет только боязнь потерять место у весел. Поэтому грести он будет с большим энтузиазмом.

— Но ведь он, наверно, заметит, что виды повторяются?

— Ой, да, — вздохнул Энлиль Маратович. — Про это еще Соломон говорил. Который в Библии.

Поэтому протяженность человеческой жизни была рассчитана таким образом, чтобы люди не успевали сделать серьезных выводов из происходящего.

— Я другого не понимаю, — сказал я. — Ведь на этой плазменной панели можно показать что угодно. Хоть Венецию, хоть Солнечный город. Кто решает, что увидят гребцы?

— Как — кто? Они сами и решают.

— Сами? А для чего же тогда мы столько лет смотрим эту... Это...

Энлиль Маратович ухмыльнулся.

— Главным образом для того, — ответил он, — чтобы второй том воспоминаний певца Филиппа Киркорова назывался «Гребцам я пел»...

Метафора была ясна. Непонятно было, почему именно второй том. Я подумал, что Энлиль Маратович, скорее всего, хочет угостить меня одной из своих шуточек, но все же не удержался от вопроса:

— А почему именно второй?

— А потому, — сказал Энлиль Маратович, — что первый том называется «И звезда с пиздою говорит». Ха-ха-ха-ха!

Я вздохнул и посмотрел на первый рисунок. Потом перевел глаза на второй. Пустота с его правого края казалась таинственной и даже страшноватой.

— Что здесь? — спросил я и ткнул в нее пальцем.

— Хочешь узнать?

Я кивнул.

Энлиль Маратович открыл ящик стола, вынул из него какой-то предмет и бросил его мне.

— Лови!

В моих руках оказался темный флакон в виде сложившей крылья мыши. Точь-в-точь как тот, что прислали мне в день великого грехопадения. Я все понял.

— Вы хотите, чтобы я опять...

— А иначе нельзя.

Мной овладело смятение. Энлиль Маратович ободряюще улыбнулся.

— Халдеи, — сказал он, — склонны рассматривать жизнь как метафорическое восхождение на зиккурат, на вершине которого их ждет богиня Иштар. Халдеи знают про Вавилонскую башню и думают, что понимают, о чем идет речь. Но люди ищут не там, где надо. Сакральную символику часто следует понимать с точностью до наоборот. Верх — это низ. Пустота — это наполненность. Величайшая карьера на самом деле абсолютное падение, истинный стадион — это пирамида, а высочайшая башня есть глубочайшая пропасть. Вершина Фудзи на самом дне, Рама. Ведь ты это уже делал...

Почему-то это заклинание подействовало. Я вынул из флакона пробку-череп, вылил единственную каплю препарата на язык и втер ее в нёбо. Выждав несколько секунд, Энлиль Маратович сказал:

— Не задерживайся там. У тебя много дел наверху.

— Там — это где?

Энлиль Маратович улыбнулся еще шире.

— У вампира есть девиз: «В темноту, назад и вниз!»

— Это я понимаю, — ответил я. — Я имею в виду, куда теперь идти?

— А вон туда, — сказал Энлиль Маратович, поднял руку и надавил на стоящий перед ним спутник.

Комната вдруг поехала назад и вверх. В следующий миг я понял, что движется не комната — это мое готическое кресло опрокинулось в раздвинувшийся пол, и, прежде чем я успел закричать, я уже скользил на спине по наклонному желобу из какого-то полированного материала: в темноту, назад и вниз, как и было обещано. Мне стало страшно, что я сейчас ударюсь головой, и я попытался закрыть ее руками, но желоб кончился, и я полетел в бездонную черную пустоту.

Несколько секунд я кричал, пытаясь схватиться за воздух руками. Когда у меня наконец получилось, я понял, что это уже не руки.

ДЕРЕВО ЖИЗНИ

Я планировал в темноту так долго, что успел не только успокоиться, но даже соскучиться и замерзнуть. Мне вспомнилась латинская фраза — «легок спуск Авернский». Римляне полагали, что низвержение в ад дается людям без труда. Много они понимали, думал я. Круги, которые я описывал, складывались в однообразно-томительное путешествие, похожее на ночной спуск по лестнице обесточенной многоэтажки. Жутким было то, что я все еще не чувствовал дна.

Чтобы чем-нибудь себя занять, я стал вспоминать все известные значения выражения «дерево жизни». Во-первых, так называлось дерево, на котором висел скандинавский бог Один, стараясь получить посвящение в тайны рун. Висел, надо думать, вниз головой... Во-вторых, в гностическом «Апокрифе Иоанна», который входил в одну из дегустаций по теме «Локальный культ», был отрывок на эту тему.

«Их наслаждение — обман, — повторял я про себя то, что помнил, — их плоды — смертельная отрава, их обещание — смерть. Дерево своей жизни они посадили в середине рая... Но я научу вас, что есть тайна их жизни... Корень дерева горек, и ветви его есть смерть, и тень его — ненависть... Обман обитает в его листьях, и растет оно во тьму...»

Дерево, которое растет во тьму, — это было красиво и мрачно. Его плоды, кажется, тоже были смертью. Но точно я не помнил. Нагромождение всяческих ужасов в этом описании пугало меня не сильно — ведь древний человек до дрожи боялся многих вещей, которые давно уже стали частью нашего повседневного обихода.

Пропасть становилась шире. Я стал размышлять, каким образом могло возникнуть такое странное геологическое образование. Дом Энлиля Маратовича был устроен на холме, — возможно, это было жерло древнего вулкана. Хотя какие, к черту, вулканы под Москвой... Еще это мог быть пробитый метеоритом тоннель. И конечно, шахта могла быть искусственной.

Наконец я почувствовал дно. Оно было ближе, чем я ожидал, — узкие стены колодца многократно отражали луч моего локатора, искажая пространство. Внизу была вода — небольшое круглое озеро. Оно было теплым. Над ним поднимался пар, который я ощущал как избыточную густоту воздуха. Я испугался, что вымокну или даже утону. Но, спустившись еще ниже, я заметил в каменной стене треугольную впадину. Это был вход в пещеру над поверхностью воды. Там можно было приземлиться.

С первого раза это не получилось — я чиркнул крыльями по воде и чуть не плюхнулся в озеро. Пришлось набрать высоту и повторить маневр. В этот раз я сложил крылья слишком высоко над каменным уступом, и посадка оказалась довольно болезненной.

Как и в прошлый раз, удар кулаками в холодный камень стряхнул с меня сон — а вместе с ним и мышиное тело. Я поднялся на ноги.

Тьма вокруг была влажной, теплой и немного душной. Тянуло серой и еще каким-то особым минеральным запахом, напоминавшим о кавказских водолечебницах, где я бывал в раннем детстве. Пол пещеры был неровным, на нем лежали камни, и идти приходилось осторожно, выбирая место для каждого шага. В глубине пещеры горел свет, но его источник не был виден.

То, что я увидел, повернув за угол, показалось мне невероятным.

Впереди была огромная пустая полость — подземный зал, освещенный лучами прожекторов (они, впрочем, не столько освещали пещеру, сколько маскировали ее, слепя вошедшего). Потолок пещеры был так далеко, что я его еле видел.

В центре зала возвышалась громоздкая конструкция, к которой вел длинный металлический помост. Сначала я подумал, что это огромное растение, какой-то мохнатый кактус размером с большой дом, окруженный лесами и затянутый складками темной ветоши. Еще это было похоже на бочкообразную грузовую ракету на стартовой площадке (так казалось из-за множества труб и кабелей, которые тянулись от нее в темноту). На вершине этой конструкции были два огромных металлических кольца, врезающихся в потолок.

Я пошел вперед. Мои подошвы звонко ударяли в металл, предупреждая о моем приближении. Но никто не вышел мне навстречу. Наоборот, я заметил впереди несколько темных фигур, отступивших при моем появлении. Мне показалось, что это женщины в глухих нарядах — вроде тех, что носят на Востоке. Я не стал их окликать: если бы они хотели, они заговорили бы со мной сами. Возможно, думал я, ритуал предусматривает одиночество.

Пройдя еще с десяток метров, я остановился.

Я заметил, что эта огромная бочка, окруженная лесами и трубами, дышит. Она была живой. И тут с моим восприятием произошло одно из тех маленьких чудес, которые случаются, когда ум внезапно собирает из нагромождения непонятных прежде линий осмысленную картину.

Я увидел огромную летучую мышь, стянутую чем-то вроде бандажей и удерживаемую множеством подпорок и креплений. Ее лапы, похожие на перевернутые опоры башенного крана, впивались в два циклопических медных кольца на каменном потолке, а крылья были притянуты к телу канатами и тросами. Я не видел ее головы — она, судя по пропорциям тела, должна была находиться в яме значительно ниже уровня пола. Ее дыхание напоминало работу огромной помпы.

Она была древней. Такой древней, что ее запах казался скорее геологическим, чем биологическим (именно его я принял за серный аромат минеральной воды). Она выглядела нереально, словно охвативший себя плавниками кит, которого подвесили над землей в корсете: такое вполне мог бы нарисовать сюрреалист прошлого века под воздействием гашиша...

Подойти к мыши вплотную было нельзя — ее окружала ограда. Помост, по которому я шел, кончался у вырубленного в камне тоннеля, ведущего вниз. Я осторожно сошел по скользким ступеням и оказался в коридоре, который освещали галогеновые лампы. Коридор напоминал угольную шахту, как их показывают по телевизору, — он был укреплен металлическими рамами, а по его полу шли какие-то черные кабели. Мое лицо обвевал легкий ветерок: работала вентиляция.

Я пошел по коридору. Вскоре он привел меня в круглую комнату, вырубленную в толще скалы. Комната была очень старой. Ее потолок покрывала копоть, которая въелась в камень и уже не пачкалась. На стенах были рисунки охрой — руноподобные зигзаги и силуэты животных. В стене справа от входа темнело похожее на окно углубление. Перед углублением стоял примитивный алтарь — каменная плита с лежащими на ней артефактами. Там были терракотовые диски, грубые чаши и множество однообразных статуэток — фигурки жирной женщины с крохотной головой, огромными грудями и таким же огромным задом. Некоторые были вырезаны из кости, некоторые сделаны из обожженной глины.

Я повернул одну из ламп так, чтобы свет попал в углубление над алтарем. В нем был растянут кусок шкуры. В центре шкуры висела сморщенная человеческая голова с длинными седыми волосами. Она была высохшей, но без следов разложения.

Мне стало жутко. Я быстро пошел вперед по коридору. Через несколько метров он вывел меня в похожую комнату — в ее стене тоже была ниша с мумифицированной головой, пришитой к куску шкуры. На алтаре перед ней лежали кристаллы хрусталя, какая-то неузнаваемая окаменевшая органика и бронзовые наконечники. Стены были расписаны сложным орнаментом.

Дальше оказалась еще одна такая комната. Потом еще и еще.

Их было очень много, и вместе они напоминали экспозицию исторического музея — «От первобытного человека до наших дней». Бронзовые топоры и ножи, ржавые пятна на месте разложившегося железа, россыпи монет, рисунки на стенах — я, наверно, рассматривал бы все это дольше, если бы не эти головы, похожие на огромные сухие вишни. Они гипнотизировали меня. Я даже не был до конца уверен, что они мертвы.

— Я вампир, я вампир, — тихонько шептал я, стараясь разогнать охвативший меня страх, — я здесь самый страшный, страшнее меня ничего тут нет...

Но мне самому не особо в это верилось.

В комнатах стала появляться мебель — лавки и сундуки. На алтарных головах блестели украшения, которые с каждой комнатой становились замысловатее, — серьги, бусы, золотые гребни. На одной голове было монисто из мелких монет. Я остановился, чтобы рассмотреть его. И тогда украшенная монетами голова вдруг кивнула мне.

Уже несколько раз мне мерещилось нечто похожее, но я считал это игрой света и тени. В этот раз по отчетливому звону монет я понял, что свет и тень здесь ни при чем.

Сделав над собой усилие, я приблизился к нише. Голова опять дернулась, и я увидел, что шевелится не она, а шкура, на которой она висит. Тогда я понял наконец, что это такое.

Это была шея гигантской мыши, видная сквозь отверстие в стене.

Я вспомнил, что в гностических текстах упоминалось некое высокопоставленное демоническое существо, змея с головой льва — «князь мира сего». Здесь все было наоборот. У огромной мыши была змеиная шея, которая, словно корневище, уходила далеко в толщу камня. Может быть, таких шей было несколько. Я шел параллельно одной из них по вырубленной в скале галерее. В местах, где шея обнажалась, располагались алтарные комнаты.

Я видел в них много замечательного и странного. Но хронологический порядок часто нарушался, — например, после коллекции драгоценной упряжи и оружия, имевшей, кажется, отношение к Золотой Орде, следовала комната с реликвиями египетского происхождения — будто я вышел в погребальную камеру под пирамидой (древние боги оказались б/у — их лица были изувечены множеством ударов). Запомнилась комната, окованная золотыми пластинами с надписями на церковнославянском, — когда я проходил сквозь нее, у меня возникло чувство, что я внутри старообрядческого сейфа. В другой комнате меня поразил золотой павлин с изумрудными глазами и истлевшим хвостом (я знал, что две похожие птицы стояли когда-то у византийского трона, — может быть, это была одна из них).

Я понимал, почему в хронологии возникают такие разрывы — во многих комнатах было два или три выхода. За ними тоже были анфилады алтарей, но там было темно, и одна мысль о прогулке по такому коридору наполняла меня страхом. Видимо, гирлянда ламп была проложена по самому короткому маршруту к цели.

Алтарные комнаты различались по настроению. В некоторых было что-то мрачно-монашеское. Другие, наоборот, напоминали куртуазные будуары. Прически высохших голов постепенно делались сложнее. На них стали появляться парики, а на сморщенных лицах — слои косметики. Я заметил, что за все это время среди голов не попалось ни одной мужской.

Чем глубже я спускался в каменную галерею, тем сильнее у меня сосало под ложечкой: конец путешествия неотвратимо приближался, это было ясно по смене декораций. Я уже понимал, что ждет меня в конце экспозиции. Там, несомненно, была живая голова — та самая «пропорциональная длине волны антенна», о которой говорил Энлиль Маратович.

Алтарные комнаты восемнадцатого и девятнадцатого веков походили на маленькие музейные залы. В них было много картин, у стен стояли секретеры, а на алтарях лежали какие-то толстые фолианты с золотым тиснением.

Комната, которую я датировал началом двадцатого века, показалась мне самой элегантной — она была просто и со вкусом убрана, а на ее стене висели две большие картины, имитировавшие окна в сад, где цвели вишни. Картины так удачно вписывались в пространство, что иллюзия была полной — особенно со стороны алтаря, где была голова. Сама эта голова показалась мне невыразительной — ее украшала всего одна нитка жемчуга, а прическа была совсем простой. На алтаре перед ней стоял белый эмалевый телефон, разбитый пулей. Рядом лежал длинный коралловый мундштук. Приглядевшись, я заметил пулевые дыры на мебели и картинах. На виске сухой головы тоже был какой-то странный след — но это могла быть и продолговатая родинка.

В первой советской комнате функцию алтаря выполняла положенная на два табурета дверь. На ней тоже стоял телефон — черный и рогатый, с похожей на автомобильное магнето ручкой на боку. Комната была почти пуста — ее украшали стоящие в углах знамена и скрещенные шашки на стене. Зато в алтарном углублении было сразу две головы — одна висела в центре, другая сиротливо ютилась в углу. Возле алтаря стоял перевитый алой лентой траурный венок, такой же усохший, как головы сверху.

Алтарь в следующей комнате оказался массивным канцелярским столом. На нем лежала стопка картонных папок с бумагами. Телефон был и здесь — массивный аппарат из черного эбонита, всем своим видом излучавший спокойную надежность. У стен стояли книжные шкафы с рядами одинаковых коричневых книг. Головы в алтарном углублении не было вообще. Виднелись только замотанные изолентой трубки, торчавшие из-под шкуры.

Зато последняя комната была настоящим музеем позднесоветского быта. В ней хранилось очень много вещей. Аляповатые хрустальные вазы и рюмки в сервантах, ковры на стенах, норковые шубы на вешалках, огромная чешская люстра под потолком... В углу стоял пыльный цветной телевизор, похожий на сундук. А в центре алтарного стола, среди старых газет и альбомов с фотографиями, опять был телефон — на этот раз из белой пластмассы, с золотым гербом СССР на диске. Голова в этой алтарной нише имелась: обычная, ничем не примечательная сухая голова в крашенном хной круглом шиньоне, с большими рубиновыми серьгами в ушах.

Дальше прохода не было. Зал реального социализма, как я обозвал про себя эту алтарную комнату, кончался стальной дверью. На ней висела зеленая от древности таблица с причудливо выбитыми старинными буквами:

Велікия Мшъ

Я увидел на стене кнопку звонка. Потоптавшись на месте, я позвонил.

Прошло с полминуты. Замок щелкнул, и дверь приоткрылась на несколько миллиметров. Дальше ее открывать не стали. Подождав еще немного, я приблизил ухо к щели.

— Девочки, девочки, — долетел до меня хриплый женский голос. — А ну спрятались. За ширму, кому говорю!

Я позвонил еще раз.

— Да-да! — отозвался голос. — Входи!

Я вошел и деликатно притянул дверь за собой.

Алтарная комната была такого же размера, как предыдущие, но казалась больше из-за евроремонта (другое слово подобрать было сложно). Ее стены были выкрашены в белый цвет, а пол — выложен крупным песочным кафелем. В целом она походила на московскую квартиру среднего достатка — только мебель выглядела слишком дорогой, дизайнерской. Но ее было мало: алый диван и два синих кресла. На стене напротив алтаря (я все никак не мог заставить себя посмотреть в ту сторону) висела плазменная панель. Рядом стояла бамбуковая ширма с изображением ночного французского неба а-ля Ван Гог: словно бы со множеством перевернутых малолитражек, пылающих в бездонной верхней бездне. Видимо, за этой ширмой и было велено спрятаться девочкам.

— Здравствуй, — сказал ласковый голос. — Что ты отворачиваешься? Посмотри на меня, не бойся... Я не похожа на Ксению Собчак, хе-хе-хе... Я похожа на Гайдара с сиськами... Шучу, шучу. Может, поднимешь глазки?

Я поднял глаза.

Алтарная ниша тоже несла на себе следы евроремонта. Они были даже на шкуре мыши — рядом со стеной она была покрыта разводами белой водоэмульсионки.

Из центра ниши на меня с улыбкой смотрело женское лицо — как это говорят, со следами когда-то бывшей красоты. Голове на вид было около пятидесяти лет, а на самом деле наверняка больше, потому что даже мне, не особо наблюдательному в таких вещах, были заметны следы многочисленных косметических процедур и омолаживающих уколов. Улыбался один рот, а окруженные неподвижной кожей глаза глядели с сомнением и тревогой.

У головы была крайне сложная прическа — комбинация растаманского «давай закурим» с холодным гламуром Снежной Королевы. Внизу качалась копна пегих дредов, в которые были вплетены бусинки и фенечки разного калибра, а вверху волосы были как бы подняты на веер из четырех павлиньих перьев, соединенных каркасом из золотых цепочек и нитей. Этот ажурный сверкающий многоугольник был похож на корону. Прическа впечатляла — я подумал, что она хорошо смотрелась бы в фильме «Чужой против Хищника» над головой какой-нибудь зубастой космической свиноматки. Но над усталым и одутловатым женским лицом она выглядела немного нелепо.

— Ну, подойди, подойди к мамочке, — проворковала голова. — Дай я на тебя налюбуюсь.

Я подошел к ней вплотную, и мы трижды поцеловались по русскому обычаю — деликатно попадая губами мимо губ, в щеку возле рта.

Меня поразила способность головы к маневру — мне показалось, что она сначала подлетела ко мне с одной стороны, затем мгновенно возникла с другой и тут же перенеслась назад в исходную точку. Я при этом успевал только чуть-чуть поворачивать глаза.

— Иштар Борисовна, — сказала голова. — Для тебя просто Иштар. Учти, я не всем так говорю. А только самым хорошеньким, хе-хе...

— Рама Второй, — представился я.

— Знаю. Садись. Нет, погоди. Тяпнем коньячку за встречу.

— Иштар Борисовна, вам больше нельзя сегодня, — произнес строгий девичий голосок из-за шторы.

— Ну за встречу, за встречу, — сказала голова. — По пять грамм. Сиди на месте, мне юноша поможет.

Она кивнула на алтарный стол.

Там царил полный беспорядок — мраморная плита была завалена гламурными журналами, среди которых стояли вперемешку косметические флаконы и бутылки дорогого алкоголя. В самом центре этого хаоса возвышался массивный тяжелый ноутбук — одна из тех дорогих игрушек, которые делают на замену десктопу. Я заметил, что печатная продукция на столе не сводилась к чистому гламуру — тут были издания вроде «Ваш участок» и «Ремонт в Москве».

— Вон коньяк, — сказала Иштар. — И бокальчики. Ничего, они чистые...

Я взял со стола бутылку «Hennessy XO», формой напоминавшую каменных баб с самого первого алтаря, и разлил коньяк по большим хрустальным стаканам, которые голова назвала «бокальчиками». По мне, они больше напоминали вазы, чем стаканы, — туда ушла почти вся бутылка. Но возражений не последовало.

— Так, — сказала Иштар, — чокнись сам с собой... И помоги мамочке...

Я звякнул стаканами друг о друга и протянул один вперед, не понимая, что делать дальше.

— Опрокидывай, не бойся...

Я наклонил стакан, и голова ловко поднырнула под него, уловив желто-коричневую струю — на пол не пролилось ни капли. Я почему-то подумал о дозаправке в воздухе. Вместо шеи у Иштар была мускулистая мохнатая ножка длиной больше метра, которая делала ее похожей на оживший древесный гриб.

— Садись, — сказала она и кивнула на синее кресло, стоящее рядом с алтарем.

Я сел на его краешек, отхлебнул немного коньяка и поставил стакан на стол.

Голова несколько раз чмокнула губами и задумчиво прикрыла глаза. У меня был достаточный опыт общения с вампирами, чтобы понять, что это значит. Я провел рукой по шее и глянул на пальцы — и точно, на них было крохотное красное пятнышко. Видимо, она успела куснуть меня, когда мы целовались. Открыв глаза, она уставилась на меня.

— Я не люблю, — сказал я, — когда меня...

— А я люблю, — перебила голова. — Под коньячок. Мне можно... Ну что... Здравствуй, Рама. Который Рома. Трудное у тебя было детство. Бедный ты мой мальчик.

— Почему трудное, — смущенно ответил я. — Детство как детство.

— Правильно, детство как детство, — согласилась Иштар. — Поэтому и трудное. Оно в нашей стране у всех трудное. Чтобы подготовить человека ко взрослой жизни. Которая у него будет такая трудная, что вообще охренеть...

Иштар вздохнула и опять причмокнула. Я не мог понять, что она смакует — мою красную жидкость, коньяк или все вместе.

— Не нравится тебе быть вампиром, Рама, — заключила она.

— Почему, — возразил я. — Вполне даже ничего.

— Когда нравится, не так живут. Стараются каждый день провести так, чтобы это был веселый праздник Хеллоуин. Вон как твой друг Митра. А ты... Ты позавчера ночью опять о душе думал?

— Думал, — признался я.

— А что это такое — душа?

— Не знаю, — ответил я. — Меня наши уже спрашивали.

— Так как же ты можешь о ней думать, если ты не знаешь, что это такое?

— Сами видите.

— Действительно... Слушай, ты и о смысле жизни думаешь?

— Бывает, — ответил я смущенно.

— О том, откуда мир взялся? И о Боге?

— И такое было.

Иштар нахмурилась, словно решая, что со мной делать. На ее гладком лбу возникла тонкая морщинка. Потом морщинка разгладилась.

— Я тебя, вообще-то, понимаю, — сказала она. — Я и сама размышляю. Последнее время особенно... Но у меня-то хоть повод есть. Конкретный. А ты? Ты же молодой совсем, должен жить и радоваться! Вместо нас, пенсионеров!

Я подумал, что такая манера говорить бывает у пожилых женщин, родившихся при Сталине и сохранивших в себе заряд казенного оптимизма, вбитого в испуганную душу еще в школе. Когда-то я ошибочно принимал волдырь от этого ожога за след священного огня. Но после курса дегустаций это прошло.

Иштар посмотрела на мой стакан, затем на меня, сделала злое лицо и кивнула в сторону ширмы, потом подмигнула и растянула рот в улыбке. Пантомима заняла не больше секунды — ее гримасы были очень быстрыми и походили на нервный тик.

Я понял, что от меня требуется. Встав, я взял со стола свой стакан, и мы повторили процедуру заправки в воздухе. Иштар не издала ни единого звука, по которому сидевшие за ширмой могли бы догадаться о происходящем. Я снова сел на место. Иштар страдальчески наморщилась и беззвучно выдохнула воздух.

— Значит, так, — сказала она. — Я, конечно, богиня, но на эти твои вопросы ничего умного ответить не смогу. Потому что я богиня в очень узкой области. Сделай вот что — найди вампира по имени Озирис. Он хранитель предания. Скажи, что от меня. Он тебе все объяснит.

— А как я его найду?

— Спроси у кого-нибудь. Только с Энлилем про него не говори. Это его брат, и они много лет в ссоре... Со мной Озирис тоже, можно считать, в ссоре.

— А почему вы поругались?

— Да мы не то чтобы ругались. Просто он со мной связь потерял. Он толстовец.

— Толстовец? — переспросил я.

— Да. Ты про них знаешь?

— Нет. Первый раз слышу.

— Вампиры-толстовцы завелись в начале двадцатого века, — сказала Иштар. — Тогда в моде был путь графа Толстого. Опрощение. Страдания народа, назад к естеству, ну и так далее. Некоторые наши тоже увлеклись и стали опрощаться. А что такое для вампира опроститься? Решили не баблос сосать, а натуральную красную жидкость. Но безубойно, потому что все-таки ведь толстовцы. Таких сейчас мало осталось, но Озирис — из них.

— А как он к этому пришел?

Иштар наморщилась:

— Его наркотики довели, вот что я думаю, если честно. Наркотики и книги всякие глупые. С ним ты досыта наговоришься. Он мозги засирать умеет не хуже Энлиля, только с другого боку...

Она засмеялась. Мне показалось, что на нее уже действует выпитый коньяк.

— Что такое баблос? — спросил я.

— Тебе Энлиль ничего не говорил?

— Он мне начал рассказывать. Про жизненную силу, которую человек излучает в пространство, когда думает о деньгах. Агрегат эм-пять. Но сказал, что остальное расскажут... Здесь. Если сочтут достойным.

— Ой, не могу, — хмыкнула Иштар. — Сочтут достойным. Двойные проверки, тройные проверки. У меня ни от кого секретов нет. Хочешь знать, спрашивай.

— Баблос — это от слова «бабло»?

Иштар захихикала. Я услышал, как за ширмой тихо смеются девушки.

— Нет, — сказала она. — «Баблос» — это очень древнее слово. Может быть, самое древнее, которое дошло до наших дней. Оно одного корня со словом «Вавилон». И происходит от аккадского слова «бабилу» — «врата бога». Баблос — это священный напиток, который делает вампиров богами.

— Поэтому у нас такие имена?

— Да. Иногда баблос называют красной жидкостью. А Энлиль выражается по-научному — «агрегат эм-шесть», или окончательное состояние денег. Конденсат жизненной силы человека.

— Баблос пьют?

— Пьют коньяк. А баблос сосут. Его мало.

— Подождите-ка, — сказал я. — Тут какая-то путаница, мне кажется. Энлиль Маратович говорил, что красная жидкость — это корректное название человеческой...

— Крови, — перебила Иштар. — Со мной можно.

Но мне самому уже трудно было произносить это слово.

— Он говорил, что вампиры перестали пить красную жидкость, когда вывели человека и заставили его вырабатывать деньги.

— Все правильно, — сказала Иштар. — Но мы все равно вампиры. Поэтому уйти от крови совсем мы не можем. Иначе мы потеряем свою идентичность и корни. Что такое деньги? Это символическая кровь мира. На ней все держится и у людей, и у нас. Только держится по-разному, потому что мы живем в реальности, а люди — в мире иллюзий.

— А почему? Неужели все они такие глупые?

— Они не глупые. Просто так устроена жизнь. Человек рождается на свет для того, чтобы вырабатывать баблос из гламурного концентрата. В разные века это называется по-разному, но формула человеческой судьбы не меняется много тысяч лет.

— Что это за формула?

— «Иллюзия—деньги—иллюзия». Знаешь, в чем главная особенность людей как биологического вида? Люди постоянно гонятся за видениями, которые возникают у них в голове. Но по какой-то причине они гонятся за ними не внутри головы, где эти видения возникают, а по реальному физическому миру, на который видения накладываются. А потом, когда видения рассеиваются, человек останавливается и говорит: ой, мама, а что это было? Где я, и почему я, и как теперь? И такое регулярно происходит не только с отдельными людьми, но и с целыми цивилизациями. Жить среди иллюзий для человека так же естественно, как для кузнечика — сидеть в траве. Потому что именно из человеческих иллюзий и вырабатывается наш баблос...

Дался им этот кузнечик, подумал я. Было все-таки что-то очень утомительное в постоянных попытках старших вампиров общаться со мной на понятном мне языке.

— А что означает «жить в реальности»? — спросил я.

— Это хорошо сформулировал граф Дракула. Он говорил так: «Имидж — ничто, жажда — все».

— У вампиров тоже есть формула судьбы?

— Да. «Красная жидкость — деньги — красная жидкость». Если забыть про политкорректность, это означает «кровь — деньги — баблос». Красная жидкость в формуле человеческая, а баблос — нет.

— А почему красной жидкостью называется и баблос, и человеческая... Ну, вы поняли?

— А потому, — ответила Иштар, — что это одно и то же на разных витках диалектической спирали. Не только по цвету, но и по содержательной сути. Как, например, пиво и коньяк...

Произнеся слово «коньяк», она поглядела на стол, потом на меня и подмигнула. Стараясь не звякнуть стеклом о стекло, я вылил остатки «Hennessy XO» в стакан и перелил его голове в рот. Она снова ловко поднырнула под стакан, и на пол не упало ни капли.

Было непонятно, куда уходит выпитый коньяк. Видимо, в шее Иштар существовало какое-то подобие зоба. Алкоголь уже действовал вовсю. Ее лицо покраснело, и я заметил возле ушей невидимые прежде нитки пластических шрамов.

За ширмой выразительно прокашлялась невидимая девушка. Я решил, что больше не дам Иштар спиртного.

— Но разница заключается в концентрации этой сути, — продолжала Иштар. — В человеке пять литров красной жидкости. А баблоса из него за всю жизнь можно получить не больше грамма. Понимаешь?

Я кивнул.

— И это белый протестант в Америке дает грамм. А наши русачки — куда меньше... Надо тебя угостить. Эй, девочки, у нас баблос есть?

— Нет, — долетел из-за ширмы девичий голосок.

— Вот так, — сказала Иштар. — Сапожник без сапог. Сама его делаю — и не имею.

— А как вы его делаете?

— Тебе весь технологический цикл нужно знать? Хочешь залезть ко мне под юбчонки? Баблос — это мое молочко...

Видимо, мне опять не удалось полностью скрыть своих чувств. Иштар засмеялась. Я укусил себя за губу и придал лицу серьезное и почтительное выражение. Это развеселило ее еще больше.

— Тебе ведь Энлиль дал рисунок с доллара, — сказала она. — Там, где пирамида с глазом. Вот это и есть технология производства. И одновременно мой аллегорический портрет. Ну, не лично мой, а любой Иштар в любой стране...

— Вы симпатичнее, — вставил я.

— Спасибо. Пирамида — это тело богини, в котором конденсируется баблос. А глаз в треугольнике — обозначение сменной головы, которая позволяет возобновлять связь с людьми и видеть их после любой катастрофы или перемены в их мире. После любого «до основанья, а затем». Глаз отделен от пирамиды, поэтому вампирам не важно, во что люди будут верить через сто лет и какие бумажки будут ходить в их мире — доллары или динары. Мы как глубоководные рыбы. Нам не страшен никакой ураган на поверхности. Он нас не затронет.

— Понимаю, — сказал я.

— А насчет того, что я симпатичнее... Ну не умеешь ты притворяться. Смешной ты все-таки... Кстати, спасибо за мысли про мою прическу. Учту...

Я ничего не говорил ей про прическу, но понял, что первое впечатление успело запечатлеться в моей красной жидкости.

— Извините, пожалуйста, — сказал я смущенно.

— Я не обижаюсь, не дура. Все правильно. Просто мне тоже скучно бывает. Мне ведь и телевизор надо смотреть, и журналы читать, теперь вот еще интернет. Там столько всего разного рекламируют! И объясняют — ты, мол, достойна! Не сомневайся...

Иштар засмеялась, и я понял, что она уже совсем пьяная.

— Я и не сомневаюсь, — продолжала она. — Понятно, что достойна, раз весь гешефт на мне держится. Но ведь я не могу самолет купить. Или яхту... То есть могу, конечно, но что я с ними делать буду? Да какая яхта... Я тут рекламу видела давеча. В журнале, вон там, посмотри...

Она кивнула на стол.

Лежащий на краю глянцевый журнал был раскрыт на развороте, занятом большой цветной фотографией. Невеста, вся в белом, стояла у свадебного лимузина, утопив лицо в букете сирени. Кавалькада машин сопровождения терпеливо ждала; задумчивый жених крутил ус у открытой дверцы. Фотограф мастерски поймал завистливый женский взгляд из встречной малолитражки. Под фотографией была надпись: «Прокладки „ОКсинья“. Победа всуХую!»

Только тут до меня окончательно дошел смысл слов Энлиля Маратовича про bush, которого нет. Шутка показалась мне безобразно жестокой.

— Я даже такую вот победу не могу себе купить, — сказала Иштар. — Знаешь, как в песне — «...и значит, нам нужна одна победа, одна на всех, мы за ценой не постоим...». Фронтовики говорят, здесь смысл не в том, что денег много, а в том, что ног нет. Вот так и я. Могу разве прическу сделать. И макияж. Ну, сережки в уши вдеть. И все. Ты уж не смейся над старой дурой.

Мне стало стыдно. И еще стало ее жаль. Слава богу, что я заметил шрамы от фейслифта уже после укуса. Пусть думает, что хоть это ей сделали хорошо.

Раздался писк мобильного телефона.

— Да, — ответила Иштар.

Послышалось тихое кваканье мужского голоса из кнопки наушника в ее ухе.

— У меня, — сказала Иштар. — Говорим, да... Хороший мальчик, хороший. Подрастет, я его вместо тебя назначу, старый боров, понял? Что, зассал? Ха-ха-ха...

Наушник опять заквакал.

— Ну ладно, — согласилась она. — Пусть идет, раз так.

Она подняла на меня глаза.

— Энлиль. Говорит, тебе наверх пора.

— А как мне подниматься?

— На лифте.

— А где лифт?

Иштар кивнула на стену.

Только теперь я понял, что второго выхода из комнаты нет: мы были в последней комнате галереи. Там, куда указывала Иштар, находился не вход в следующую алтарную комнату, а дверь лифта.

— Лучше бы я на нем спустился, — сказал я. — А то чуть не утоп.

— Спуститься сюда нельзя. Можно только подняться. И то, если повезет. Все, я с тобой прощаюсь. Сейчас мне мутно будет.

— А что такое? — спросил я испуганно.

— Баблос пойдет. А я такая пьяная... В крыльях запутаюсь... Иди отсюда. То есть нет, иди-ка сюда...

Я подумал, что она собирается снова меня укусить.

— Вы хотите?..

— Нет, — сказала она. — Да иди, не бойся...

Я подошел к ней вплотную.

— Нагнись и закрой глаза.

Как только я выполнил ее просьбу, что-то мокрое шлепнуло меня в середину лба, словно там поставили почтовый штемпель.

— Теперь все.

— До свидания, — сказал я и пошел к лифту.

Войдя внутрь, я повернулся к Иштар.

— И вот еще что, — произнесла она, пристально глядя на меня. — Насчет Геры. Ты с ней поосторожней. Много лет тому назад у Энлиля была одна похожая на нее подруга. Крутили они шуры-муры, ели суши, били баклуши. Но до кровати у них так и не дошло. Я один раз его спросила почему. И знаешь, что он сказал? «Если не просить черную мамбу, чтобы она тебя укусила, можно долгие годы наслаждаться ее теплотой...» Я тогда подумала, что он холодный и равнодушный циник. А сейчас понимаю: именно поэтому он до сих пор и жив...

Я хотел спросить, при чем тут Гера, но не успел — дверь закрылась, и лифт тронулся вверх. Поглядев на свое отражение в полированной стальной дверце, я увидел на лбу похожий на алую розу отпечаток губ.

ACHILLES STRIKES BACK

Энлиль Маратович встретил меня у лифта.

— Успел в самый раз, — сказал он, глядя на мой лоб. — Уже идет жеребьевка.

— Жеребьевка?

— Да. Тебе подбирают халдея для дегустации.

— Кто подбирает?

— Они всегда делают это сами, мы не вмешиваемся. У них есть ритуал, довольно красивый. Бумажки с именами, красный цилиндр... Еще увидишь.

Мы прошли мимо его кабинета и остановились возле дверей, ведущих в круглый зал. Кроме нас, в коридоре никого не было.

— Будем ждать здесь, — сказал Энлиль Маратович. — Когда жеребьевка кончится, к нам выйдут.

— Я хотел бы вытереть лоб. Мне нужна салфетка.

— Ни в коем случае. Поцелуй Иштар — твой билет в новую жизнь. Его должны видеть все.

— Странное место для билета, — сказал я.

— Самое подходящее. На дискотеках ведь ставят на кожу разные цветные печати, чтобы не заморачиваться с бумажками? Вот и здесь то же самое... Дает право на бесплатные напитки, хе-хе...

— Энлиль Маратович, — сказал я, — раз уж вы сами заговорили про напитки. Когда мне дадут баблос?

Энлиль Маратович поглядел на меня с недоумением — которое, как мне показалось, граничило с презрением.

— Ты полагаешь, что уже готов к служению?

Меня развеселил этот вопрос. Ну да, подумал я, конечно. Вампиры — просто еще одна разновидность слуг народа, можно было догадаться. Но вслух я сказал другое:

— А почему же нет. Меня сама Иштар Борисовна хотела угостить. Просто не нашлось.

Энлиль Маратович засмеялся.

— Рама, — ответил он, — Иштар так шутит. Я даже не знаю, как относиться к твоему легкомыслию. В нашем мире не все так просто, как тебе представляется.

— А какие сложности?

— Сейчас узнаешь. У тебя конфета смерти с собой?

— А зачем? — встрепенулся я.

— С собой или нет?

Я отрицательно покачал головой. С лица Энлиля Маратовича исчезла улыбка.

— Тебе Локи говорил, что вампир никогда не выходит из дома без конфеты смерти?

— Говорил. Просто...

— Не трудись оправдываться. В качестве наказания за эту непростительную, я повторяю, совершенно непростительную забывчивость следовало бы отправить тебя на дегустацию с пустыми руками. Получил бы урок на всю жизнь. Я не делаю этого только потому, что происходящее имеет значение для репутации всего нашего сообщества. И рисковать мы не можем...

В руке Энлиля Маратовича появилась конфета в блестящей зеленой обертке с золотым ободком. Таких я раньше не видел.

— Ешь сейчас, — велел он. — А то и эту потеряешь.

Развернув обертку, я кинул конфету за щеку.

— А зачем это?

— Тебе надо будет проникнуть в душу одного из халдеев и открыть собравшимся его самую сокровенную тайну. Сделав это, ты подвергнешься опасности.

— Почему?

— Потому что у халдеев такие души. Когда ты станешь рассказывать публике про то, чего препарируемый стыдится больше всего, он, скорее всего, попытается заткнуть тебе рот. Даже убить. И тогда без конфеты смерти тебе придется плохо.

— Подождите-ка, — сказал я испуганно, — мы так не договаривались! Говорили, что будет просто дегустация...

— Это и есть просто дегустация. Но живая эмоциональная реакция укушенного во все времена была единственным сертификатом подлинности события. Поэтому вынимай из него всю клубничку, понял? Доставай то, что он прячет глубже всего и сильнее всего стыдится. Выверни его наизнанку. Но будь готов к тому, что он попытается тебя остановить.

— А вдруг ему это удастся?

— Боишься?

— Боюсь, — признался я.

— Тогда тебе надо определиться, кто ты, — сказал Энлиль Маратович. — Сопля из спального района или комаринский мужик.

— Кто? — переспросил я.

— Комаринский мужик. Так говорят, если ты не просто вампир, а еще и настоящий мужчина. Так кто ты?

Соплей из спального района я точно быть не хотел.

— Комаринский мужик, — ответил я решительно.

— Докажи. Прежде всего себе. И всем остальным заодно. Это проще, чем ты думаешь. Чего ты боишься? У тебя есть конфета смерти, а у халдея ее не будет.

— А вы мне хорошую дали? — взволновался я. — Не просроченную?

— Узнаем, — улыбнулся Энлиль Маратович.

Вспомнив, что нужно собраться с воинским духом, я сделал требуемую комбинацию вдохов и выдохов и сразу ощутил прыгучую легкость во всем теле. Все было как во время моих занятий с Локи, но кое-что оказалось новым и неожиданным: я чувствовал, что происходит у меня за спиной. Я ощущал очертания коридора, поверхность стен и пола со всеми их неровностями — словно видел их каким-то рыбьим глазом на затылке. Это было головокружительно.

Двери зала раскрылись, и в коридоре появились Мардук Семенович и Локи. По их виду было ясно: произошло что-то неожиданное.

— Ну, кто? — спросил Энлиль Маратович.

— Слушай, — сказал Мардук Семенович, — ваще труба. Они Семнюкова выбрали. Замминистра.

— Бля, — пробормотал Энлиль Маратович, — вот только этого не хватало. Ну, попали...

— Что такое? — спросил я испуганно.

— Так, — сказал Энлиль Маратович, — отдавай конфету... А, ты съел уже... Хе-хе-хе, не бойся, не бойся. Шучу. Слушай, ты его только не до конца убивай, ладно? А то мы понесем тяжелую утрату. «Лебединого озера» по телевизору, конечно, не будет, но человек все равно заметный.

— Я никого не собираюсь убивать. Мне бы самому в живых остаться.

— А можешь, в принципе, и убить, — продолжал Энлиль Маратович. — Только если красиво. Проведем как автокатастрофу...

И он подтолкнул меня к дверям, за которыми шумели голоса и музыка. Его прикосновение было мягким и дружеским, но я почувствовал себя гладиатором, которого бичами выгоняют на арену.

В зале произошли перемены — теперь его освещало электричество, и он действительно напоминал арену цирка. Фуршетные столы сдвинули к стенам. Халдеи толпились вокруг пустого пятна в центре, образовав живое кольцо. Их было больше — видимо, часть аристократично подъехала ко второму акту. В толпе изредка попадались человеческие лица. Это были вампиры. Они ободряюще улыбались мне среди сверкающих золотым равнодушием личин.

На некоторых халдеях был странный наряд — подобие пушистой юбки то ли из перьев, то ли из длиннорунной овчины. Таких было всего несколько человек, и все они отличались хорошим физическим развитием: видимо, это был халдейский шик для героев фитнеса.

Один из таких полуголых геркулесов стоял в пустом центре зала, скрестив руки на груди. На его металлическом лице играли безжалостные электрические блики. Верхняя часть его тела состояла из волосатых бугристых мышц; солидный пивной животик лишал его облик гармонии, зато добавлял жути. Я подумал, что, если бы гунны или вандалы оставили после себя скульптурные памятники, это были бы портреты подобных тел. В черных кущах на его груди висела цепочка с амулетами — что-то тотемное, какие-то зверьки и птицы.

Даже если бы я не понимал ответственности момента, я бы догадался обо всем по глазам смотрящих на меня вампиров. С одной стороны был наш хрупкий мир, защищенный только вековым предрассудком да конфетой смерти, а с другой —

было беспощадное человеческое стадо... Я решил на всякий случай собраться с духом еще раз. Повторив требуемую комбинацию вдохов и выдохов, я подошел к полуголому халдею, по-военному строго кивнул и сказал:

— Здравствуйте. Как вы знаете, сегодня мы выступаем... э-э-э... в тандеме, так сказать. Наверно, нам следует познакомиться. Мое имя Рама. А как зовут вас? Я знаю только вашу фамилию.

Маска повернулась в мою сторону.

— Мне кажется, — сказала она, — ты должен выяснить это сам. Или нет?

— Значит, вы не будете возражать, если я вас...

— Буду, — решительно ответила маска.

В зале засмеялись.

— В этом случае мне придется применить насилие. Разумеется, в строго необходимых пределах.

— Давай посмотрим, — ответил Семнюков, — как это будет выглядеть.

Я сделал шаг в его сторону, и он встал в небрежную боксерскую стойку. Один удар этого кулака мог убить меня на месте, поэтому я решил не рисковать и не подходить к нему слишком близко спереди.

Я решил подойти к нему сзади.

Это стоило мне боли в мышцах и суставах, зато действительно получилось красиво, как и заказывал Энлиль Маратович. Последовательность движений, которые привели меня в заданную точку, заняла не больше секунды. Но это была очень длинная секунда, растянувшаяся для меня в целое гимнастическое выступление.

Сначала я сделал медленный и неуверенный шаг ему навстречу. Он глумливо раскинул руки в стороны, словно собираясь встретить меня объятиями. И тогда я рванулся вперед. Он даже не понял, что я сдвинулся с места, а я уже проныривал под его рукой. К тому моменту, когда он заметил мое движение, я успел, оказавшись у него в тылу, зеркально скопировать его глумливую позу — прислониться к его спине и раскинуть руки в стороны. Он начал разворачиваться. И тогда, рискуя вывернуть шею, движением одновременно как бы ленивым и неправдоподобно быстрым, я повернул голову и клацнул зубами. Без ложной скромности говорю, что эта секунда была достойна кинематографа — и даже, возможно, скоростной съемки.

Когда Семнюков развернулся ко мне, я был уже вне зоны досягаемости его кулаков. Я так и не повернулся к нему лицом. Но когда он шагнул в мою сторону, я, не глядя, остановил его жестом.

— Стоп, — сказал я, — стоп. Все уже случилось, Иван Григорьевич. Я вас цапнул. Теперь наши функции меняются на противоположные. Мне надо спровоцировать вас на агрессию, а вы должны изо всех сил сопротивляться.

— Весь зал знает, что я Иван Григорьевич, — ответил Семнюков.

Чмокнув несколько раз губами (я делал это для драматизма — и, может быть, еще из подражания старшим вампирам), я сказал:

— Предлагаю джентльменское соглашение. Прямо перед вашими ногами проходит толстая темная линия — я имею в виду орнамент, который украшает пол. Видите?

Я не видел эту линию сам — но точно знал, где она проходит, словно навигационная система в моей голове произвела все требуемые расчеты. У Энлиля Маратовича явно был какой-то особый сорт конфет смерти, командирский.

— Будет считаться, — продолжал я, — что вы проиграли, если вы пересечете эту линию. Идет?

— А зачем мне это джентльменское соглашение? — спросил Семнюков.

— Для того, чтобы недолго побыть джентльменом.

— Интересно, — сказал Семнюков вежливо, — ну что же, попробуем.

Я почувствовал, как он сделал шаг назад.

Нахмурив брови, я изобразил на лице крайнюю сосредоточенность. Прошло около минуты, и в зале наступила абсолютная тишина. Тогда я заговорил:

— Итак, что сказать о вашей душе, Иван Григорьевич? Есть известное мнение, что даже в самом дурном человеке можно найти хорошее. Я так долго молчал, потому что искал это хорошее в вас... Увы. Есть только две черты, которые придают вам что-то человеческое, — то, что вы педераст, и то, что вы агент МОССАДа. Все остальное невыразимо страшно. Настолько страшно, что даже мне, профессиональному вампиру, делается не по себе. А я, поверьте, видел бездны...

Семнюков молчал. Над залом повисла напряженная тишина.

— Мы знаем, Рама, что ты видел бездны, — сказал за моей спиной голос Энлиля Маратовича. — Их тут все видели. Постарайся не сотрясать воздух впустую. Про эту ерунду всем известно, и никакой это не компромат.

— Так я и не привожу эти сведения в качестве компромата, — ответил я. — Скорей, наоборот. Если вы хотите самую грязную, самую страшную, самую стыдную и болезненную тайну этой души, извольте... Я опущу детали личной жизни этого господина, умолчу о его финансовой непорядочности и патологической лживости, потому что сам Иван Григорьевич не стесняется ничего из перечисленного и считает, что все эти качества делают его динамичным современным человеком. И в этом он, к несчастью, прав. Но есть одна вещь, которой Иван Григорьевич стыдится. Есть нечто, спрятанное по-настоящему глубоко... Может, не говорить?

Я чувствовал, как в зале сгущается электричество.

— Все-таки, наверно, придется сказать, — заключил я. — Так вот. Иван Григорьевич на дружеской ноге со многими финансовыми тузами и крупными бизнесменами, некоторые из которых здесь присутствуют. Все это очень богатые люди. Иван Григорьевич тоже известен им как крупный бизнесмен, чей бизнес временно находится в доверительном управлении группы адвокатов, — поскольку наш герой уже много лет на государственной службе...

Я почувствовал, как голова Семнюкова задвигалась из стороны в сторону, словно он что-то отрицал. Я замолчал, полагая, что он хочет ответить. Но он не стал говорить.

— Так вот, господа, — продолжил я. — Самая стыдная, темная и мокрая тайна Ивана Григорьевича в том, что доверительное управление, акции и адвокаты — это туфта и никакого реального бизнеса у него нет. А есть только пара потемкинских фирм, состоящих из юридического адреса, названия и логотипа. И нужны эти фирмы не для махинаций, а для того, чтобы делать вид, будто он занимается махинациями. Кстати, интересное наблюдение, господа, — на примере Ивана Григорьевича можно ясно сформулировать, где сегодня проходит грань между богатым и бедным человеком. Богатый человек старательно делает вид, что у него денег меньше, чем на самом деле. А бедный человек делает вид, что у него их больше. В этом смысле Иван Григорьевич, безусловно, бедный человек, и своей бедности он стыдится сильнее всего — хотя большинство наших соотечественников сочли бы его очень богатым. У него придумано много способов скрывать реальное положение дел — есть даже такая нетривиальная вещь, как потемкинский офшор. Но в действительности он живет на взятки, как самый заурядный чиновник. И пусть это довольно крупные взятки, все равно их не хватает. Потому что тот образ жизни, который ведет Иван Григорьевич, недешев. И уж конечно, он не ровня тем людям, с которыми гуляет в Давосе и Куршевеле... Вот.

— А я знал, — сказал мужской голос в группе халдеев.

— А я нет, — откликнулся другой.

— И я тоже нет, — произнес третий.

Иван Григорьевич переступил черту на полу. Кажется, он сделал это незаметно для себя — но роковой шажок увидели многие, и в зале раздались голоса: «Зашел, зашел!» и «Продул!» — словно мы были на съемках телевикторины. Иван Григорьевич смиренно кивнул головой, признавая поражение, а потом бросился на меня с кулаками.

Я не видел этого, но чувствовал. Его рука неслась к моему затылку. Я отклонил голову, и его кулак, появившись из-за моей спины, пронесся мимо моего уха. Я увидел на его запястье белый кружок часового циферблата с раздвоенным крестом «Vacherone Constantine».

Самым странным было то, что события в физическом мире происходили крайне медленно, но мои мысли двигались в привычном темпе. «Почему крест раздвоенный?» — подумал я и дал себе команду не отвлекаться. Мне вспомнился совет, который Гектор дал перед поединком Парису в фильме «Троя»: «Думай только о его мече и о своем». Но вместо мечей мне вдруг представилась психоаналитическая кушетка. Какая же мерзость этот дискурс...

Все последующее произошло в реальном времени практически мгновенно, но по моему субъективному хронометру было операцией примерно такой же длительности, как, скажем, приготовление бутерброда или смена батарейки в фонарике.

Прежде чем Иван Григорьевич достиг места, где я стоял, я прыгнул в сторону, согнулся в воздухе и, когда его туша поехала мимо, поймал ее за плечо, позволив инерции его движения рвануть меня за собой. Мы поплыли сквозь пространство вместе, как пара фигуристов. Он был слишком большим, чтобы бить его голым кулаком. Требовалось что-то тяжелое, желательно металлическое. Единственным подобным предметом, до которого я мог дотянуться, была его маска. Я сорвал ее, размахнулся ею в воздухе и обрушил на его голову равнодушное золотое лицо. Сразу после удара я отпустил его плечо, и мы разделились. Маска осталась в моей руке. Ничего сложного во всем этом не было, только от рывков и напряжения болели суставы.

После того как я приземлился, он сделал несколько шагов и рухнул на пол лицом вперед (я подумал, что он решил уйти от позора, притворившись оглушенным).

Видимо, я не зря вспомнил про Гектора. Мизансцена до того напоминала эпизод из «Трои», где Брэд Питт убивает великана-фессалийца, что я не удержался от соблазна побыть немного Ахиллесом. Шагнув к толпе халдеев, я прижал к лицу маску Ивана Григорьевича, оглядел их и громко повторил слова Брэда Питта:

— Is there no one else?

Ответом, как и в фильме, было молчание.

Маска оказалась неудобной — она давила на нос. Сняв ее, я увидел, что золотой нос расплющен, как от удара молотком. Возможно, Иван Григорьевич не притворялся.

— Рама, — негромко сказал Энлиль Маратович, — не надо перебарщивать. Все хорошо в меру...

Повернувшись к эстраде, он хлопнул в ладоши и скомандовал:

— Музыка!

Музыка сняла охватившее зал оцепенение. К Ивану Григорьевичу подошли несколько халдеев, склонились над ним, подняли и повлекли к выходу. Увидев, что он перебирает ногами, я успокоился.

Халдеи приходили в себя — разбредались по залу, разбирали напитки, вступали в беседы друг с другом. Меня обходили стороной. Я стоял в пятне пустоты с тяжелой маской в руке, не зная, что делать дальше. Энлиль Маратович сурово поглядел на меня и сделал мне знак подойти. Я был уверен, что получу выволочку. Но я ошибался.

— Очень хорошо, — тихо сказал он, хмуря брови. — С этим сучьем только так и можно. Молодец. Напугал их всех до усрачки. Вот что значит молодые мышцы, я так уже не могу.

— Почему только мышцы? — обиделся я. — По-моему, главную роль сыграл интеллект.

Энлиль Маратович сделал вид, что не услышал этого замечания.

— Но это еще не все, — сказал он. — Теперь постарайся им понравиться. Поучаствуй в их разговорах.

С этими словами он погрозил мне пальцем. Со стороны наш разговор выглядел так, словно строгий папаша отчитывает нашкодившего сынишку. Несоответствие мимики словам было забавным.

— Поработать королевой бала? — спросил я.

— Раздеваться не надо, — ответил Энлиль Маратович. — И цепи с пуделем тоже не будет. Достаточно познакомиться с самыми важными гостями — чтобы они знали тебя лично. Идем, я тебя представлю. И улыбайся всем как можно шире — они должны быть уверены, что ты холодная лицемерная сволочь.

Энлиль Маратович подтолкнул меня в сторону трех халдеев, что-то обсуждавших неподалеку, и пошел за мной следом. Когда мы приблизились, их разговор стих и они уставились на нас. Энлиль Маратович успокоительно вытянул перед собой руки с растопыренными пальцами. Я вдруг понял смысл этого древнего жеста: показать собеседнику, что в руках у приближающегося нет ни ножа, ни камня.

— Все, — сказал Энлиль Маратович весело, — сегодня больше не кусаем. Я парня уже отругал за хамство.

— Ничего-ничего, — ответил крайний халдей, сутулый невысокий мужчина в хламиде из серой ткани, усыпанной мелкими цветами. — Спасибо за увлекательное зрелище.

— Это профессор Калдавашкин, — сказал мне Энлиль Маратович. — Начальник дискурса. Несомненно, самая ответственная должность в Халдейском обществе.

Он повернулся к Калдавашкину.

— А это, как вы уже знаете, Рама Второй. Прошу любить и жаловать.

— Полюбим, полюбим, — сощурился на меня Калдавашкин старческими синими глазами, — не привыкать. Ты, я слышал, отличник дискурса́?

По ударению на последнем «а» я понял, что передо мной профессионал.

— Не то чтобы отличник, — ответил я, — но с дискурсо́м у меня определенно было лучше чем с гламуро́м.

— Отрадно слышать, что такое еще случается в Пятой Империи. Обычно все бывает наоборот.

— В Пятой Империи? — удивился я. — А что это?

— Разве Иегова не объяснял? — удивился в ответ Калдавашкин.

Я подумал, что могу просто не помнить этого, и пожал плечами.

— Это всемирный режим анонимной диктатуры, который называют «пятым», чтобы не путать с Третьим рейхом нацизма и Четвертым Римом глобализма. Эта диктатура анонимна, как ты сам понимаешь, только для людей. На деле это гуманная эпоха Vampire Rule, вселенской империи вампиров, или, как мы пишем в тайной символической форме, Empire V. Неужели у вас в курсе этого не было?

— Что-то такое было, — сказал я неуверенно. — Ну да, да... Бальдр еще говорил, что культурой анонимной диктатуры является гламур.

— Не культурой, — поправил Калдавашкин, подняв пальчик, — а идеологией. Культурой анонимной диктатуры является развитой постмодернизм.

Такого мы точно не проходили.

— А что это?

— Развитой постмодернизм — это такой этап в эволюции постмодерна, когда он перестает опираться на предшествующие культурные формации и развивается исключительно на своей собственной основе.

Я даже смутно не понял, что Калдавашкин имеет в виду.

— Что это значит?

Калдавашкин несколько раз моргнул своими глазами-васильками в прорезях маски.

— Как раз то самое, что ты нам сегодня продемонстрировал во время своей речи, — ответил он. — Ваше поколение уже не знает классических культурных кодов. Илиада, Одиссея — все это забыто. Наступила эпоха цитат из массовой культуры, то есть предметом цитирования становятся прежние заимствования и цитаты, которые оторваны от первоисточника и истерты до абсолютной анонимности. Это наиболее адекватная культурная проекция режима анонимной диктатуры — и одновременно самый эффективный вклад халдейской культуры в создание Черного Шума.

— Черного шума? — переспросил я. — А это еще что?

— Тоже не проходили? — поразился Калдавашкин. — Чем же вы тогда занимались-то? Черный Шум — это сумма всех разновидностей дискурса́. Другими словами, это белый шум, все слагаемые которого продуманы и проплачены. Произвольная и случайная совокупность сигналов, в каждом из которых нет ничего случайного и произвольного. Так называется информационная среда, окружающая современного человека.

— А зачем она нужна? Обманывать людей?

— Нет, — ответил Калдавашкин. — Целью Черного Шума является не прямой обман, а, скорее, создание такого информационного фона, который делает невозможным случайное понимание истины, поскольку...

Энлиль Маратович уже толкал меня по направлению к следующей группе халдеев, и я не услышал конца фразы — только виновато улыбнулся Калдавашкину и развел руками. Впереди по курсу появился халдей в синем хитоне, маленький и женственный, с наманикюренными длинными ногтями. Вокруг него стояла группа почтительных спутников в золотых масках, похожая на свиту.

— Господин Щепкин-Куперник, — представил его Энлиль Маратович. — Начальник гламура. Безусловно, самая важная должность среди наших друзей-халдеев.

Я уже понял, что сколько будет халдеев, столько будет самых важных должностей.

Щепкин-Куперник с достоинством наклонил маску.

— Скажите, Рама, — благозвучным голосом произнес он, — может быть, хотя бы вас мне удастся излечить от черной болезни? Вы ведь еще такой молодой. Вдруг есть шанс?

Вокруг засмеялись. Засмеялся даже Энлиль Маратович.

Меня охватила паника. Только что я на ровном месте опростоволосился с дискурсом, который, по общему мнению, знал очень неплохо. А с гламуром у меня всегда были проблемы. Сейчас, подумал я, окончательно опозорюсь — что такое «черная болезнь», я тоже не помнил. Надо было идти напролом.

— Кому черная болезнь, — сказал я строго, — а кому и черная смерть...

Смех стих.

— Да, — ответил Щепкин-Куперник, — это понятно, кто бы спорил. Но отчего же вы, вампиры, даже самые юные и свежие, сразу одеваетесь в эти угольно-черные робы? Отчего так трудно заставить вас добавить к этому пиру тотальной черноты хоть маленький элемент другого цвета и фактуры? Вы знаете, каких усилий стоила мне красная бабочка вашего друга Митры?

Я понял наконец, о чем он говорит.

— У вас такой замечательный, глубокий курс гламура́, — продолжал Щепкин-Куперник жалобно. — И все же на моей памяти со всеми вампирами происходит одно и то же. Первое время они одеваются безупречно, как учит теория. А потом начинается. Месяц, максимум год — и все понемногу соскальзывают в эту безнадежную черную пропасть...

Когда он произнес эти слова, вокруг мгновенно сгустилось ледяное напряжение.

— Ой, — прошептал он испуганно, — простите, если сказал что-то не то...

Я понял, что это шанс проявить себя с лучшей стороны.

— Ничего-ничего, — сказал я любезно, — вы очень остроумный собеседник и неплохо осведомлены. Но если говорить серьезно... У нас, сосателей, действительно есть определенная тенденция к нуару. Во-первых, как вы, наверно, знаете, это наш национальный цвет. Во-вторых... Неужели вы не понимаете, почему это с нами происходит?

— Клянусь красной жидкостью, нет, — ответил Щепкин-Куперник.

Похоже, он испытал большое облегчение, так удачно миновав опасный поворот.

— Подумайте еще раз. Что делают вампиры?

— Управляют ходом истории? — подобострастно спросил Щепкин-Куперник.

— Не только. Еще вампиры видят ваши темные души. Сначала, когда вампир еще учится, он сохраняет унаследованный от Великой Мыши заряд божественной чистоты, который заставляет его верить в людей, несмотря на все то, что он узнает про них изо дня в день. В это время вампир часто одевается легкомысленно. Но с какого-то момента ему становится ясно, что просвета во тьме нет и не будет. И тогда вампир надевает вечный траур по людям и становится черен, как те сердца, которые ежедневно плывут перед его мысленным взором...

— Браво, — рявкнул рядом Мардук Семенович. — Энлиль, я бы занес это в дискурс.

Щепкин-Куперник сделал что-то вроде книксена, который должен был выразить его многообразные чувства, и отступил с нашего пути вместе со своей свитой.

Следующая группа, к которой меня подвел Энлиль Маратович, состояла всего из двух халдеев, похожих друг на друга. Оба были пожилые, не особо опрятные, жирные и бородатые, только у одного из-под маски торчала рыжая борода, а у другого — серо-седая. Седобородый, как мне показалось, пребывал в полудреме.

— Вот это очень интересная профессия, — сказал мне Энлиль Маратович, указывая на рыжебородого. — Пожалуй, важнейшая на сегодняшний день. Прямо как в итальянской драме. Господин Самарцев — наш главный провокатор.

— Главный провокатор? — спросил я с удивлением. — А что именно вы делаете?

— Вообще-то, это абсолютно издевательское название, — пробасил Самарцев. — Но ведь вы, вампиры, любите издеваться над беззащитными людьми. Как ты только что всем напомнил в предельно наглой форме...

Я опешил от этих слов. Самарцев выждал несколько секунд, ткнул меня пальцем в живот и сказал:

— Это я показываю, что именно я делаю. Провоцирую. Получается?

И все вокруг весело заржали. Я тоже засмеялся. Как и положено провокатору, Самарцев был обаятелен.

— На самом деле я менеджер будущего, — сказал он. — Так сказать, дизайнер завтрашнего дня. А должность так называется потому, что провокация в наше время перестала быть методом учета и стала главным принципом организации.

— Не понимаю. Как это провокация может быть методом учета?

— Запросто. Это когда у самовара сидят пять эсеров и поют «вихри враждебные веют над нами». А среди них — один внедренный провокатор, который пишет на остальных подробные досье.

— Ага. Понял. А как провокация может быть методом организации?

— Когда провокатор начинает петь «вихри враждебные» первым, — ответил Самарцев. — Чтобы регистрация всех, кто будет подпевать, велась с самого начала. В идеале даже текст революционной песни сочиняют наши креативщики, чтобы не было никакого самотека.

— Понятно, — сказал я.

Самарцев снова попытался ткнуть меня пальцем в живот, но в этот раз я подставил ладонь.

— Это, естественно, относится не только к революционным песням, — продолжал он, — а ко всем новым тенденциям вообще. Ждать, пока ростки нового сами пробьются сквозь асфальт, сегодня никто не будет, потому что по этому асфальту ездят серьезные люди. Ростки на спецтрассе никому не нужны. Свободолюбивые побеги, которые взломают все на своем пути, в наше время принято сажать в специально отведенных для этого точках. Менеджер этого процесса естественным образом становится провокатором, а провокация — менеджментом...

— А товарищ ваш чем занимается? — спросил я.

— Молодежная субкультура, — сказал седой, зевнув.

— Вот как, — ответил я. — Как, слабо́ вытащить меня на майдан?

— С вами это не получится, — ответил седой, — говорю со всей молодежной прямотой.

— Вы вроде не очень молоды, — заметил я.

— Правильно, — согласился он. — Но я же не говорю, что я молод. Наоборот, я довольно стар. И об этом я тоже говорю со всей молодежной прямотой.

— Слушайте, а может, вы скажете, кому из наших молодых политиков можно верить? Я ведь не только вампир. Я еще и гражданин своей страны.

Седой халдей переглянулся с Самарцевым.

— Э, — сказал Самарцев, — да ты, я вижу, провокатор не хуже меня... Знаешь, что такое «уловка – двадцать два»?

Это я помнил из дискурса.

— Примерно. Это ситуация, которая, если так можно выразиться, исключает саму себя, да? Мертвая логическая петля, из которой нет выхода. Из романа Джозефа Хеллера.

— Правильно, — сказал Самарцев. — Так вот, «уловка – двадцать два» заключается в следующем: какие бы слова ни произносились на политической сцене, сам факт появления человека на этой сцене доказывает, что перед нами блядь и провокатор. Потому что если бы этот человек не был блядью и провокатором, его бы никто на политическую сцену не пропустил — там три кольца оцепления с пулеметами. Элементарно, Ватсон: если девушка сосет хуй в публичном доме, вооруженный дедуктивным методом разум делает вывод, что перед нами проститутка.

Я почувствовал обиду за свое поколение.

— Почему обязательно проститутка, — сказал я. — А может, это белошвейка. Которая только вчера приехала из деревни. И влюбилась в водопроводчика, ремонтирующего в публичном доме душ. А водопроводчик взял ее с собой на работу, потому что ей временно негде жить. И там у них выдалась свободная минутка.

Самарцев поднял палец:

— Вот на этом невысказанном предположении и держится весь хрупкий механизм нашего молодого народовластия...

— Так, значит, у нас все-таки народовластие?

— В перспективе — несомненно.

— А почему в перспективе?

Самарцев пожал плечами.

— Ведь мы с вами интеллигентные люди. А значит, взявшись за руки все вместе, мы до смерти залижем в жопу любую диктатуру. Если, конечно, не сдохнем раньше времени с голоду.

Специалист по молодежной культуре тихо добавил:

— Залижем любую, кроме анонимной.

Самарцев пнул его локтем в бок.

— Ну ты замучил своей молодежной прямотой.

Видимо, удар локтем окончательно разбудил молодежного специалиста.

— А насчет молодых политиков, — сказал он, — толковые ребята есть. Пусть никто не сомневается. И не просто толковые. Талантищи. Новые Гоголя просто.

— Ну у тебя-то Гоголи каждый день рождаются, — проворчал Самарцев.

— Не, правда. Один недавно пятьсот мертвых душ по ведомости провел, я рассказывал? Три раза подряд. Сначала как фашистов, потом как пидарасов, а потом как православных экологов. В общем, на кого страну оставить, найдем.

Энлиль Маратович потащил меня прочь.

— Нарекаю тебя Коловратом! — крикнул Самарцев мне вслед. — Зиг хайль!

Меня представили одетому под вампира начальнику зрелищ — невысокому щуплому человеку в черной хламиде. Маска была ему так велика, что казалась шлемом космонавта. Глаза в ее прорезях были большими и печальными. Почему-то мне показалось, что он похож на принявшего постриг Горлума.

— Господин Модестович, — сказал Энлиль Маратович. — Очень много сделал для нашей культуры — вывел ее, так сказать, в мировой фарватер. Теперь у нас тоже регулярно выходят красочные блокбастеры о борьбе добра со злом, с непременной победой добрых сил в конце второй серии.

Модестович был о себе более скромного мнения.

— Неудачно шутим о свете и тьме, — сказал он, приветственно шаркнув ножкой, — и с этого живем-с...

— Рад знакомству, — сказал я. — Знаете, я давно хотел спросить профессионала: почему во всех достижениях нашего кинопроката обязательно побеждает добро? Ведь в реальной жизни такое бывает крайне редко. В чем тут дело?

Модестович откашлялся.

— Хороший вопрос, — сказал он. — Обычному человеку это было бы сложно объяснить без лукавства, но с вами можно говорить прямо. Если позволите, я приведу пример из сельского хозяйства. В советское время ставили опыты — изучали влияние различных видов музыки на рост помидоров и огурцов, а также на удои молока. И было замечено: мажорная тональность способствует тому, что овощи наливаются соком, а удои молока растут. А вот минорная тональность музыки, наоборот, делала овощ сухим и мелким и уменьшала надои. Человек, конечно же, не овощ и не корова. Это фрукт посложнее. Но та же закономерность прослеживается и здесь. Люди изначально так устроены, что торжество зла для них невыносимо...

— А почему люди так устроены?

— А об этом, — сказал Модестович, — я должен спросить у вас с Энлилем Маратовичем. Такими уж вы нас вывели. Факт есть факт: поставить человека лицом к лицу с победой зла — это как заставить корову слушать «Лунную сонату». Последствия будут самыми обескураживающими — и по объему, и по густоте, и по жирности, и по всем остальным параметрам. С людьми то же самое. Когда вокруг побеждает зло, им становится незачем жить, и вымирают целые народы. Наука доказала, что для оптимизации надоев коровам надо ставить раннего Моцарта. Точно так же и человека следует до самой смерти держать в состоянии светлой надежды и доброго юмора. Существует набор позитивно-конструктивных ценностей, которые должно утверждать массовое искусство. И наша задача — следить за тем, чтобы серьезных отступлений от этого принципа не было.

— Что за набор? — спросил я.

Модестович закатил глаза — вспоминая, видимо, какой-то вшитый в память циркуляр.

— Там много позиций, — сказал он, — но есть главный смысловой стержень. Халдей должен, так сказать, подвергать жизнь бесстрашному непредвзятому исследованию и после мучительных колебаний и сомнений приходить к выводу, что фундаментом существующего общественного устройства является добро, которое, несмотря ни на что, торжествует. А проявления зла, как бы мрачны они ни казались, носят временный характер и всегда направлены против существующего порядка вещей. Таким образом, в сознании реципиента возникает знак равенства между понятиями «добро» и «существующий порядок». Из чего следует вывод, что служение добру, о котором в глубине души мечтает каждый человек, — это и есть повседневное производство баблоса.

— Неужели такое примитивное промывание мозгов действует? — спросил я.

— Э-э, юноша, не такое оно и примитивное. Человек, как я уже сказал, сложнее помидора. Но это парадоксальным образом упрощает задачу. Помидору, чтобы он дал больше сока, надо действительно ставить мажорную музыку. А человеку достаточно объяснить, что та музыка, которую он слышит, и есть мажор. Который, правда, искажен несовершенством исполнителей — но не до конца и только временно. А какая музыка будет играть на самом деле, совершенно не важно...

Следом меня представили начальнику спорта, бодрому качку в такой же пушистой овчинной юбке, какую носил мой соперник по поединку. Наверно, из-за этого неприятного совпадения, на которое мы оба не могли не обратить внимания, наш разговор оказался коротким и напряженным.

— Как относишься к футболу? — спросил начальник спорта, окидывая меня оценивающим взглядом.

Мне померещилось, что он каким-то рентгеном замерил объем моих мышц прямо под одеждой. Я остро ощутил, что действие конфеты смерти прошло.

— Знаете, — сказал я осторожно, — если быть до конца честным, главная цель этой игры — забить мяч в ворота — кажется мне фальшивой и надуманной.

— А, ну тогда играй в шахматы.

Про шахматы я мог бы сказать то же самое — но решил не ввязываться в беседу.

Знакомства продолжались долго. Я как мог любезничал с масками; они любезничали со мной, но по настороженным огонькам глаз в золотых глазницах я понимал, что все в этом зале держится только на страхе и взаимной ненависти — которая, впрочем, так же прочно скрепляет собравшихся, как могли бы христианская любовь или совместное владение волатильными акциями.

Иногда мне казалось, что мимо нас проходят известные люди, — я узнавал то знакомую прическу, то манеру сутулиться, то голос. Но полной уверенности у меня никогда не было. Один раз, правда, я голову готов был дать на отсечение, что в метре от меня стоит академик Церетели: доказательством была особая замысловатая умелость, с которой тот нацепил звезду героя на свою хламиду: кривовато, высоковато и как бы чуть нелепо, так что издалека было видать трогательно неприспособленного к жизни подвижника духа (я видел по телевизору, что в такой же манере он плюхал ее на лацкан своего пиджака). Но Энлиль Маратович провел меня мимо, и я так и не узнал, верна моя догадка или нет.

Наконец меня представили всем, кому следовало, и Энлиль Маратович оставил меня в одиночестве. Я ожидал, что на меня обрушится шквал внимания, но в мою сторону почти не смотрели. Я взял с фуршетного стола стакан жидкости красного цвета с пластиковой соломинкой.

— Что здесь? — спросил я оказавшегося рядом масочника.

— Комаришка, — презрительно буркнул он.

— Кто комаришка? — обиделся я.

— Коктейль «Комаришка», водка с клюквенным соком. В некоторых стаканах просто сок, а у коктейля трубочка заостренная — как игла шприца.

Сказав это, он подхватил два коктейля и понес в другой угол зала.

Я выпил коктейль. Потом второй. Потом прошелся взад-вперед по залу. На меня никто не обращал внимания. Sic transit glamuria mundi[1], думал я, прислушиваясь к журчащим вокруг светским разговорам. Беседовали о разном — о политике, о кино, о литературе.

— Это охуенный писатель, да, — говорил один халдей другому. — Но не охуительный. Охуительных писателей, с моей точки зрения, в России сейчас нет. Охуенных, с другой стороны, с каждым днем становится все больше. Но их у нас всегда было немало. Понимаете, о чем я?

— Разумеется, — отвечал второй, тонко играя веком в прорези маски. — Но вы сами сейчас заговорили об охуенных с другой стороны. Охуенный с другой стороны — если он действительно с другой стороны — разве уже в силу одного этого не охуителен?

Были в толпе и западные халдеи, приехавшие, видимо, делиться опытом. Я слышал обрывки английской речи:

— Do Russians support gay marriage?

---

[1] Так проходит мирской гламур *(лат.)*.

— Well, this is not an easy question, — дипломатично отвечал голос с сильным русским акцентом. — We are strongly pro-sodomy, but very anti-ritual...[1]

И еще, кажется, было несколько нефтяников — это я заключил по часто долетавшему до меня выражению «черная жидкость». Я вернулся к столику и выпил третий коктейль. Вскоре мне стало легче.

На сцене вовсю шел капустник. Вампиры показывали халдеям что-то вроде программы художественной самодеятельности, которая, видимо, должна была придать взаимным отношениям сердечную теплоту. Но получалось это не очень. К тому же по репликам вокруг я понял, что эту программу все видели много раз.

Сначала Локи танцевал танго со своей резиновой женщиной, которую ведущий, высокий халдей в красной робе, почему-то назвал культовой. Сразу после номера группа халдеев поднялась на сцену и вручила Локи подарок для его молчаливой спутницы — коробку, обернутую в несколько слоев золотой бумаги и перевязанную алым бантом. Ее долго открывали.

Внутри оказался огромный фаллоимитатор — «член царя Соломона», как его называли участники представления. На боку этого бревна из розовой резины виднелась надпись: «И это пройдетЪ!» Я подумал, что это ответ на бессмертное двустишие с бедра учебного пособия. Из комментариев окру-

---

[1] — В России поддерживают гомосексуальные браки?
— Это сложный вопрос. Мы за содомию, но против ритуала...

жающих стало ясно, что эта шутка тоже повторяется из года в год (в прошлом году, сказал кто-то, член был черным — опасная эскапада в наше непростое время).

Затем на сцену вышли Энлиль Маратович и Митра. Они разыграли пьеску из китайской жизни, в которой фигурировали император Циньлун и приблудный комарик. Комариком был Энлиль Маратович, императором — Митра. Суть пьески сводилась к следующему: император заметил, что его укусил комар, пришел в негодование и стал перечислять комару все свои земные и небесные звания — и при каждом новом титуле потрясенный комарик все ниже и ниже склонял голову, одновременно все глубже вонзая свое жало (раздвижную антенну от старого приемника, которую Энлиль Маратович прижимал руками ко лбу) в императорскую ногу. Когда император перечислил наконец все свои титулы и собрался прихлопнуть комарика, тот уже сделал свою работу и благополучно улетел. Этому гэгу искренне хлопали — из чего я заключил, что в зале много представителей бизнеса.

Потом были смешанные гэги, в которых участвовали вампиры и халдеи. Это была последовательность коротких сценок и диалогов.

— Теперь у нас будет, как выражаются французы, минет-а-труа, — говорил халдей.

— Там не минет, там менаж, — поправлял вампир. — Ménage à trois.

— Менаж? — округлял глаза халдей. — А это как?

И в зале послушно смеялись.

Некоторые диалоги отсылали к фильмам, которые я видел (теперь я знал, что это называется «развитой постмодернизм»).

— Желаете гейшу? — спрашивал вампир.

— Это которая так глянуть может, что человек с велосипеда упадет?

— Именно.

— Нет, спасибо, — отвечал халдей. — Нам бы проебстись, а не с велосипедов падать.

Потом со сцены читали гражданственные стихи в духе раннего Евтушенко:

«Не целься до таможни, прокурор, — ты снова попадешь на всю Россию...»

И так далее.

Устав стоять, я присел на табурет у стены. Я был совершенно измотан. Мои глаза слипались. Последним, что я увидел в подробностях, был танец старших аниматоров — четырех халдеев, которым меня так и не представили. Они исполнили какой-то дикий краковяк (не знаю почему, но мне пришло в голову именно это слово). Описать их танец трудно — он походил на ускоренные движения классической четверки лебедей, только эти лебеди, похоже, знали, что Чайковским не ограничится и в конце концов всех пустят на краковскую кровяную. Пикантности номеру добавляло то, что аниматоры были одеты телепузиками — над их масками торчали толстые золотые антенны соответствующих форм.

Потом на сцене начались вокальные номера, и теперь можно было подолгу держать глаза закрытыми, оставаясь в курсе происходящего. К микрофону подошел Иегова с гитарой, пару раз провел пальцами по струнам и запел неожиданно красивым голосом:

Я знаю места, где цветет концентрат
Последний изгнанник, не ждущий зарплат
Где розы в слезах о зеркальном ковре
Где пляшут колонны на заднем дворе...

С концентратом все было ясно — я тоже знал пару мест, где он цветет, скажем так. Мне представилась роза и ее отражение в бесконечном коридоре из двух зеркал, а потом зеленые колонны Independence Hall с оборота стодолларовой банкноты спрыгнули во двор и начали танцевать друг с другом танго, имитируя движения Локи и его покорной спутницы. Я, конечно, уже спал.

Напоследок, правда, я успел понять, от какой именно капусты образовано слово «капустник». Во сне эта мысль была многомернее, чем наяву: сей мир, думал я, находит детей в капусте, чтобы потом найти капусту в детях.

LE YELTSINE IVRE

Всю следующую неделю я провисел в хамлете покойного Брамы.

Мне непреодолимо захотелось залезть туда, когда машина привезла меня домой утром после капустника. Я так и поступил — и сразу впал в знакомое хрустальное оцепенение.

Это был не сон и не бодрствование. Тяжелый темный шар, которым мне представлялось сознание языка, занимал в это время какую-то очень правильную и устойчивую позицию, в зародыше давя все интенции, возникавшие у меня при обычном положении тела. Я смутно понимал, отчего так происходит: действия человека всегда направлены на ликвидацию внутреннего дисбаланса, конфликта между реальным состоянием дел и их идеальным образом (точно так же ракета наводится на цель, сводя к нулю появляющиеся между частями ее полупроводникового мозга разночтения). Когда я повисал вниз головой, темный шар скатывался в то самое место, где раньше возникали дисбалансы и конфликты. Наступала гармония, которую не нарушало ничто. И выходить из этой гармонии языка с самим собой не было ни смысла, ни повода.

Однако все оказалось сложнее, чем я думал. На седьмой день я услышал мелодичный звон. В хамлете зажегся свет, и записанный на магнитофон женский голос выразительно произнес где-то рядом:

Ни о чем я так не жалею в свои последние дни, как о долгих годах, которые я бессмысленно и бездарно провисел вниз головой во мраке безмыслия. Час и минута одинаково исчезают в этом сероватом ничто; глупцам кажется, будто они обретают гармонию, но они лишь приближают смерть... Граф Дракула, воспоминания и размышления.

Я слез на пол. Было понятно, что включилось какое-то устройство, следящее за проведенным в хамлете временем, — видимо, я исчерпал лимит. Подождав час или два, я вновь забрался на жердочку. Через пять минут в хамлете вспыхнул свет, и над моим ухом задребезжал звонок, уже не мелодичный, а довольно противный. Снова включился магнитофон. В этот раз он произнес эпическим мужским басом:

Впавших в оцепенение сынов Великой Мыши одного за другим уничтожило жалкое обезьянье племя, даже не понимающее, что оно творит. Одни умерли от стрел; других пожрало пламя. Вампиры называли свое безмолвное бытование высшим состоянием разума. Но жизнь — а вернее, смерть — показала, что это был глупейший из их самообманов... Уицлипоцли Дунаевский, всеобщая история вампиров.

Я решил схитрить — спрыгнул на пол и сразу же вернулся на серебряную штангу. Через секунду над моим ухом заверещал яростный клоунский голос:

Что скажет обо мне история? А вот что: еще одно чмо зависло в чуланчике! Бу-га-га-га-га!

Я решил больше не спорить с судьбой, вернулся в гостиную и прилег на диван. На самом деле хотелось только одного — снова зависнуть в чуланчике, раздавив надежным черным ядром зашевелившиеся в голове мысли. И плевать на приговор истории... Но я понимал, что лимит выбран. Закрыв глаза, я заставил себя уснуть.

Меня разбудил звонок. Это была Гера.

— Давай встречаться, — сказала она без предисловия.

— Давай, — ответил я, даже не успев подумать.

— Приезжай в «Le Yeltsine Ivre».

— А что это такое?

— Это оппозиционный ресторан. Если ты не знаешь, где это, мой шофер за тобой заедет.

— У тебя машина с шофером? — удивился я.

— Если нужно, у тебя тоже будет, — ответила она. — Попроси Энлиля. Все, жду. Чмоки.

И повесила трубку.

Шофер позвонил в дверь через полчаса после нашего разговора. За это время я успел принять душ, одеться в свою новую угольно-черную униформу (она выглядела очень аскетично, но ее подбирал целый взвод продавцов в «Архипелаге») и выпить для смелости полстакана виски.

Шофер оказался немолодым мужчиной в камуфляже. У него был слегка обиженный вид.

— Что это за «оппозиционный ресторан»? — спросил я.

— А за городом, — ответил он. — Минут за сорок доедем, если пробок не будет.

Внизу нас ждал черный джип BMW последней модели — я на таких никогда не ездил. Впрочем, новость о том, что я могу завести себе такой же контейнер для стояния в пробках, совершенно меня не вдохновила — то ли я уже воспринимал финансовые возможности своего клана как нечто само собой разумеющееся, то ли просто нервничал перед встречей.

Я ничего не слышал про ресторан «Le Yeltsine Ivre». Название перекликалось с известным стихотворением Артюра Рембо «Пьяный корабль». Видимо, имелся в виду корабль нашей государственности, персонифицированный в отце-основателе новой России. Странно, что Геру тянет к официозу, думал я, но, может быть, такие рингтоны сами звенят в душе, когда появляется казенный бумер-2 с шофером...

Я стал размышлять, как себя вести, когда мы встретимся.

Можно было притвориться, что я не придал ее укусу никакого значения. Сделать вид, что ничего не произошло. Это не годилось: я был уверен, что начну краснеть, она станет хихикать и встреча будет испорчена.

Можно было изобразить обиду — собственно, не изобразить, а просто не скрывать ее. Это не годилось тем более. Мне вспомнилась присказка бригадира грузчиков из универсама, где я работал: «На обиженных срать ездят». Конкурировать с шофером Геры на рынке транспортных услуг я не хотел...

Я решил не забивать себе голову этими мыслями раньше времени и действовать по обстоятельствам.

«Эльцын Иврь» оказался модным местом — парковка была плотно заставлена дорогими автомобилями. Я никогда не видел такого оригинального входа в здание, как здесь: в кирпичную стену был вмурован настоящий танк, и посетителям приходилось взбираться на башню, над которой была дверь входа. Впрочем, это было несложно — туда вели две ажурные лестницы, расположенные по бокам танка. По многочисленным следам подошв было видно, что экстремалы залезали на танк и спереди. На пушке висело объявление:

Просьба по стволу не ходить. Администрация.

Коридор за входом был оформлен в виде самолетного фюзеляжа; входящим улыбалась девушка в форме стюардессы и спрашивала номера посадочных талонов — в заведение пускали только по записи. Видимо, по мысли устроителей, посетители должны были попадать с башни танка прямо в брюхо президентского авиалайнера.

Меня ожидал одетый авиастюардом официант, который повел меня за собой. Зал заведения выглядел традиционно, удивляли только огромная эстрада с табличкой «Дирижоке с 22:00» и еще круглый бассейн — небольшой и глубокий, с арочным мостиком сверху (рядом в стене была дверь с непонятной надписью «Мокрая»). Проход к отдельным кабинетам находился в конце зала.

Когда мы приблизились к кабинету, где ждала Гера, я ощутил острый прилив неуверенности.

— Извините, — спросил я стюарда, — а где здесь туалет?

Стюард показал мне дверь.

Проведя несколько минут в сверкающем помещении с клепаными писсуарами на авиационных шасси, я понял, что дальнейшее изучение своего лица в зеркале ничего не даст. Я вернулся в коридор и сказал стюарду:

— Спасибо. Дальше я сам.

Подождав, пока он скроется из виду, я нажал ручку двери.

Гера сидела в углу комнаты, на куче разноцветных подушек в форме пухлых рельсовых обрезков. На ней было короткое черное платье с глухим воротом. Оно казалось очень простым и вполне целомудренным, но я никогда не видел наряда сексуальнее.

У стены стоял стол с двумя нетронутыми приборами. На полу перед Герой был поднос с чайным набором и недоеденным чизкейком.

Она подняла на меня глаза. И в ту же секунду мое замешательство прошло — я понял, что делать.

— Привет, — сказала она, — ты сегодня какой-то мрачно-решитель...

Договорить она не успела — в два прыжка я приблизился к ней, опустился на корточки и...

Тут, надо сказать, произошла маленькая неожиданность, чуть не сбившая меня с боевого курса. Когда наши лица оказались совсем близко, она вдруг прикрыла глаза и приоткрыла губы, словно ждала не укуса, от которого меня уже не могла удержать никакая сила в мире, а чего-то другого. А когда мои челюсти дернулись и она поняла, что именно произошло, ее лицо сморщилось в гримасу разочарования.

— Тьфу, дурак. Как же вы все меня достали...

— Извини, — ответил я, отступая в угол комнаты и садясь на горку подушек-рельсов, — но после того, как ты... Я должен был...

— Да все понятно, — сказала она угрюмо. — Можешь не объяснять.

Я больше не мог себя сдерживать — прикрыв глаза, я отключился от физического мира и принялся всем своим существом подглядывать и подсматривать, выясняя то, о чем я гадал столько ночей, а сейчас наконец мог увидеть с полной ясностью. Меня, впрочем, не интересовали вехи ее жизни, секреты или проблемы. У меня хватило такта даже не глядеть в эту сторону. Меня занимало совсем другое — ее отношение ко мне. И это выяснилось сразу.

Я не ошибся. Только что я мог ее поцеловать. Она была совсем не против. Она этого даже ждала. Больше того, она не стала бы возражать, если бы дело не ограничилось поцелуем, а зашло дальше... Как именно далеко, она не знала сама. Может быть, подумал я, еще не поздно? Открыв глаза, я сделал робкое движение в ее сторону, но она поняла, что у меня на уме.

— Нет, дорогой, — сказала она. — Что-нибудь одно — или кусаться, или все остальное. Сегодня, пожалуйста, не приближайся ко мне ближе чем на метр.

Я не собирался так просто сдаваться, но решил немного повременить.

— Хочешь есть? — спросила она.

Я отрицательно помотал головой, но она все равно кинула мне книжечку меню.

— Посмотри. Тут есть прикольные блюда.

Я понял, что она старается отвлечь меня, не дать заглянуть в нее слишком глубоко, но я и сам не хотел лезть в ее мир без спроса. То единственное, что меня интересовало, я уже выяснил, а копаться в остальном мне не следовало для своего же блага, тут Локи был совершенно прав. Я чувствовал инстинктом: надо удержаться от соблазна.

Я углубился в меню. Оно начиналось со вступления, несколько разъяснившего мне смысл названия ресторана:

Российский старожил давно заприметил вострую особенность нашего бытования: каким бы мерзотным ни казался текущий режим, следующий за ним будет таким, что заставит вспоминать пре-

дыдущий с томительной ностальгией. А ностальгии хорошо предаваться под водочку (стр. 17–18), закусочку (стр. 1–3) и все то, что обыщется промеж.

Мне стало ясно, что Гера имела в виду под «прикольными блюдами» — в книжечке была дневная рыбная вкладка с диковатыми названиями: там, например, присутствовало «карпаччо из меч-рыбы „Comandante Mudaeff" под соусом из Лимонов» и «евроуха „Свободу МБХ!"». Меня охватило любопытство. Я поднял лежащий на полу радиотелефон, на котором был изображен официант с подносом, и выбрал свободу.

Затем я принялся изучать карту вин, предсказуемо названную «Работа с документами», и старательно читал бесконечный список строка за строкой, пока прозрачность Геры не пошла на убыль. Тогда я закрыл книжечку и поздравил себя с победой рыцарства над любопытством.

Впрочем, победа была неполной — кое-что я все-таки увидел. Не увидеть этого я просто не мог, как нельзя не заметить гору за окном, с которого откинули штору. В жизни Геры произошло неприятное событие. Оно было связано с Иштар, которую Гера посетила после знакомства с халдеями (процедура была такой же, как в моем случае, только ее представлял обществу Мардук Семенович, а после сеанса ясновиденья ей пришлось отбиваться бутылкой от какой-то озверевшей эстрадной певицы). Между Иштар и Герой что-то случилось, и теперь Гера была в депрессии. Кроме того, она была сильно напугана.

Но я не понимал, что именно стряслось на дне Хартланда — это было каким-то образом скрыто, словно часть ее внутреннего измерения была затемнена. С таким я никогда раньше не сталкивался, поэтому не удержался от вопроса:

— А что у тебя случилось с Иштар Борисовной?

Она нахмурилась:

— Сделай одолжение, не будем об этом. Все спрашивают одно и то же — Митра, ты...

— Митра? — переспросил я.

Мое внимание скользнуло вслед за этим именем, и я понял, что Гера относится к Митре почти так же хорошо, как ко мне. Почти так же. А Митра...

Митра ее кусал, понял я со смесью ревности и гнева, он делал это два раза. Она тоже укусила его один раз. Больше между ними ничего не произошло, но и этого было более чем достаточно. Свидетельство их интимной задушевности оказалось последним, что я успел разглядеть в блекнущем потоке ее памяти. Окошко закрылось. А как только оно закрылось, я понял, что безумно хочу укусить ее снова и выяснить, какое место в ее жизни занимает Митра.

Я, конечно, понимал, что этого не следует делать. Было ясно: за вторым укусом появится необходимость в третьем, потом в четвертом — и конца этому не будет... Мне в голову даже пришел термин «кровоголизм», только не по аналогии с алкоголизмом, а как сумма слов «кровь» и «голый», душевная болезнь, жертвой которой я себя уже ощущал, — потребность оголять чужую душу при малейшем подозрении... Поддайся искушению раз, потом два, думал я, и высосешь из любимого существа всю красную жидкость.

Видимо, что-то отразилось на моем лице — Гера покраснела и спросила:

— Что? Что такое ты там увидел?

— Митра тебя кусал?

— Кусал. Поэтому я его видеть не хочу. И тебя тоже не захочу, если ты еще раз меня укусишь.

— Что, вообще больше ни разу?

— Надо, чтобы мы с тобой могли доверять друг другу, — сказала она. — А если мы будем друг друга кусать, никакого доверия между нами уже не останется.

— Почему?

— Какое может быть доверие, если ты и так все знаешь?

Это было логично.

— Я и не стал бы первым, — сказал я. — Это ведь ты начала.

— Правда, — вздохнула она. — Меня так Локи учил. Говорил, с мужчиной надо быть предельно циничной и безжалостной, даже если сердце велит иначе.

В эту зону ее опыта я тоже не заглянул.

— Локи? — удивился я. — А что он тебе преподавал?

— Искусство боя и любви. Как и тебе.

— Но ведь он... Он же мужчина.

— Когда были занятия по искусству любви, он приходил в женском платье.

Я попробовал представить себе Локи в женском платье и не смог.

— Странно, — сказал я. — Меня он, наоборот, учил, что вампир не должен кусать женщину, к которой он... Ну, испытывает интерес. Чтобы не потерять этого интереса.

Гера поправила волосы.

— Ну как, — спросила она, — не потерял?

— Нет, — ответил я. — Я практически ничего и не видел. Можешь считать, я про тебя по-прежнему ничего не знаю. Просто хотелось, чтобы мы были квиты. Когда ты меня укусила у музея...

— Ну хватит, — сказала Гера. — Замнем.

— Хорошо. Вот только я одного не понял. Я не вижу, что у тебя случилось с Иштар. Как так может быть?

— У нее такая власть. То, что происходит между Иштар и тем, кого она кусает, скрыто от всех остальных. Я тоже не могу узнать, о чем ты с ней говорил. Даже Энлиль с Мардуком не могут.

— Мне кажется, ты напугана. И расстроена.

Гера помрачнела.

— Я ведь уже попросила, не надо об этом. Может, я позже скажу.

— Ладно, — согласился я. — Давай поговорим о чем-нибудь жизнеутверждающем. Как Локи выглядит в женском платье?

— Замечательно. Он даже сиськи надевал искусственные. По-моему, ему это очень нравилось.

— А что вы проходили в курсе любви?

— Локи рассказывал про статистику.

— Какую еще статистику?

— Тебе правда интересно?

Я кивнул.

— Он говорил так, — Гера нахмурилась, — сейчас вспомню... «Отношение среднестатистического мужчины к женщине характеризуется крайней низостью и запредельным цинизмом... Опросы показывают, что с точки зрения мужской половой морали существует две категории женщин. „Сукой“ называется женщина, которая отказывает мужчине в половом акте. „Блядью“ называется женщина, которая соглашается на него. Мужское отношение к женщине не только цинично, но и крайне иррационально. По господствующему среди мужчин мнению — так считает семьдесят четыре процента опрошенных, — большинство молодых женщин попадает в обе категории одновременно, хоть это и невозможно по принципам элементарной логики...»

— А какой делался вывод? — спросил я.

— Такой, что с мужчиной надо быть предельно безжалостной. Поскольку ничего другого он не заслуживает.

— А надувная женщина у вас тоже была?

Гера изумленно посмотрела на меня:

— Что-что?

— В смысле, надувной мужик? — внес я коррекцию.

— Нет. А у вас была надувная женщина?

Я промычал что-то неразборчивое.

— А что вы с ней делали?

Я махнул рукой.

— Красивая хоть?

— Давай сменим тему? — не выдержал я.

Гера пожала плечами:

— Давай. Ты же сам начал.

Мы надолго замолчали.

— Какой-то у нас странный разговор, — сказала Гера грустно. — Все время приходится менять тему, о чем бы мы ни заговорили.

— Мы же вампиры, — ответил я. — Так, наверно, и должно быть.

В этот момент принесли уху.

Ритуал занял несколько минут. Официанты установили на стол вычурную супницу, сменили нетронутые приборы, расставили тарелки, вынули из дымящихся недр сосуда ярко раскрашенную фарфоровую фигурку с румянцем на щеках — я подумал, что это и есть МБХ, но из надписи на груди стало ясно, что это Хиллари Клинтон. Официант торжественно поднес ее нам по очереди на полотенце (примерно с таким видом, как дают клиенту понюхать пробку от дорогого вина) и так же торжественно вернул в супницу. Хиллари пахла рыбой. Видимо, во всем этом был тонкий смысл, но от меня он укрылся.

Когда официанты вышли из кабинета, мы так и остались сидеть на полу.

— Есть будешь? — спросила Гера.

Я отрицательно помотал головой.

— Почему?

— Из-за часов.

— Каких часов?

— «Патек Филипп», — ответил я. — Долго объяснять. И потом, какое отношение Хиллари Клинтон имеет к евроухе? Она же американка. Это они, по-моему, переборщили.

— А такое сейчас везде в дорогих местах, — сказала Гера. — Какая-то эпидемия. И в «Подъеме Опущенца», и в «IBAN Tsarevitch». В «Марии-Антуанетте» на Тверском был?

— Нет.

— Гильотина у входа. А по залу ходит маркиз де Сад. Предлагает десерты. В «Эхнатоне» был?

— Тоже нет, — ответил я, чувствуя себя каким-то деревенским Ванькой.

— Там вообще на полном серьезе говорят, что первыми в Москве ввели единобожие. А хозяин почему-то одет Озирисом. Или правильно сказать — раздет Озирисом.

— Озирисом? — переспросил я.

— Да. Хотя не очень понятно, какая связь. Зато четвертого ноября, в День Ивана Сусанина, он у них пять раз воскресал под Глинку. Специально кипарисы завезли и плакальщиц.

— Все национальную идею ищут.

— Ага, — согласилась Гера. — Мучительно нащупывают, и каждый раз в последний момент соскакивает. Больше всего, конечно, поражает эта эклектика.

— А чего поражаться, — сказал я. — Черная жидкость дорогая, вот культура и крепчает. Слушай, а этот Озирис, про которого ты говоришь, случайно, не вампир?

— Конечно нет. Это не имя, а ролевая функция. Вампир не стал бы держать ресторан.

— А вампира по имени Озирис ты не знаешь?

Гера отрицательно покачала головой.

— Кто это?

Секунду я колебался, говорить или нет, — и решил сказать.

— Мне его Иштар велела найти. Когда увидела, что меня интересуют вещи, про которые она ничего не знает.

— Например?

— Например, откуда мир взялся. Или что после смерти будет.

— Тебе правда это интересно? — спросила Гера.

— А тебе нет?

— Нет, — сказала Гера. — Это обычные тупые мужские вопросы. Стандартные фаллические проекции беспокойного и неразвитого ума. Что после смерти будет, я узнаю, когда умру. Зачем мне сейчас про это думать?

— Тоже верно, — согласился я миролюбиво. — Но раз уж сама Иштар Борисовна сказала, надо его найти.

— Спроси Энлиля.

— Озирис его брат, и они в ссоре. Энлиля спрашивать нельзя.

— Хорошо, — сказала Гера, — я узнаю. Если услышишь от этого Озириса что-нибудь интересное, расскажешь.

— Договорились.

Встав с места, я стал расхаживать по комнате — словно чтобы размять ноги. На самом деле они не затекли, просто я решил подобраться к Гере поближе и старался, чтобы мой маневр выглядел естественно.

Надо признаться, что эти как бы естественные перемещения по комнате перед активной фазой соблазнения всегда давались мне с усилием, которое почти обесценивало все последующее. В эти минуты я вел себя как сексуально озабоченный идиот (которым я, собственно говоря, и был). Но в этот раз я точно знал, что чувствует Гера, и собирался в полной мере воспользоваться подарком судьбы.

Дойдя в очередной раз до окна, я пошел назад к двери, на полпути остановился, повернул под углом девяносто градусов, сделал два чугунных шага в сторону Геры и сел с ней рядом.

— Ты чего? — спросила она.

— Это, — сказал я, — как в анекдоте. Сидит вампир на рельсе, подходит другой вампир и говорит: «Подвинься».

— А, — сказала Гера и чуть покраснела. — Верно, сидим на рельсах.

Она подтянула к себе еще одну подушку-рельс и поставила ее между нами.

Я понял, что пространственный маневр получился у меня неизящным. Надо было опять заводить разговор.

— Гера, — сказал я, — я знаешь что спросить хотел?

— Что?

— Про язык. Ты его сейчас чувствуешь?

— В каком смысле?

— Ну, раньше, в первые месяц-полтора, я его все время чувствовал. Не только физически, а еще и всем... Мозгом, что ли. Или, извиняюсь за выражение, душой. А сейчас уже нет. Прошло. Вообще никаких ощущений не осталось. Я теперь такой же, как раньше.

— Это только кажется, — сказала Гера. — Мы не такие, как раньше. Просто наша память изменилась вместе с нами, и теперь нам кажется, что мы были такими всегда.

— Как такое может быть?

— Иегова же объяснял. Мы помним не то, что было на самом деле. Память — это набор химических соединений. С ними могут происходить любые изменения, которые позволяют законы химии. Наешься кислоты — память тоже окислится, и так далее. А язык серьезно меняет нашу внутреннюю химию.

— Это как-то страшновато звучит, — сказал я.

— А чего бояться. Язык плохого нам не сделает. Он вообще минималист. Это сначала, когда он в новую нору перелазит, он обустраивается, притирается и так далее. Вот тогда колбасит. А потом привыкаем. Его ведь ничего не волнует, он спит все время, как медведь в берлоге. Он бессмертный, понимаешь? Просыпается только баблос хавать.

— А во время дегустации?

— Для этого ему не надо просыпаться. Что с нами происходит изо дня в день, ему вообще не интересно. Наша жизнь для него как сон. Он его, может быть, не всегда и замечает.

Я задумался. Такое описание вполне отвечало моим ощущениям.

— А ты баблос уже пробовала? — спросил я.

Гера отрицательно покачала головой.

— Нам вместе дадут.

— Когда?

— Не знаю. Насколько я поняла, это будет неожиданностью. Решает Иштар. Даже Энлиль с Мардуком точно не знают, когда и что. Только примерно.

Каждый раз, когда я узнавал от Геры что-то новое, я испытывал легкий укол ревности.

— Слушай, — сказал я, — я тебе завидую. Мало того что у тебя машина с шофером, ты все узнаешь на месяц раньше. Как тебе удается?

— Надо быть общительнее, — улыбнулась Гера. — И меньше висеть в шкафу вниз головой.

— Ты что, всем им постоянно звонишь — Мардуку, Митре, Энлилю?

— Нет. Это они звонят.

— А чего они тебе звонят? — спросил я подозрительно.

— Знаешь, Рама, когда ты притворяешься чуть туповатым, ты делаешься просто неотразим.

Отчего-то эти слова меня ободрили, и я обнял ее за плечо. Не могу похвастаться, что это движение вышло у меня естественным и непринужденным — но она не сбросила мою ладонь.

— Знаешь, чего я еще не понимаю, — сказал я. — Вот я отучился. «Окончил гламура́ и дискурса́», как говорит Бальдр. Прошел инициацию и теперь вроде как полноправный вампир. А что я дальше делать буду? Мне поручат какую-то работу? Типа, свой боевой пост?

— Примерно.

— А что это будет за пост?

Гера повернула ко мне лицо:

— Ты серьезно спрашиваешь?

— Конечно серьезно, — сказал я. — Ведь интересно, что я буду делать в жизни.

— Как — что? Будешь сосать баблос. Точнее, его будет сосать язык. А ты будешь обеспечивать процесс. Построишь себе дом недалеко от Энлиля, где все наши живут. И будешь наблюдать за переправой.

Я вспомнил каменные лодки в водопаде возле VIP-землянки Энлиля Маратовича.

— Наблюдать за переправой? И все?

— А что ты хотел? Бороться за свободу человечества?

— Нет, — сказал я, — про это Энлиль Маратович все уже объяснил. Но я предполагал, что все-таки буду чем-то таким заниматься...

— Почему ты должен чем-то таким заниматься? Ты до сих пор думаешь как человек.

Я решил пропустить эту шпильку мимо ушей.

— Что же я, буду просто жить как паразит?

— Так ты и есть паразит, — ответила Гера. — Точнее, даже не сам паразит, а его средство передвижения.

— А ты тогда кто?

Гера вздохнула.

— И я тоже...

Она сказала это безнадежно и тихо. Меня охватила грусть. И еще мне показалось, что после этих слов мы стали с ней близки, как не были раньше никогда. Я притянул ее к себе и поцеловал. Впервые в жизни это вышло у меня естественно, само собой. Она не сопротивлялась. Я почувствовал, что нас разделяет только идиотская рельсообразная подушка, которой она заслонилась, когда я сел рядом. Я отбросил ее в сторону, и Гера оказалась в моих руках.

— Не надо, — попросила она.

Я совершенно точно знал, что она хочет этого не меньше меня. И это придало мне уверенности там, где в другом случае ее могло бы не хватить. Я повалил ее на подушки.

— Ну правда, не надо, — еле слышно повторила она.

Но меня уже трудно было остановить. Я принялся целовать ее в губы, одновременно расстегивая молнию на ее спине.

— Пожалуйста, не надо, — еще раз прошептала она.

Я заткнул ей рот поцелуем. Целовать ее было упоительно и страшно, как прыгать в темноту.

В ней чувствовалось что-то странное, отличавшее ее от всех остальных девчонок, и с каждым поцелуем я приближался к тайне. Мои руки блуждали по ее телу все увереннее — даже, наверное, уже не блуждали, а блудили, так далеко я зашел. Она наконец ответила на мои назойливые ласки — подняв мою ногу, она положила мое колено себе на бедро.

В эту секунду время словно остановилось: я ощутил себя бегуном на стадионе вечности, замершим в моменте торжества. Гонка кончалась, я шел первым. Я завершил последний круг, и прямо впереди была точка ослепительного счастья, от которой меня отделяло всего несколько движений.

А в следующий момент свет в моих глазах померк.

Я никогда раньше не испытывал такой боли.

Какое там, я и не знал, что боль бывает такой — разноцветной, остроугольной и пульсирующей, перетекающей из физического чувства в световые вспышки и обратно.

Она ударила меня коленом. Тщательно выверенным движением — специально подняв перед этим мою ногу, чтобы освободить траекторию для максимально бесчеловечного удара. Мне хотелось одного — свернуться в клубок и исчезнуть навсегда со всех планов бытия и небытия, но это было невозможно именно из-за боли, которая с каждой секундой становилась сильнее. Я заметил, что кричу, и попытался замолчать. Это получилось не до конца — я перешел на мычание.

— Тебе больно? — спросила Гера, наклоняясь надо мной.

Вид у нее был растерянный.

— А-а-а-а, — провыл я, — а-а-а.

— Извини, пожалуйста, — сказала она. — Автоматически получилось. Как Локи учил — три раза просишь перестать, а потом бьешь. Мне очень неловко, правда.

— О-о-о...

— Дать тебе чаю? — спросила она. — Только он уже холодный.

— У-а-а-а... Спасибо, чаю не надо.

— Все пройдет, — сказала она. — Я тебя несильно ударила.

— Правда?

— Правда. Есть пять вариантов удара. Это был самый слабый, «предупреждающий». Он наносится тем мужчинам, с которыми предполагается продолжить отношения. Вреда здоровью не причиняет.

— А ты не перепутала?

— Нет, не бойся. Неужели так больно?

Я понял, что уже могу двигаться, и встал на колени. Но разогнуться было еще трудно.

— Значит, — сказал я, — все-таки собираешься продолжить отношения?

Она виновато потупилась.

— Ну да.

— Это тебя Локи научил?

Она кивнула.

— А где ты так удар поставила? Ты же говоришь, что тренажера у вас не было.

— Не было. Локи надевал вратарскую раковину. Из хоккейного снаряжения. Я об нее все колени отбила, даже сквозь накладки. Знаешь какие синяки были.

— И какие там еще удары?

— А почему тебе интересно?

— Так, — сказал я. — Чтобы знать, чего ждать. Когда продолжим отношения.

Она пожала плечами.

— Называются так: «предупреждающий», «останавливающий», «сокрушающий», «возмездия» и «триумфальный».

— И что это значит?

— По-моему, все из названий понятно. Предупреждающий — ты знаешь. Останавливающий — это чтобы парализовать, но не убить на месте. Чтобы можно было спокойно уйти. А остальные три — уже серьезней.

— Позволь тебя поблагодарить, — сказал я, — что не отнеслась ко мне серьезно. Буду теперь каждое утро звонить и говорить спасибо. Только если голос будет тонкий, ты не удивляйся.

У Геры на глазах выступили слезы.

— Я же тебе говорила — не приближайся ко мне ближе чем на метр. Где, интересно, в этом городе девушка может чувствовать себя в безопасности?

— Я же тебя укусил. Я видел, что ты совсем не против...

— Это было до укуса. А после укуса у девочек меняется гормональный баланс. Это физиологическое, ты все равно не поймешь. Типа как доверие ко всем пропадает. Все видится совершенно в ином свете. Очень мрачном. И целоваться совсем не тянет. Поэтому я тебе и сказала — или кусать, или все остальное. Ты думал, я шучу?

Я пожал плечами.

— Ну да.

По ее щекам потекли ручейки слез — сначала по правой, потом по левой тоже.

— Вот и Локи говорил, — сказала она, всхлипывая, — они всегда будут думать, что ты шутишь. Поэтому бей по яйцам со всего размаха и не сомневайся... Гад, довел меня до слез.

— Это я гад? — спросил я с чувством, похожим на интерес.

— Мне мама говорила — если парень доводит тебя до слез, бросай и не жалей. Ей мать то же самое советовала, а она не послушала. И с моим отцом потом всю жизнь мучилась... Но у них это хоть не сразу началось. А ты меня во время первого свидания плакать заставил...

— Я тебе завидую, — сказал я. — У тебя такие советчики — «бей по яйцам со всего размаху», «бросай и не жалей». А мне вот никто ничего не советует. До всего надо самому доходить.

Гера уткнулась лицом в колени и заплакала. Морщась от боли, я подполз к ней поближе, сел рядом и сказал:

— Ну ладно тебе. Успокойся.

Она тряхнула головой, словно сбрасывая мои слова с ушей, и еще глубже уткнулась головой в колени.

Тут до меня дошел весь абсурд происходящего. Она только что чуть меня не убила, разревелась от жалости к себе, и в результате я превратился в монстра, о приближении которого ее давным-давно предупреждала мамочка. И все звучало так убедительно, что я уже успел ощутить всю тяжесть своей вины. А ведь это, как она совершенно правильно заметила, было наше первое свидание.

Что же будет потом?

Со второй попытки мне удалось подняться на ноги.

— Ладно, — сказал я, — я поеду.

— Доедешь сам? — спросила она, не поднимая глаз.

— Постараюсь.

Я ожидал, что она предложит мне свою машину, но она промолчала.

Дорога до двери была долгой и запоминающейся. Я перемещался короткими шажками и за время путешествия разглядел детали интерьера, которые раньше укрылись от моего взора. Они, впрочем, были банальны: микроскопические фрески с видами Сардинии и советские партбилеты, прибитые кое-где к стенам мебельными гвоздями.

Дойдя до двери, я обернулся. Гера все так же сидела на подушках, охватив руками колени и спрятав в них лицо.

— Слушай, — сказал я, — знаешь что...

— Что? — спросила она тихо.

— Когда будешь мне следующую стрелку назначать, ты это... Напомни, чтобы я конфету смерти съел.

Она подняла лицо, улыбнулась, и на ее мокрых щеках появились знакомые продолговатые ямочки.

— Конечно, милый, — сказала она. — Обещаю.

ОЗИРИС

Звонок в дверь раздался, когда я доедал завтрак, — ровно в десять, одновременно с писком часов. Я никого не ждал.

На пороге стоял шофер Геры в своем камуфляже. Вид у него был даже еще более обиженный, чем в прошлый раз. От него сильно пахло мятными пастилками.

— Вам письмо, — сказал он и протянул мне конверт желтого цвета, без марки и адреса. В таком же Гера когда-то прислала мне свою фотографию. Я разорвал конверт прямо на лестнице. Внутри был лист бумаги, исписанный от руки:

Привет, Рама.

Мне ужасно неприятно, что во время нашей встречи все так получилось. Я хотела позвонить и спросить, все ли у тебя прошло, но подумала, что ты обидишься или примешь это за издевательство. Поэтому я решила сделать тебе подарок. Мне показалось, что тебе тоже хочется машину как у меня. Я поговорила с Энлилем Маратовичем. Он дал мне новую, а эта теперь твоя, вместе с шофером. Его зовут Иван, он одновременно может быть телохранителем. Поэтому можешь взять его с собой на наше следующее свидание... Ты доволен? Будешь теперь реальным пацаном на собственной бэхе. Надеюсь, что чуточку подняла тебе настроение. Звони.

Чмоки.
Гера

ЗЫ Я узнала адрес Озириса — через Митру. Иван знает, где это. Если захочешь туда поехать, просто скажи ему.

ЗЫЫ Баблос — уже скоро. Знаю точно.

Я поднял глаза на Ивана:

— А какая теперь машина у Геры?

— «Бентли», — ответил Иван, обдав меня ментоловым облаком. — Какие будут распоряжения?

— Я спущусь через пятнадцать минут, — сказал я. — Пожалуйста, подождите в машине.

Озирис жил в большом дореволюционном доме недалеко от Маяковки. Лифт не работал, и мне пришлось идти пешком на шестой этаж. На лестнице было темно — окна на лестничных площадках были закрыты оргалитовыми щитами.

Такой двери, как в квартиру Озириса, я не видел уже давно. Это был прощальный привет из советской эры (если, конечно, не ретроспективный дизайнерский изыск): стену украшало не меньше десяти звонков — все старые, под несколькими слоями краски, подписанные грозными фамилиями победившего пролетариата: «Носоглазых», «Куприянов», «Седых», «Саломастов» и так далее. Фамилия «Носоглазых» была написана размусоленным химическим карандашом, и это отчего-то заставило меня нажать кнопку. За дверью продребезжал звонок. Я подождал минуту или две и позвонил Куприянову. Сработал тот же самый звонок. Я стал нажимать кнопки по очереди — все они были подключены к одной и той же противно дребезжащей жестянке, на зов которой никто не шел. Тогда я постучал в дверь кулаком.

— Иду, — раздался голос в коридоре, и дверь открылась.

На пороге стоял худой бледный человек с усами подковой, в черной кожаной жилетке поверх грязноватой рубахи навыпуск. Мне сразу померещилось в нем что-то трансильванское, хотя для вампира у него был, пожалуй, слишком изможденный вид. Но я вспомнил, что Озирис толстовец. Возможно, таков был физический эффект опрощения.

— Здравствуйте, Озирис, — сказал я. — Я от Иштар Борисовны.

Усатый мужчина вяло зевнул в ладонь.

— Я не Озирис. Я его помощник. Проходите.

Я заметил на его шее квадратик лейкопластыря с бурым пятном посередине и все понял.

Квартира Озириса по виду была большой запущенной коммуналкой с пятнами аварийного ремонта — следами сварки на батарее, шпаклевкой на потолке, пучком свежих проводов, протянутых вдоль древнего, как марксизм, плинтуса. Одна комната, самая большая, с открытой дверью, выглядела полностью отремонтированной — пол был выложен свежим паркетом, а стены выкрашены в белый цвет. На двери красным маркером было написано:

МОСКВА КОЛБАСНАЯ СТОЛИЦА КРАСНАЯ

Похоже, там и правда был духовный и экономический центр квартиры — оттуда долетала бодрая табачная вонь и решительные мужские голоса, а все остальное пространство было погружено в ветхое оцепенение. Говорили в комнате, кажется, по-молдавски.

Я подошел к двери. В центре комнаты стоял большой обеденный стол, за которым сидело четверо человек с картами в руках. На полу лежали какие-то укладки, сумки и спальные мешки. У всех картежников на шеях были куски пластыря, как у открывшего мне дверь молдаванина. Одеты все четверо были в одинаковые серые майки с белым словом «ВТО» на груди.

Разговор стих — картежники уставились на меня. Я молча глядел на них. Наконец самый крупный, быковатого вида, сказал:

— Сверхурочные? Три тарифа или сразу нахуй.

— Сразу нахуй, — вежливо ответил я.

Усатый произнес что-то по-молдавски, и картежники потеряли ко мне интерес. Усатый деликатно тронул меня за локоть:

— Нам не сюда. Нам дальше. Идемте, покажу.

Я пошел за ним по длинному коридору.

— Кто эти люди в комнате?

— Гастарбайтеры, — ответил молдаванин. — Наверно, так правильно назвать. Я тоже гастарбайтер.

Мы остановились в самом конце коридора. Молдаванин постучал в дверь.

— Что такое? — послышался тихий голос.

— Тут к вам пришли.

— Кто?

— Вроде ваши, — сказал молдаванин. — Люди в черном.

— Сколько?

— Одни, — ответил молдаванин, покосившись на меня.

— Тогда пускай. И скажи пацанам, чтобы курить завязывали. Через час обедаем.

— Понял, шеф.

Молдаванин кивнул на дверь и поплелся назад. На всякий случай я постучал еще раз.

— Открыто, — сказал голос.

Я отворил дверь.

Внутри было полутемно — окна были затянуты шторами. Но я уже научился узнавать место, где живет вампир, по какому-то неуловимому качеству.

Комната напоминала кабинет Брамы — в ней тоже была картотека высотой до потолка, только попроще и подешевле. В стене напротив картотеки была глубокая ниша для кровати (кажется, это называлось альковом — слово я знал, но раньше их не видел). Перед альковом стояло самодельное подобие журнального столика — старый обеденный стол красного дерева с отпиленными до середины ножками. На нем была куча разнообразного хлама — какие-то обрезки ткани, линейки, механическая рухлядь, фрагменты плюшевых игрушек, книги, громадные мобильники эпохи первоначального накопления, блоки питания, чашки и так далее. Самым интересным объектом мне показался прибор, похожий на образец научно-технического творчества душевнобольных, — керосиновая лампа с двумя круглыми зеркалами, укрепленными по бокам так, чтобы посылать отражение огонька друг в друга.

Рядом с журнальным столом стояло желтое кожаное кресло.

Я подошел к алькову ближе. Внутри была кровать, накрытая стеганым покрывалом. Над ней висел черный эбонитовый телефон сталинской эпохи, окруженный нимбом карандашных записей. Рядом была кнопка звонка — вроде тех, что я видел на лестнице.

Озирис лежал на боку, заложив стопу одной ноги на колено другой, словно тренируя ноги для позы лотоса. На нем был старый хлопковый халат и большие очки. Его голова и лицо напоминали лысеющий кактус: такой тип растительности можно получить, если сначала постричься наголо, а потом неделю не бриться, отпуская щетину на щеках и голове одновременно. Его кожа была вялой и бледной — мне пришло в голову, что он проводит большую часть времени в темноте. Несколько секунд он равнодушно смотрел на меня, а потом протянул для пожатия кисть руки — мягкую, прохладную и белую. Чтобы пожать ее, мне пришлось сильно наклониться вперед и опереться о захламленный стол.

— Рама, — представился я. — Рама Второй.

— Я слышал про тебя. Ты теперь вместо Брамы?

— Наверно, можно сказать и так, — ответил я. — Хотя у меня нет чувства, что я вместо кого-то.

— Присаживайся, — сказал Озирис и кивнул на кресло.

Перед тем как сесть, я внимательно осмотрел пыльный паркет под креслом и даже подвигал кресло по полу. Озирис засмеялся, но ничего не сказал.

Когда я сел, голову Озириса скрыл угол ниши — видны остались только его ноги. Видимо, кресло было установлено в таком месте специально.

— Я от Иштар Борисовны, — сообщил я.

— Как дела у старушки? — благожелательно спросил Озирис.

— Вроде нормально. Только много пьет.

— Ну да, — сказал Озирис. — Что ей теперь остается...

— В каком смысле?

— Тебя это не касается. Можно узнать причину твоего визита?

— Когда меня представили Иштар Борисовне, — сказал я, — она обратила внимание на то, что я много думаю об абстрактных вопросах. О том, откуда взялся мир. О Боге. И так далее. Я тогда действительно размышлял на эти темы. В общем, Иштар Борисовна велела вас найти, потому что вы хранитель сакрального предания и знаете все ответы...

— Знаю, — подтвердил Озирис, — как не знать.

— Может быть, вы дадите мне что-нибудь почитать? Я имею в виду, что-нибудь сакрально-вампирическое?

Озирис выглянул из алькова (его лицо появлялось передо мной, когда он наклонялся вперед).

— Почитать? — спросил он. — Я бы рад. Но у вампиров нет сакральных текстов. Предание существует только в устной форме.

— А нельзя его услышать?

— Задавай вопросы, — сказал Озирис.

Я задумался. Мне казалось, что у меня очень много серезных вопросов. Но сейчас ни один из них отчего-то не приходил в голову. А те, что приходили, казались глупыми и детскими.

— Кто такая Иштар? — решился я.

— Вампиры верят, что это великая богиня, сосланная на эту планету в древние времена. Иштар — это одно из ее имен. Другое ее имя — Великая Мышь.

— За что ее сослали?

— Иштар совершила преступление, природу и смысл которого мы никогда не сумеем понять.

— Иштар Борисовна? — удивился я. — Преступление? Когда я с ней общался, мне...

— Ты общался не с Великой Мышью, — перебил Озирис. — Ты общался с ее сменной головой.

— А что, есть разница?

— Конечно. У Иштар два мозга, спинной и головной. Ее верховная личность связана со спинным мозгом, который не знает слов, поэтому общаться с верховной личностью затруднительно. Вернее, вампиры общаются с ней, когда принимают баблос. Но это очень своеобразное общение...

— Хорошо, — сказал я. — Допустим. А почему для ссылки выбрали нашу планету?

— Ее не выбрали. Она изначально была создана для того, чтобы стать тюрьмой.

— В каком смысле? Где-то на Земле была построена тюрьма, в которой заперли великую богиню?

— У этой тюрьмы нет адреса.

— Вообще-то, по логике вещей, — заметил я, — адрес тюрьмы там, где находится тело Иштар.

— Ты не понял, — ответил Озирис. — Тело Иштар — это тоже часть тюрьмы. Тюрьма не где-то, она везде. Если ты начинаешь изучать стену своей камеры в лупу, ты попадаешь в новую камеру. Ты можешь поднять пылинку с пола, увеличить ее под микроскопом и увидеть следующую камеру, и так много-много раз. Это дурная бесконечность, организованная по принципу калейдоскопа. Даже иллюзии здесь устроены так, что любой их элемент сам распадается на неограниченное число иллюзий. Сон, который тебе снится, каждую секунду превращается во что-то другое.

— Весь мир и есть такая тюрьма?

— Да, — сказал Озирис. — И построена она, что называется, на совесть, вплоть до мельчайших деталей. Вот, например, звезды. Люди в древности верили, что это украшения на сферах вокруг земли. В сущности, так и есть. Их главная функция быть золотыми точками в небе. Но одновременно можно полететь к любой из этих точек на ракете и через много миллионов лет оказаться у огромного огненного шара. Можно спуститься на планету, которая вращается вокруг этого шара, поднять с ее поверхности кусок какого-нибудь минерала и выяснить его химический состав. Всем этим орнаментам нет конца. Но в таких путешествиях нет смысла. Это просто экскурсии по казематам, которые никогда не станут побегом.

— Секундочку, — сказал я. — Допустим, наша планета была создана для того, чтобы стать тюрьмой, а звезды — просто золотые точки в небе. Но ведь Вселенная со звездами существовала задолго до появления нашей планеты. Разве не так?

— Ты не представляешь, насколько хитро устроена тюрьма. Здесь полно следов прошлого. Но все эти следы — просто особенности тюремного дизайна.

— Это как?

— А так. Создание мира включает изготовление фальшивой, но абсолютно достоверной панорамы минувшего. Вся эта бесконечная перспектива в пространстве и времени — просто театральная декорация. Кстати сказать, это уже поняли астрономы и физики. Они говорят, что, если пустить в небо луч света, через много лет он прилетит с другой стороны космоса... Вселенная замкнута. Подумай сам, даже свет не может вылететь из этого мира. Ему просто некуда. Надо ли доказывать, что мы в тюрьме?

— Может быть, свет не может вырваться из этого мира, — сказал я, — но ведь мысль может? Ведь вы сами говорите, что астрономы и физики сумели найти границы пространства и времени.

— Да, — ответил Озирис, — сумели... Но что это значит, не понимает ни один астроном или физик, поскольку такие вещи не видны человеческому уму, а только следуют из разных формул. Это все тот же дурной калейдоскоп, про который я говорил, — только применительно к теориям и смыслам. Побочный продукт ума «Б», жмых, возникающий при производстве баблоса.

Озирис произносил «жмых» как «змых». Я не был уверен, что точно знаю смысл этого слова, — кажется, так назывались отходы масличных растений после выжимки масла. Это был сельскохозяйственный термин. Наверно, Озирис почерпнул его у своих молдаван.

— Подождите-ка, — сказал я, — вы всерьез хотите сказать, что знание человека об устройстве Вселенной — это жмых?

Озирис высунулся из своей ниши и посмотрел на меня как на идиота.

— Я не то чтобы сильно хочу что-то сказать, — ответил он, — но так и есть. Подумай сам, откуда взялась Вселенная?

— То есть как — откуда?

— Раньше у людей над головой была сфера с золотыми точками. Как она стала Вселенной? С чего все началось?

Я задумался.

— Ну как... Люди стали изучать небо, смотреть на него в подзорную трубу...

— Вот именно. А зачем?

Я пожал плечами.

— Я тебе напомню, — сказал Озирис. — Великие открытия в области астрономии — Галилея,

Гершеля и так далее — были сделаны в надежде разбогатеть. Галилей хотел продать подзорную трубу правительству Венеции, Гершель старался развести на деньги короля Георга. Вот оттуда эти звезды и галактики к нам и приплыли. Причем обрати внимание — баблос кончается мгновенно, а жмых остается навсегда. Это как в стойбище охотников на мамонта: мясо съедают сразу, но за годы накапливается огромное количество ребер и бивней, из которых начинают строить жилища. Именно из-за этих ребер и бивней мы сегодня живем не на круглом острове во всемирном океане, как когда-то учила церковь, а висим в расширяющейся пустоте, которая, по некоторым сведениям, уже начинает сужаться.

— И микромир тоже жмых? — спросил я.

— Ну да. Только не думай, что жмых — это нечто низменное. Я имею в виду исключительно происхождение этих феноменов. Их, так сказать, генеалогию.

— Давайте с самого начала по порядку, — сказал я. — А то мы как-то быстро скачем. Вот вы говорите, что Великую Мышь сослали на Землю. А откуда сослали? И кто сослал?

— Это и есть самое интересное. Наказание Иштар заключалось в том, что она забыла, кто она и откуда. Изначально она даже не знала, что ее сослали, — она думала, будто сама создала этот мир, просто забыла, когда и как. Затем у нее появились в этом сомнения, и она создала нас, вампиров. Сначала у нас были тела — мы выглядели как огромные летучие мыши, ну ты в курсе. А потом, когда с климатом стали происходить катастрофические перемены, мы эволюционировали в языки, которые стали вселяться в живых существ, лучше приспособленных к новым условиям.

— Зачем Иштар создала вампиров?

— Вампиры с самого начала были избранными существами, которые помогали Великой Мыши. Нечто вроде ее проекций. Они должны были найти смысл творения и объяснить Великой Мыши, зачем она создала мир. Но этого им не удалось.

— Да, — сказал я. — Понимаю.

— Тогда вампиры решили хотя бы комфортабельно обустроиться в этом мире и вывели людей, создав ум «Б». Тебе объясняли, как он работает?

Я отрицательно помотал головой.

— Ум «Б» состоит из двух отражающих друг друга зеркал. Первое зеркало — это ум «А». Он одинаков во всех живых существах. В нем отражается мир. А второе зеркало — это слово.

— Какое?

— Любое. В каждый момент перед умом «А» может находиться только одно слово, но они меняются с очень высокой скоростью. Быстрее, чем стреляет авиационная пушка. Ум «А», с другой стороны, всегда абсолютно неподвижен.

— А почему там именно слова? — спросил я. — Я, например, практически не думаю словами. Я чаще всего думаю картинками. Образами.

— Любая из твоих картинок тоже сделана из слов, как дом сделан из кирпичей. Просто кирпичи не всегда видны за штукатуркой.

— А как слово может быть зеркалом? Что в нем отражается?

— То, что оно обозначает. Когда ты ставишь слово перед умом «А», слово отражается в уме, а ум отражается в слове, и возникает бесконечный коридор — ум «Б». В этом бесконечном коридоре появляется не только весь мир, но и тот, кто его видит. Другими словами, в уме «Б» идет непрерывная реакция наподобие распада атома, только на гораздо более фундаментальном уровне. Происходит расщепление абсолюта на субъект и объект с выделением баблоса в виде агрегата «эм-пять». По сути, мы, вампиры, сосем не красную жидкость, а абсолют. Но большинство не в силах этого постичь.

— Расщепление абсолюта, — повторил я. — Это что, такая метафора или это настоящая реакция?

— Это мать всех реакций. Подумай сам. Слово может существовать только как объект ума. А объекту всегда необходим воспринимающий его субъект. Они существуют только парой — появление объекта ведет к появлению субъекта, и наоборот. Чтобы появилась купюра в сто долларов, должен появиться и тот, кто на нее смотрит. Это как лифт и противовес. Поэтому при производстве баблоса в зеркалах денежной сиськи неизбежно наводится иллюзия личности, которая этот баблос производит. А отсюда до «Войны и мира» уже рукой подать.

— Вы бы попроще, — попросил я. — Где находятся эти зеркала? В сознании?

— Да. Но система из двух зеркал не висит там постоянно, а заново возникает при каждой мысли. Ум «Б» сделан из слов, и если для чего-то нет слова, то для ума «Б» этого не существует. Поэтому в начале всего, что знают люди, всегда находится слово. Именно слова создают предметы, а не наоборот.

— А что, для животных нет предметов?

— Конечно нет, — ответил Озирис. — Кошке не придет в голову выделять из того, что вокруг нее, например, кирпич. До тех пор, пока кирпич в нее не бросят. Но и тогда это будет не кирпич, а просто «мяу!». Понимаешь?

— Допустим.

— Хорошо, — сказал Озирис. — Теперь можно объяснить, что за непредвиденный эффект возник в уме «Б». Этот ум оказался отражением нашей вселенной. Но это только полбеды. Вселенная, в которой мы очутились после этого великого эксперимента, тоже стала отражением ума «Б». И с тех пор никто не может отделить одно от другого, потому что теперь это одно и то же. Нельзя сказать: вот ум, а вот вселенная. Все сделано из слов.

— А почему ум «Б» — это модель вселенной?

— Любые два зеркала, стоящие напротив друг друга, создают дурную бесконечность. Это и есть наш мир. Халдеи носят на поясе двустороннее зеркало, которое символизирует этот механизм.

Я с сомнением посмотрел на керосиновую лампу с двумя зеркалами, стоящую на столе. Она никак не тянула на модель вселенной. Мне пришло в голову, что это устройство может сойти в лучшем случае за первый российский лазер, сконструированный самородком Кулибиным в Самаре в 1883 году. Но тут же я понял, что с таким пиаром этот прибор действительно станет моделью вселенной, где я родился. Озирис был прав.

— Точно так же, как Великая Мышь, — продолжал Озирис, — человек встал перед вопросом: кто он и за что сюда сослан? Люди начали искать смысл жизни. И, что самое замечательное, они стали делать это, не отвлекаясь от основной функции, ради которой их вывели. Скажем прямо, человечество не нашло смысла творения, который устроил бы Великую Мышь. Но зато оно пришло к выводу о существовании Бога. Это открытие стало еще одним непредвиденным эффектом работы ума «Б».

— Бога можно как-нибудь ощутить?

— Он недоступен уму и чувствам. Во всяком случае, человеческим. Но некоторые вампиры верят, что мы приближаемся к нему во время приема баблоса. Поэтому раньше говорили, что баблос делает нас богами.

Он посмотрел на часы.

— Но лучше один раз попробовать, чем сто раз услышать.

КРАСНАЯ ЦЕРЕМОНИЯ

Три следующих дня моей жизни бесследно исчезли в хамлете — канули в серую мглу, как справедливо заметил граф Дракула. А утром на четвертый день позвонил Энлиль Маратович.

— Ну вот, Рама, — сказал он, — поздравляю.

— А что случилось?

— Сегодня красная церемония. Тебе дадут попробовать баблос. Важный день в твоей жизни.

Я молчал.

— За тобой должен был заехать Митра, — продолжал Энлиль Маратович, — но его не могут найти. Я бы сам за тобой съездил, но занят. Можешь приехать на дачу к Ваалу?

— Куда?

— К Ваалу Петровичу. Это мой сосед. Твой шофер знает.

— Наверно, могу, — ответил я. — Если шофер знает. А когда там надо быть?

— Поезжай не спеша. Без тебя не начнут. Гера тоже там будет.

— А как одеться?

— Как угодно. Только ничего не ешь. Баблос принимают на голодный желудок. Ну все, жму.

Через двадцать минут я был в машине.

— Ваал Петрович? — спросил Иван. — Знаю. «Сосновка – тридцать восемь». Торопимся?

— Да, — ответил я. — Очень важное дело.

Я так нервничал, что впал в транс. Шоссе, по которому мы ехали, казалось мне рекой, которая несет меня к пропасти. В голове была полная сумятица. Я не знал, чего мне хочется больше — как можно быстрее оказаться у Ваала Петровича или, наоборот, поехать в Домодедово, купить билет и улетучиться в какую-нибудь страну, куда не нужна виза. Впрочем, улетучиться я не мог, потому что не взял с собой документов.

Машин было мало, и мы добрались до места назначения быстро, как редко бывает в Москве. Проехав через похожий на блокпост КПП в утыканном телекамерами заборе, Иван затормозил на пустой парковке возле дома.

Дом Ваала Петровича напоминал нечто среднее между зародышем Ленинской библиотеки и недоношенной рейхсканцелярией. Само здание было не так уж велико, но широкие лестницы и ряды квадратных колонн из темно-желтого камня делали его монументальным и величественным. Это было подходящее место для инициации. Или какой-нибудь зловещей магической процедуры.

— Вон ее новая, — сказал Иван.

— Что — «ее новая»?

— Машина Геры Владимировны. Которая «бентли».

Я посмотрел по сторонам, но ничего не увидел.

— Где?

— Да вон, под деревом.

Иван ткнул пальцем в сторону кустов, росших по краю парковки, и я заметил большую зеленую машину, в которой было нечто от буржуазного комода, достойно ответившего на вызов времени. Комод стоял в траве далеко за краем асфальтовой площадки и был наполовину скрыт кустами, поэтому я не разглядел его сразу.

— Посигналить? — спросил Иван.

— Не надо, — ответил я. — Пойду посмотрю.

Задняя дверь машины была приоткрыта. Я заметил за ней какое-то движение, а потом услышал смех. Мне показалось, что смеется Гера. Я пошел быстрее, и в этот момент сзади раздался автомобильный гудок. Иван все-таки нажал на сигнал.

В салоне появилась голова Геры. Рядом мелькнула еще одна, мужская, которой я не узнал.

— Гера, — крикнул я, — привет!

Но дверь салона, вместо того чтобы раскрыться до конца, вдруг захлопнулась. Происходило что-то непонятное. Я застыл на месте, глядя, как ветер треплет привязанную к дверной ручке георгиевскую ленточку. Было непонятно, куда идти — вперед или назад. Я уже склонялся к тому, чтобы повернуть назад, когда дверь распахнулась и из машины вылез Митра.

Вид у него был растрепанный (волосы всклокочены, желтая бабочка съехала вниз) и крайне недружелюбный — такого выражения лица я никогда у него раньше не видел. Мне показалось, что он готов меня ударить.

— Шпионим? — спросил он.

— Нет, — сказал я, — я просто... увидел машину.

— Мне кажется, если машина стоит в таком месте, дураку понятно, что подходить к ней не надо.

— Дураку, может, и понятно, — ответил я, — но я ведь не дурак. И потом, это не твоя машина.

Из машины вылезла Гера. Она кивнула мне, виновато улыбнулась и пожала плечами.

— Рама, — сказал Митра, — если тебя мучает, ну... Как это сказать, одиночество... Давай я пришлю тебе препараты, которые остались от Брамы. Тебе на год хватит. Решишь свои проблемы, не мучая окружающих.

Гера дернула его за рукав:

— Перестань.

Я понял, что Митра сознательно пытается меня оскорбить, и это почему-то меня поразило — вместо того чтобы разозлиться, я растерялся. Наверно, я выглядел глупо. Выручил автомобильный гудок, раздавшийся за моей спиной, — Иван просигналил еще раз.

— Шеф, — крикнул он, — тут спрашивают!

Я повернулся и пошел на парковку.

Возле моей машины стоял незнакомый человек в черной паре — низенький, полный, с подкрученными усами, похожий на пожилого мушкетера.

— Ваал Петрович, — представился он и пожал мне руку. — А вас вроде должно быть двое? Где Гера?

— Сейчас подойдет.

— Чего такой бледный? — спросил Ваал Петрович. — Боишься?

— Нет, — ответил я.

— Не бойся. Во время красной церемонии уже много лет не случается неожиданностей. У нас отличное оборудование... Ага, вы и есть Гера? Очень приятно.

Гера была одна — Митра остался возле машины.

— Ну что, друзья, — сказал Ваал Петрович, — прошу за мной.

Он повернулся и зашагал к своей рейхсканцелярии. Мы пошли следом. Гера избегала смотреть в мою сторону.

— Что происходит? — спросил я.

— Ничего, — сказала она. — Ради бога, давай сейчас не будем, ладно? Хоть этот день не надо портить.

— Ты не хочешь меня видеть?

— Я к тебе хорошо отношусь, — сказала она. — Если хочешь знать, гораздо лучше, чем к Митре. Честно слово. Только не говори ему, ладно?

— Ладно, — согласился я. — Скажи, а ему ты тоже по яйцам дала? Или это только мне — из-за хорошего отношения?

— Я не хочу обсуждать эту тему.

— Если ты так хорошо относишься ко мне, почему ты проводишь время с Митрой?

— Сейчас у меня такой период в жизни. Рядом должен быть он. Ты не поймешь. Или поймешь неправильно.

— Куда уж мне. А будет другой период? Когда рядом буду я?

— Возможно.

— Какая-то мыльная опера, — сказал я. — Честное слово. Я даже не верю, что ты мне это говоришь.

— Потом тебе все станет ясно. И давай на этом закончим.

Изнутри обиталище Ваала Петровича совершенно не соответствовало своему тоталитарно-нордическому экстерьеру. Прихожая была обставлена в духе ранней олигархической эклектики — с рыцарем-меченосцем, помещенным между немецкой музыкальной шкатулкой и мариной Айвазовского. От дачи какого-нибудь вороватого бухгалтера интерьер отличался только тем, что рыцарский доспех и Айвазовский были подлинными.

Мы прошли по коридору и остановились у высокой двустворчатой двери. Ваал Петрович повернулся к нам с Герой.

— Перед тем как мы войдем внутрь, — сказал он, — нам следует познакомиться поближе.

Шагнув ко мне, он приблизил свое лицо к моему и клюнул подбородком, словно его клонило в сон.

Я вынул из кармана платок, чтобы промокнуть шею. Но укус был высокопрофессиональным — на платке не осталось следа.

Ваал Петрович прикрыл глаза и зачмокал губами. Так продолжалось около минуты. Мне стало неловко — и захотелось укусить его самому, чтобы понять, на что именно он столько времени смотрит. Наконец он открыл глаза и насмешливо поглядел на меня.

— Собрался в толстовцы?

— Что вы имеете в виду?

— Озириса. Планируешь вступить в его секту?

— Пока нет, — ответил я с достоинством. — Просто, э-э-э, расширяю круг знакомств. Энлилю Маратовичу не говорите только. Зачем старика расстраивать.

— Не скажу, не бойся. Ничего, Рама. Дадим тебе баблос, и не надо будет ходить ни к каким сектантам.

Я пожал плечами. Ваал Петрович шагнул к Гере, наклонился к ее уху и кивнул, словно отвечая на какой-то ее тихий вопрос. Раньше я не видел, чтобы вампир кусал двоих подряд за такой короткий срок, но Ваал Петрович, видимо, был опытным специалистом. Издав несколько чмокающих звуков, он сказал:

— Приятно познакомиться с такой целеустремленной особой.

С Герой он держал себя гораздо галантней. Да и времени на нее потратил меньше.

— Почему-то все мои знакомства в последнее время сводятся к одному и тому же, — пробормотала Гера.

— Ничего личного, — ответил Ваал Петрович. — Эти укусы носят служебный характер. Мне надо знать, как правильно вести инструктаж, а для этого следует четко представлять себе ваш внутренний мир, друзья мои. Итак, прошу...

И он распахнул двери.

За ними оказался ярко освещенный круглый зал. В нем преобладали два цвета — золото и голубой. В голубой были выкрашены стены, а золото блестело на пилястрах, лепнине плафона и рамах картин. Сами картины были малоинтересны и походили своим успокаивающим однообразием на обои — романтические руины, конные аристократы на охоте, галантные лесные рандеву. Роспись потолка изображала небо с облаками, в центре которого сверкало золотом огромное выпуклое солнце, подсвеченное скрытыми лампами. У солнца были глаза, улыбающийся рот и уши; оно было немного похоже на Хрущева, затаившегося на потолке. Его довольное круглое лицо отражалось в паркете.

Ослепленный этим великолепием, я замешкался в дверях. Гера тоже остановилась.

— Входите, — повторил Ваал Петрович. — У нас не так много времени.

Мы вошли в зал. В нем не было никакой обстановки, кроме пяти больших кресел, полукругом стоящих у камина в стене. Кресла были высокотехнологичного военно-космического вида, с сервоприводами, держателями, полушлемами и множеством сложных сочленений. Рядом был плоский пульт управления, поднятый над полом на стальной ножке. В камине горел огонь, что показалось мне странным, поскольку одновременно работал кондиционер. У огня хлопотали два халдея в золотых масках.

— Интересно, — сказал я, — здесь у вас совсем как у Энлиля Маратовича. У него тоже круглый зал, тоже камин в стене и кресла. Только там, конечно, все скромнее.

— Ничего удивительного, — ответил Ваал Петрович. — Все помещения, служащие одной функции, имеют между собой нечто общее. Как все скрипки имеют одинаковую форму. Присаживайтесь.

Он жестом велел халдеям удалиться. Один из них задержался, чтобы насыпать в камин углей из бумажного пакета с надписью «BBQ Charcoal».

— Во время красной церемонии, — пояснил Ваал Петрович, — принято жечь ассигнации. Это не имеет никакого практического смысла, просто одна из наших национальных традиций, отраженных в фольклоре. Мы не стеснены в средствах. Но жечь все-таки предпочитаем старые купюры с Гознака — из уважения к человеческому труду...

Он поглядел на часы.

— А сейчас мне надо переодеться. Пожалуйста, ничего пока не трогайте.

Согрев нас ободряющей улыбкой, Ваал Петрович вышел вслед за халдеями.

— Странные кресла, — сказала Гера. — Как зубоврачебные.

Мне они казались больше похожими на декорацию для съемок космической одиссеи.

— Да, странные, — согласился я. — Особенно этот нагрудник.

На каждом кресле было приспособление как в фильмах про звездную пехоту — такие штуки опускались на грудь космонавтам, чтобы удерживать их на месте при посадке и взлете.

— Это для того, чтобы мы не свалились на пол, если начнем биться в конвульсиях, — предположил я.

— Наверно, — согласилась Гера.

— Тебе не страшно?

Она отрицательно помотала головой:

— Митра сказал, это очень приятное переживание. Сначала будет чуть больно, а потом...

— Ты можешь больше не говорить мне про Митру?

— Хорошо, — ответила Гера. — Тогда давай помолчим.

До возвращения Ваала Петровича мы больше не разговаривали — я с преувеличенным интересом разглядывал картины на стенах, а она сидела на краю кресла, глядя в пол.

Когда Ваал Петрович вошел в зал, я не узнал его. Он успел переодеться в длинную робу из темно-красного шелка, а в руке держал инкассаторский саквояж. Я вспомнил, где видел такую же робу.

— Ваал Петрович, вы были в кабинете у Энлиля Маратовича?

Ваал Петрович подошел к камину и положил саквояж на пол возле решетки.

— Неоднократно, — ответил он.

— Там картина на стене, — продолжал я. — Какие-то странные люди в цилиндрах сидят у огня. Привязанные к креслам. А во рту у них что-то вроде кляпов. И рядом стоит человек в красной робе, вот прямо как на вас. Это и есть красная церемония?

— Да, — сказал Ваал Петрович. — Точнее, так она выглядела лет двести назад. Тогда она была сопряжена с серьезным риском для здоровья. Но сейчас это совершенно безопасная процедура.

— А как они глотали баблос? Я имею в виду те, кто на картине. У них же во рту кляпы.

— Это не кляпы, — ответил Ваал Петрович, подходя к пульту управления. — Это специальные приспособления, на которые крепилась капсула с баблосом, сделанная из рыбьего пузыря. Одновременно они защищали от травм язык и губы. Сейчас мы пользуемся совсем другой технологией.

Он нажал кнопку на пульте, и нагрудники с жужжанием поднялись над креслами.

— Можете садиться.

Я сел в крайнее кресло. Гера устроилась через два кресла от меня.

— Приступим, — сказал я. — Мы готовы.

Ваал Петрович посмотрел на меня с неодобрением.

— А вот легкомыслия не люблю. Откуда ты знаешь, готовы вы или нет, если тебе даже неизвестно, что сейчас произойдет?

Я пожал плечами.

— Тогда объясните.

— Слушайте очень внимательно, — сказал Ваал Петрович. — Поскольку я знаю, какой ерундой забиты ваши головы, хочу сразу сказать, что опыт, который вы сейчас переживете, будет для вас неожиданным. Это не то, что вы предполагаете. Чтобы правильно понять происходящее, следует с самого начала усвоить одну довольно обидную для самолюбия вещь. Баблос сосем не мы. Его сосет язык.

— Разве мы не одно целое? — спросила Гера.

— До определенной границы. Она проходит именно здесь.

— Но ведь мы что-то ощутим, верно?

— О да, — ответил Ваал Петрович. — И в избытке. Но это будет совсем не то, что испытывает язык.

— А что испытывает язык? — спросил я.

— Я не знаю, — ответил Ваал Петрович. — Этого никто не знает.

Такого я не ожидал.

— Как же это? — спросил я растерянно.

Ваал Петрович расхохотался.

— Помнишь картину, которая висит у тебя в кабинете? — спросил он. — Где картотека? Наполеон на лошади?

— Если честно, — ответил я, — меня уже давным-давно замучило это постоянное сравнение с лошадью.

— Последний раз, клянусь. Как ты полагаешь, лошадь знает, что думает Наполеон?

— Думаю, что нет.

— И я так думаю. Но когда Наполеон скачет по полю перед своей армией, он и лошадь кажутся одним существом. В некотором роде они им и являются... И когда Наполеон треплет свою верную лошадь рукой по шее...

— Можете не продолжать, — сказал я. — Непонятно, зачем вообще объяснять что-то лошади. Наполеон бы этого точно не стал делать.

— Рама, я понимаю твои чувства, — ответил Ваал Петрович. — Но жизнь гораздо проще, чем принято думать. В ней есть две дороги. Если человеку повезет, невероятно повезет — вот как повезло тебе и Гере, — он может стать лошадью, которая везет Наполеона. А еще он можешь стать лошадью, которая всю жизнь вывозит неизвестно чей мусор.

— Хватит коневодства, — сказала Гера. — Давайте о деле.

— С удовольствием, — ответил Ваал Петрович. — Итак, красная церемония состоит из двух частей. Сначала язык сосет баблос. Это высшее таинство, которое есть в мире вампиров. Но, как я уже говорил, происходит оно не с нами, и мы мало знаем про его суть. В это время ваши переживания будут весьма разнообразными, но довольно неприятными. Даже болезненными. Придется потерпеть. Это понятно?

Я кивнул.

— Затем боль проходит и наступает вторая часть опыта, — продолжал Ваал Петрович. — Если говорить о физиологической стороне, происходит следующее: насосавшись баблоса, язык выбрасывает прямо в мозг вампира дозу допамена, сильнейшего нейротрансмиттера, который компенсирует все неприятные переживания, связанные с первой частью опыта.

— А зачем их надо компенсировать? — спросил я. — Ведь боль уже прошла.

— Верно, — сказал Ваал Петрович. — Но о ней остались неприятные воспоминания. А нейротрансмиттер, выделяемый языком, настолько силен, что меняет содержание памяти. Вернее, не само содержание, а, так сказать, связанный с ним эмоциональный баланс. И окончательное впечатление, которое остается у вампира от красной церемонии, является крайне позитивным. Настолько позитивным, что у многих возникает психологическая зависимость от баблоса, которую мы называем жаждой. Это, конечно, парадоксальное чувство, потому что сам по себе прием баблоса довольно болезненная процедура.

— Что такое «нейротрансмиттер»? — спросил я.

— В нашем случае — агент, который вызывает в мозгу последовательность электрохимических процессов, субъективно переживаемых как счастье. У обычного человека за похожие процессы отвечает допамин. Его химическое название — 3,4-дигидроксифенилэтиламин. Допамен — весьма близкое вещество, если смотреть по формуле — справа в молекуле та же двуокись азота, только другие цифры по углероду и водороду. Название с химической точки зрения неточное. Его придумали в шестидесятые, в шутку: «dope amen», «наркотик» и «аминь». Пишется почти как «dopamine». Вампиры тогда интенсивно изучали химию своего мозга. Но потом работы были свернуты. А вот название прижилось.

— А почему были свернуты работы?

— Великая Мышь испугалась, что вампиры научатся сами синтезировать баблос. Тогда мог нарушиться вековой порядок. Если тебе интересно, можно углубиться в тему. Написать формулу допамена?

Я отрицательно помотал головой.

— Допамен близок к допамину по механизму действия, — продолжал Ваал Петрович, — но значительно превосходит его по силе, примерно как крэк превосходит кокаин. Он впрыскивается языком прямо в мозг и мгновенно создает свои собственные нейронные цепи, отличающиеся от стандартных контуров человеческого счастья. Поэтому можно совершенно научно сказать, что в течение нескольких минут после приема баблоса вампир испытывает нечеловеческое счастье.

— Нечеловеческое счастье, — мечтательно повторил я.

— Но это не то, что ты себе представляешь, — сказал Ваал Петрович. — Лучше не иметь никаких ожиданий. Тогда не придется разочаровываться... Ну, с объяснениями вроде все. Можно начинать.

Мы с Герой переглянулись.

— Поднимите ноги и разведите руки в стороны, — велел Ваал Петрович.

Я осторожно принял требуемую позу, положив ноги на выдвинувшуюся из-под кресла подставку. Кресло было очень удобным — тело в нем практически не ощущалось.

Ваал Петрович нажал кнопку, и нагрудник опустился, мягко нажав на мою грудь. Ваал Петрович пристегнул к креслу мои руки и ноги фиксаторами, похожими на кандалы из толстого пластика. Потом он проделал то же самое с Герой.

— Подбородок вверх...

Когда я выполнил команду, он надвинул на мой затылок что-то вроде мотоциклетного шлема. Теперь я мог шевелить только пальцами.

— Во время церемонии может показаться, что тело перемещается в пространстве. Это иллюзия. Вы все время остаетесь на том же самом месте. Помните об этом и ничего не бойтесь.

— А зачем тогда вы меня пристегиваете? — спросил я.

— Затем, — ответил Ваал Петрович, — что эта иллюзия крайне сильна, и тело начинает совершать неконтролируемые движения, чтобы скомпенсировать воображаемые перемещения в пространстве. В результате можно получить серьезную травму. Такое раньше бывало весьма часто... Ну-с, готово. Кто-нибудь желает спросить что-то еще?

— Нет, — ответил я.

— Учтите, после начала процедуры дороги назад не будет. Можно только дотерпеть до конца. Так что не пытайтесь снять фиксаторы или встать из кресел. Все равно не выйдет. Понятно?

— Понятно, — отозвалась Гера.

Ваал Петрович еще раз внимательно осмотрел меня и Геру — и, видимо, остался доволен результатом.

— Ну что, вперед?

— В темноту, назад и вниз, — ответил я.

— Удачи.

Ваал Петрович отошел за кресло, пропав из моего поля зрения. Я услышал тихое жужжание. Справа из шлема выдвинулась маленькая прозрачная трубочка и остановилась прямо над моим ртом. Одновременно на мои щеки с двух сторон надавили валики из мягкой резины. Мой рот открылся, и в ту же секунду с края трубочки сорвалась ярко-малиновая капля и упала мне в рот.

Она упала мне точно на язык, и я рефлекторным движением прижал ее к нёбу. Жидкость была густой и вязкой, остро-сладкой на вкус — словно кто-то смешал сироп и яблочный уксус. Мне показалось, что она мгновенно впиталась, как если бы там открылся крохотный рот, который втянул ее в себя.

У меня закружилась голова. Головокружение нарастало несколько секунд и кончилось полной пространственной дезориентацией — я даже порадовался, что мое тело надежно закреплено и не может упасть. А потом кресло поехало вверх.

Это было очень странно. Я продолжал видеть все вокруг — Геру, камин, стены, солнце на потолке, Ваала Петровича в темно-красной мантии. И вместе с тем у меня было четкое ощущение, что кресло с моим телом поднимается. Причем с такой скоростью, что я чувствовал перегрузку — как космонавт в стартующей ракете.

Перегрузка сделалась такой сильной, что мне стало трудно дышать. Я испугался, что сейчас задохнусь, и попытался сказать об этом Ваалу Петровичу. Но рот не подчинялся мне. Я мог только шевелить пальцами.

Постепенно дышать стало легче. Я чувствовал, что двигаюсь все медленнее — словно приближаюсь к невидимой вершине. Стало ясно, что я вот-вот ее перевалю, и тогда...

Я успел только сжать пальцы в кулаки, и мое тело ухнуло в веселую и жуткую невесомость. Я ощутил холодную щекотку под ложечкой и со страшной скоростью понесся вниз — все так же сидя на месте в неподвижном кресле.

— Закрой глаза, — сказал Ваал Петрович.

Я поглядел на Геру. Ее глаза были закрыты. Тогда я тоже зажмурился. Мне сразу же сделалось страшно, потому что ощущение полета стало всепоглощающим и абсолютно реальным, а вокруг уже не было неподвижной комнаты, чтобы ежесекундно убеждать меня в том, что происходящее — просто вестибулярная галлюцинация. Я попытался открыть глаза и понял, что не могу. Кажется, я замычал от ужаса — и услышал тихий смешок Ваала Петровича.

Теперь к моим галлюцинациям добавились зрительные. У меня была полная иллюзия полета сквозь ночное небо, затянутое тучами, — вокруг было темно, но все-таки в этой темноте присутствовали облака еще более плотного мрака, похожие на сгустки пара, и я проносился сквозь них с невероятной скоростью. Казалось, вокруг меня образовалась какая-то пространственная складка, принимавшая на себя трение о воздух. Время от времени что-то внутри моей головы сжималось, и направление полета менялось, из-за чего я испытывал крайне неприятное чувство.

Вскоре я стал различать в тучах какие-то светящиеся пунктиры. Сначала они были тусклыми и еле различимыми, но постепенно становились ярче. Я знал, что эти огни как-то связаны с людьми — то ли это были человеческие души, то ли просто чужие мысли, то ли чьи-то мечты, то ли что-то среднее между всем этим...

Я понял наконец, что это такое.

Это была та часть человеческого сознания, которую Энлиль Маратович назвал умом «Б». Она походила на сферу, в которой мерцало нежное перламутровое свечение, «полярное сияние», как он когда-то говорил. Сферы были нанизаны на невидимые нити, образуя длинные гирлянды. Эти гирлянды — их было бесконечно много — спиралями сходились к крохотному пятнышку черноты. Там находилась Иштар: я не видел ее, но это было так же ясно, как в жаркий день понятно, что над головой сияет солнце.

Внезапно мое тело совершило резкий и очень болезненный маневр (мне показалось, что все мои кости с хрустом съехали вбок), и я очутился на одной из этих нитей. Затем я понесся прямо по ней, протыкая один за другим эти умственные пузыри.

С ними, насколько я мог судить, ничего при этом не происходило — и не могло произойти, потому что они были нереальны. Целью языка были не сами эти пузыри, а ярко-красная капелька надежды и смысла, которая вызревала в каждом из них. Язык жадно впитывал эти капельки одну за другой и набухал какой-то грозной электрической радостью, от которой мне становилось все страшнее и страшнее.

Я чувствовал себя тенью, летящей через тысячи снов и питающейся ими. Чужие души казались мне раскрытой книгой — я понимал про них все. Моей пищей были те самые сны наяву, в которые человек незаметно проваливается много раз в день, когда его взгляд движется по глянцевой странице, экрану или чужим лицам. В каждом человеке распускался алый цветок надежды — и, хоть сама эта надежда чаще всего была бессмысленной, как прощальное «кукареку» бройлерного петуха, цветок был настоящим, и невидимый жнец, который несся на моей взмыленной спине, срезал его своей косой. В людях дрожала красная спираль энергии, тлеющий разряд между тем, что они принимали за действительность, и тем, что они соглашались принять за мечту. Полюса были фальшивыми, но искра между ними — настоящей. Язык проглатывал эти искры, раздуваясь и разрывая мой бедный череп.

Мне становилось все труднее участвовать в этой гонке. Скорость, с которой я воспринимал происходящее, была невыносима. Каким-то образом я ухитрялся заглянуть в каждого человека, сквозь ум которого пролетал, и мне было физически больно выдерживать такой темп. Отвлечься можно было только одним способом — нарочно думать медленные человеческие мысли, сделанные из тяжелых и надежных человеческих слов. Это чуть отодвигало бешено вращающийся наждак от моего мозга.

«Где-то спят дети, — думал я, — мечтают о чем-то вроде бы детском, но на самом деле уже вырабатывают баблос, как взрослые... Все работают с младенчества... Ведь со мной это тоже было, я помню как... Я помню, как вызревает эта ярко-красная капля надежды... Кажется, что мы вот-вот что-то поймем, доделаем, рассудим, и тогда начнется другая жизнь, правильная и настоящая. Но этого никогда не происходит, потому что красная капля куда-то все время исчезает, и мы начинаем копить ее заново. А потом она исчезает снова, и так продолжается всю жизнь, пока мы не устанем. И тогда нам остается только лечь на кровать, повернуться к стене и умереть...»

Теперь я знал, куда она исчезает. Я падал сквозь чужие жизни все быстрее, и мой всадник сноровисто собирал последние ягоды смысла, глотая их и насыщая непостижимый мне голод. Я видел, что многие люди почти понимают происходящее — догадываются обо всем, но не успевают об этом задуматься. Все глушит крик Великой Мыши, и у человека остается смутное воспоминание, что в голову приходила очень важная мысль, но сразу забылась, и теперь ее уже не вернуть...

Мы приближались к конечной точке путешествия — огромной невидимой массе Иштар. Я знал, что в момент удара все кончится. И в последнюю секунду путешествия я вспомнил, что в детстве знал обо всем этом. Я видел вампиров, пролетающих сквозь мои сны, и понимал, что они отнимают самое главное в жизни. Но человеку было запрещено помнить про это наяву — и поэтому, просыпаясь, я принимал за причину своего страха висящий над кроватью веер, похожий на большую летучую мышь...

Затем был удар. Я понял, что язык отдал Иштар весь собранный урожай, а вслед за этим произошло нечто такое, чего я просто не могу передать словами. Впрочем, ко мне это не имело отношения и было связано только с языком. Я провалился в забытье.

Мой ум затих, как поверхность озера во время полного безветрия: не происходило ничего вообще. Трудно сказать, сколько прошло времени. А потом на поверхность этого ничего упала капля.

Я не знаю, обо что именно она расшиблась. Но на миг вдруг пришел в движение вечный невидимый фон, на котором происходило все остальное. Так бывает, когда смотришь на небо и ветки деревьев, а потом по ним вдруг проходит рябь, и понимаешь, что это был не мир, а его отражение в воде. Раньше я не знал, что этот фон есть. А когда я увидел его, выяснилось, что прежде я неправильно понимал все происходящее. И мне сразу стало весело и легко.

Раньше я думал, что жизнь состоит из событий, которые происходят со мной и с другими. И эти события бывают хорошими и плохими, и плохих почему-то намного больше. И происходят все эти события на поверхности массивного шара, к которому мы прижаты силой тяжести, а сам этот шар летит куда-то в космической пустоте.

А теперь я понял, что и я, и эти события, и вообще все во вселенной — Иштар, вампиры, люди, приклеенные к стене веера и прижатые к планете джипы, кометы, астероиды и звезды, и даже сама космическая пустота, в которой они летят, — просто волны, расходящиеся по этому невидимому фону. Такие же точно волны, как та, которая только что прошла по моему сознанию после удара капли. Все на свете было сделано из одной и той же субстанции. И этой субстанцией был я сам.

Страхи, которые копились в моей душе годами, мгновенно растворились в том, что я понял. Мне не угрожало ничего в этом мире. Я тоже ничему и никому не угрожал. Ни со мной, ни с другими не могло случиться ничего плохого. Мир был так устроен, что это было невозможно. И понять это было самым большим счастьем из всего возможного. Я знал это твердо, потому что счастье заполнило всю мою душу, и ничего из испытанного мною раньше не шло с ним ни в какое сравнение.

Но почему же я никогда не видел этого раньше, спросил я себя с изумлением. И сразу понял почему. Увидеть можно только то, у чего есть какая-то форма, цвет, объем или размер. А у этой субстанции ничего подобного не было. Все существовало только как ее завихрения и волны — но про нее саму даже нельзя было сказать, что она есть на самом деле, потому что не было способа убедить в этом органы чувств.

Кроме этой непонятно откуда упавшей капли. Которая на секунду вырвала меня из выдуманного мира (я теперь точно знал, что он выдуманный, несмотря на то что в него верили все вокруг). Я с тихим торжеством подумал, что все в моей жизни теперь будет по-другому и я никогда не забуду того, что только что понял.

И понял, что уже забыл.

Все уже кончилось. Вокруг меня опять сгущалась плотная безвыходная жизнь — с каминами, креслами, ухмыляющимся золотым солнцем на потолке, картинами на стенах и Ваалом Петровичем в длинной красной мантии. Все только что понятое не могло мне помочь, потому что момент, когда я это понял, остался в прошлом. Теперь вокруг было настоящее. И в нем все было реально и конкретно. И не имело никакого значения, из какой субстанции сделаны шипы и колючки этого мира. Имело значение только то, насколько глубоко они входят в тело. А они с каждой секундой вонзались в него все глубже — пока мир не стал тем, чем он всегда был.

— Ну как? — спросил Ваал Петрович, появляясь в моем поле зрения. — Как самочувствие?

Я хотел ответить, что все нормально, но вместо этого спросил:

— А можно еще раз?

— Да, — сказала Гера. — Я тоже хочу. Можно?

Ваал Петрович засмеялся.

— Вот. Вы уже знаете, что такое жажда.

— Так можно или нет? — повторила Гера.

— Нельзя. Дождитесь следующего раза.

— И будет то же самое? — спросил я.

Ваал Петрович кивнул.

— Это всегда как в первый раз. Все переживание такое же свежее. Такое же яркое. И такое же неуловимое. Вас будет тянуть испытать это чувство снова и снова. И неудобства первой части церемонии не будут иметь никакого значения.

— А можно самой почувствовать то же самое? — спросила Гера. — Без баблоса?

— Это сложный вопрос, — ответил Ваал Петрович. — Если совсем честно, я не знаю. Например, толстовцы верят, что можно — если достаточно опроститься. Но, насколько я могу судить, никому из них это не удалось.

— А Озирис? — спросил я.

— Озирис? — Ваал Петрович нахмурился. — Про него разные слухи ходят. Говорят, он в шестидесятые годы вводил баблос внутривенно. Гонял по трубе, как тогда выражались. Что при этом с головой бывает, я и представить не могу. Его теперь даже кусать боятся. Никто не знает, что у него на уме и какой он на самом деле толстовец. Короче, Озирис — это терра инкогнита. Но есть точка зрения, что похожие переживания доступны святым. Еще говорят, что подобное можно испытать на высших ступенях йогической практики.

— Что это за ступени? — спросила Гера.

— Не могу сказать. Никому из вампиров не удавалось укусить так далеко продвинувшегося йога. Не говоря уже о святых, которых давно не бывает. Для простоты лучше всего думать так: единственный естественный путь к утолению жажды для вампира — сосать баблос. Жажда и баблос — это биологический механизм, который обеспечивает выживание Великой Мыши. Примерно так же, как сексуальное удовольствие обеспечивает продолжение рода.

Он потыкал в пульт управления, и я услышал тихое электрическое жужжание. Нагрудная пластина поехала вверх, потом расщелкнулись фиксаторы на моих руках и ногах.

Я поднялся на ноги. Голова все еще кружилась, и на всякий случай я взялся за спинку кресла.

Возле камина валялась инкассаторская сумка — раскрытая и пустая. В пепле за решеткой можно было различить фрагменты недогоревших тысячерублевок. Ваал Петрович относился к делу со всей ответственностью. Может быть, для него это было религиозным ритуалом, где он был первосвященником.

Гера встала с кресла. Ее лицо было бледным и серьезным. Когда она подняла руку, чтобы поправить волосы, я заметил, что ее пальцы дрожат. Ваал Петрович повернулся к ней.

— Теперь одна маленькая формальность, — сказал он. — Вежливость требует, чтобы мы начали с дамы.

В его руке появился блестящий круглый предмет, похожий на большую монету. Он осторожно прикрепил его к черной майке Геры. Майка сразу обвисла — брошь была тяжелой.

— Что это? — спросила Гера.

— Памятный знак «Бог денег», — ответил Ваал Петрович. — Теперь вы знаете, почему мы носим имена богов.

Он повернулся ко мне.

— Когда-то я был ювелиром, — пояснил он. — И делаю эти ордена сам, по старой памяти. Все они разные. Тебе я сделал особый знак — с дубовыми крыльями.

— Почему? — спросил я подозрительно.

— Никакого подвоха. Просто так получилось. Стал делать крылья, а они вышли по форме как листья дуба. Но мы ведь, слава богу, не фашисты. Мы вампиры. Это не дубовые листья, а именно дубовые крылья. Посмотри. По-моему, красиво.

Я увидел на его ладони тусклый платиновый диск, из-за которого торчали два золотых крыла, действительно похожих на дубовые листья. На диске мелкими бриллиантами были выложены буквы «R II».

— Нравится? — спросил Ваал Петрович.

Я кивнул — не столько потому, что мне действительно нравилось, сколько из вежливости.

— С другой стороны девиз, — сказал Ваал Петрович. — По традиции его тоже выбираю я.

Я перевернул значок. На его обратной стороне была булавка и выгравированная по кругу надпись:

«Сосу не я, сосут все остальные. Граф Дракула».

Как и все изречения графа Дракулы, мысль была не то чтобы первой свежести, но возразить на нее по существу было нечего. Ваал Петрович взял у меня свое изделие и прицепил его мне на грудь, царапнув меня булавкой.

— Теперь вы настоящие вампиры, — сказал он.

— Куда ее надо носить? — спросил я.

— Повесь в хамлете, — сказал Ваал Петрович. — Обычно так делают.

— А когда следующая церемония? — спросила Гера.

Ваал Петрович развел руками.

— Решаю не я. График составляет Энлиль, а утверждает Примадонна.

Я понял, что он имеет в виду Иштар Борисовну.

— А какая в среднем частота? — спросил я.

— Частота? — переспросил Ваал Петрович. — Хм... Интересно, даже не думал никогда. Сейчас.

Он вынул из кармана своей хламиды мобильный телефон и принялся тыкать в кнопки.

— Частота, — сказал он после долгой паузы, — такая: три целых восемьдесят шесть сотых помножить на десять в минус седьмой степени герц.

— То есть?

— Частота — это ведь сколько раз в секунду, да? Вот столько. Следующий раз где-то через месяц.

— Раз в месяц — очень редко, — сказала Гера. — Слишком редко. Так нельзя.

— Говорите с начальством, — ответил Ваал Петрович. — У нас ведь тоже своя иерархия. Кто ниже, тот и в дамках. У Энлиля вон своя домашняя станция. Они с Примадонной хоть каждый день могут баблос сосать. А в самом начале творческого пути, ребята, чаще раза в месяц вам никак не светит...

Он поглядел на часы.

— Ну что, еще вопросы? А то мне пора.

Вопросов больше не было.

Попрощавшись с Ваалом Петровичем, мы с Герой вышли в коридор. Я взял ее за руку. Так мы дошли до выхода, но перед самой дверью она отняла ладонь.

— Давай увидимся? — сказал я.

— Не сейчас, — ответила она. — И не звони пока. Я сама.

Увидев нас, Митра пошел навстречу.

— Гера, — начал он, щурясь от солнца, — сегодня у тебя праздник. И я хочу, чтобы ты запомнила этот день навсегда. Поэтому я приготовил...

Он замолчал и посмотрел на меня.

— Чего? — спросил я.

— Рама, — сказал он, — я хорошо к тебе отношусь. Но здесь ты несколько лишний.

— У меня ведь тоже праздник, — сказал я. — Не забывай.

— Это верно, — согласился Митра. — Ума не приложу, что делать... Вот тебе еще два предложения по борьбе с одиночеством. Во-первых, у тебя есть Иван. Я его укусил, пока ждал Геру — ты ему в целом нравишься, не сомневайся. Другой вариант — позвонить Локи. Сам он, конечно, староват, но, если ты захочешь *заклеить* его подругу, он не будет возражать. В отличие от меня...

Гера усмехнулась. Я опять не нашелся что сказать, — наверно, у меня все еще кружилась голова после церемонии. Митра подхватил Геру под руку и повел ее прочь. Она даже не оглянулась. С Герой происходило что-то странное. Она вела себя не так, как должна была. Совсем не так. И я не понимал, в чем дело.

Они сели в машину.

Позвонить Локи, подумал я, а почему бы и нет. Может быть, это выход. Конечно, выход. Другого все равно нет.

Дойдя до своей машины, я сел на заднее сиденье и захлопнул дверь.

— Куда едем, шеф? — спросил Иван.

— Домой.

Иван тронулся с места, но ему пришлось притормозить, чтобы пропустить выехавшую из-за кустов машину Геры. За ее тонированным стеклом ничего не было видно — и эта непрозрачность подействовала на мое воображение самым распаляющим образом. Настолько распаляющим, что последние сомнения, которые у меня оставались, отпали.

Я набрал номер Локи. Он взял трубку сразу.

— Рама? Привет. Чем могу?

— Помните, вы рассказывали о дуэли между вампирами?

— Конечно помню. А почему ты спрашиваешь? Хочешь кого-нибудь вызвать?

По его веселому тону было понятно, что он не рассматривает такой вариант всерьез.

— Да, — сказал я. — Хочу.

— Ты шутишь?

— Нет. Как это сделать?

— Достаточно сказать мне, — ответил Локи. — Я все организую, это входит в круг моих обязанностей. Но я должен быть уверен, что ты говоришь совершенно серьезно.

— Я говорю совершенно серьезно.

— Кого же ты хочешь вызвать?

— Митру.

Локи некоторое время молчал.

— Могу я спросить, — сказал он наконец, — в чем причина?

— Личная.

— Это никак не связано с его ролью в твоей судьбе? Я имею в виду гибель Брамы?

— Нет.

— Ты хорошо все обдумал?

— Да, — ответил я.

— Рама, — сказал Локи, — хочу тебя предупредить, что это не шутки. Если ты действительно хочешь вызвать Митру, я дам делу ход. Но если ты передумаешь, сложится неловкая ситуация.

— Я. Действительно. Хочу. Вызвать. Митру, — повторил я. — И я не передумаю.

— Ну что ж... Какое оружие ты предпочитаешь? По правилам его выбирает вызванный, но иногда возможен консенсус.

— Полностью на ваше усмотрение.

— Хорошо, — сказал Локи. — Тогда, пожалуйста, сбрось мне на почту дуэльный ордер. Но не сейчас. Напишешь завтра утром, на свежую голову. Когда еще раз все обдумаешь. Тогда я начну действовать.

— Хорошо. А в какой форме писать?

— Я пришлю образец. Форма в целом произвольная, но последняя строчка должна быть такая: «Готов за это к встрече с Богом».

— Вы шутите?

— Ничуть. Какие шутки? Дуэль — серьезное дело. Ты должен ясно понимать, каким немыслимым ужасом все может завершиться...

ВИЛЛА МИСТЕРИЙ

Локи Четвертому от Рамы Второго
Служебное

Дуэльный ордер

Митра Шестой злоупотребляет обязанностями куратора молодых вампиров. Вместо того чтобы помочь им найти свое место в строю, он поль-

зуется их неопытностью для того, чтобы войти к ним в доверие. Затем он использует это доверие самым циничным способом. Скромность не позволяет мне углубиться в детали. Но честь требует, чтобы я наказал мерзавца. Ему должно быть полностью и категорически запрещено общение с молодыми вампирами последнего набора.

Готов за это к встрече с Богом.

Рама Второй

Я перечитал письмо. Слова «честь требует, чтобы я наказал мерзавца» показались мне слишком напыщенными. Я заменил их на «сидеть сложа руки я не могу». Еще раз перечитав письмо, я понял, что из него может показаться, будто жертвой Митры стал я сам. Я заменил «скромность не позволяет» на «скромность и сострадание не позволяют».

Теперь все было в порядке. Я отправил письмо по электронной почте (у Локи был очень подходящий логин — sadodesperado) и стал ждать ответа.

Через полчаса мой телефон зазвонил.

— Я надеюсь, ты действительно хорошо все обдумал, — сказал Локи, — потому что дело принято к производству.

— Да, обдумал, — ответил я. — Спасибо.

— Пожалуйста. Теперь свой ордер пишет Митра — кстати сказать, он совсем не удивился. Что там у вас произошло, а?

Я промолчал. Подышав немного в трубку и поняв, что ответа не будет, Локи продолжил:

— Несколько дней уйдет на подготовку — решим, где и как. Потом я с тобой свяжусь... Настраивайся, парень, на серьезный лад. Думай о вечном.

Он положил трубку.

Локи, конечно, шутил насчет вечного. Но, как говорится, в каждой шутке есть доля шутки. Я поднял глаза на экран компьютера, где все еще висел мой дуэльный ордер. В нем все было четко и ясно. Кроме строки про встречу с Богом, на которой настоял Локи. Подписавшись под ней, я слукавил.

Я совершенно не понимал смысла этой фразы. Богом был я сам – это ясно доказывал мой вчерашний опыт. Проблема, однако, заключалась в том, что я не мог пережить его еще раз. Чтобы снова стать богом, нужен был баблос.

И здесь возникал закономерный вопрос: был ли я богом на самом деле, если мои ощущения и переживания зависели от причины, находящейся вне меня? Любой теолог сказал бы, что нет. А если богом был не я, а кто-то другой, с кем тогда я встречусь в случае форс-мажора?

Меня охватило неприятное волнение. Я начал бродить по квартире, внимательно вглядываясь в знакомые предметы в надежде, что какой-нибудь из них пошлет мне тайный знак или даст моим мыслям новое направление. Черно-белая летучая мышь, Наполеон на лошади, две брезгливые нимфетки... Если кто-то из моих пенатов и знал ответ, они хранили его в тайне.

Мои хаотические перемещения привели меня к картотеке. Сев на диван, я принялся листать каталог. Ничего интересного не попадалось на глаза. Я вспомнил, что в ящике секретера были неучтенные пробирки из литературного цикла, открыл его и стал перебирать их в надежде встретить что-нибудь теологическое. Но и там не нашлось ничего, соответствующего высоте момента: препараты вроде «Тютчев + албанск. source code» и «Бабель + 2% маркиз де Сад» не пробудили во мне интереса.

Вдруг я понял, с кем мне можно обсудить этот вопрос.

Подойдя к окну, я выглянул наружу. Моя машина стояла на противоположной стороне улицы. За открытым окном было видно сосредоточенно-обиженное лицо Ивана — он читал очередной иронический детектив (пару дней назад я спросил его, в чем там ирония, и он обиделся еще сильнее). Я вынул из кармана телефон. Прошло несколько секунд, и сигнал добрался до жертвы — Иван повел головой, и я услышал его голос:

— Добрый день, шеф.

— Мне нужно ехать к Озирису, — сказал я. — Минут через десять. Только переоденусь и выпью кофе.

У Озириса было все по-прежнему. Дверь открыл усатый молдаванин, который за прошедшее время успел сильно осунуться и даже как-то завосковеть. Картежники в большой комнате не обратили на меня никакого внимания.

Озирис выслушал мой рассказ о красной церемонии со снисходительной усмешкой пожилого психонавта, которому соседский сынишка рассказывает о первом опыте с украденным из пепельницы окурком.

— Это был Бог? — спросил я. — То, что я ощутил?

— Так принято считать, — ответил Озирис. — Но в действительности никто не знает. В древние времена это называли «содрогание мантии». Вампиры не знали, как интерпретировать происходящее, пока люди не придумали Бога.

— Так люди придумали Бога или открыли, что он есть?

— Это одно и то же.

— Как так?

Озирис вздохнул.

— Смотри, — сказал он, — объясняю еще раз. Обезьяне поставили в башку перегонный куб. Перегонный куб начал вырабатывать баблос. Но, кроме главного продукта, стал выдавать и другие фракции. Отходы производства. Одна из фракций называется «Вселенная». Другая называется «Истина». А третья называется «Бог». Сейчас ты спрашиваешь — придумали обезьяны эту третью фракцию или открыли ее? Я даже не знаю, что тут ответить.

— Вы говорили, что вампир приближается к Богу, когда принимает баблос, — напомнил я.

— Естественно. К основному продукту примешивается побочная фракция, и вампир ее чувствует. Бог и баблос — это как бензин и мазут, которые получают во время переработки нефти. Вампиры потребляют баблос, а Бог для нас — отход производства. Зато это ценная фракция для человечества. Мы не возражаем. Пока, разумеется, человечество не начинает впаривать нам эту фракцию в качестве универсальной истины.

— Что, и такое бывает? — спросил я.

Озирис махнул рукой:

— Сплошь и рядом. Поэтому всегда надо носить с собой конфету смерти. А лучше всего две или три.

Я немного подумал и сказал:

— Но тогда возникает логическое противоречие. Если Бог — это отход производства, как он мог сослать сюда Великую Мышь?

— Так в этом все и дело. Если бы Бог был чем-то другим, Великая Мышь могла бы восстать, бороться всю вечность и когда-нибудь одержать победу. Но как можно победить сославший тебя отход производства? Такое не под силу даже Иштар. Именно в этом весь ужас ситуации.

Я начинал понимать изуверскую логику собеседника. Надо было поставить вопрос по-другому.

— Хорошо, — сказал я. — Тогда скажите — является ли Бог просто побочной фракцией производства баблоса? Или эта побочная фракция свидетельствует о существовании Бога на самом деле? Это ведь не одно и то же.

— Не совсем, — согласился Озирис. — Когда-то давным-давно вампиры действительно об этом спорили.

— И к какому выводу они пришли?

— А ни к какому. Просто перестали спорить и стали думать о другом.

— Но почему?

— Да потому, — сказал Озирис, выдвигаясь из своей ниши, — что, если Бог и есть, он хочет, чтобы для нас его не было. А раз Бог хочет, чтобы его не было, это и значит, что его нет.

— Но если Бога нет, почему тогда есть слово «Бог»?

— Потому что это слово, вместе со всеми другими словами и понятиями, необходимо для производства баблоса.

— Я понимаю, — сказал я. — Но почему оно значит именно то, что оно значит?

— Бог — это создатель. Слова тоже создают.

— Вы же говорили, что они отражают.

— Создавать и отражать — это одно и то же.

— Как это?

Озирис усмехнулся.

— Это недоступно человеческому уму, так что не старайся этого понять, просто поверь мне на слово. Нам кажется, что слова отражают мир, в котором мы живем, но в действительности они его создают. Точно так же слова создают Бога. Именно поэтому Бог так сильно меняется вместе с диалектами языка.

— Все дело в словах?

— Конечно. Так говорится даже в человеческих священных книгах. «В начале было Слово, и Слово было у Бога, и Слово было Бог... Все через Него начало быть, и без Него ничего не начало быть, что начало быть...» Ты понимаешь, о чем это?

— Я понимаю, что значит «и Дух Божий носился над водою», — ответил я. — Энлиль Маратович показал. А про это мы не говорили.

— Эти слова объясняют принцип работы ума «Б». Ключевая фраза здесь «и Слово было у Бога, и Слово было Бог». Она означает, что ум «Б» состоит из двух отражающих друг друга зеркал. Неужели не понятно? «Бог» — это слово, которое создает Бога. То, что люди называют Богом, появляется в уме «Б» точно так же, как образ кирпича появляется, когда раздается слово «кирпич». Разница в том, что кирпич имеет форму, а Бог — нет. Но когда мы говорим «Бог», у вас появляется образ чего-то такого, у чего нет формы. Именно эта особенность ума «Б» и делает Бога условно видимым.

— Мне кажется, — сказал я, — что теологи понимают фразу «и Слово было Бог» несколько глубже.

— Никакой глубины там нет. Есть только слово «глубина» и то, что ты проделываешь над собой, когда его слышишь. Зря проделываешь, между прочим. Вампир должен быть начальником дискурса, а не его жертвой.

— А можно я задам глупый вопрос? — спросил я.

— Будем считать, что все остальные твои вопросы были умными. Валяй.

— Бог существует на самом деле?

— Почему же нет. Я еще раз повторяю, он существует в уме «Б» каждого из участников мероприятия. Если бы Бога не существовало, как мы могли бы о нем говорить? Но вот в каком качестве он существует — это уже совсем другая тема.

— Понятно, — сказал я. — Вы опять хотите сказать, что он существует в качестве слова. Но я не об этом.

— А о чем?

— Вы говорили, что ум «А» — это зеркало. А потом сказали, что отражать и создавать — это одно и то же. Можно ли сказать, что Бог присутствует в каждом живом существе в качестве ума «А»?

Озирис засмеялся.

— Сказать-то можно, — ответил он, — но все, что мы скажем, будет сделано из слов, а любое слово, поставленное перед умом «А», мгновенно превращает его в ум «Б». Все слова по определению находятся внутри денежной сиськи. Ум «А», о котором ты говоришь, — это не ум «А», а просто отражение слов «ум „А“». Все, о чем мы можем говорить, — это полуфабрикаты для изготовления баблоса. Они же отходы его производства, потому что это замкнутый цикл.

Мне стало грустно.

— А если без философии? — спросил я. — Если по-честному? Бог в нас присутствует?

— Бог в нас присутствует. Но мы в нем — нет.

— Это как?

— Знаешь стекла, сквозь которые видно только в одну сторону? Вот так же.

— Почему все так жутко устроено?

— Не забывай, что мы дети сосланной мыши, страдающей потерей памяти. И живем в измерении, где Бог появляется исключительно как отход производства баблоса. Чего ты вообще хочешь?

— Уже почти ничего, — сказал я. — А у вампиров есть формальная религия?

— Еще этого не хватало.

— А как вампиры называют Бога?

— Бог. С большой буквы. Потому что боги с маленькой — это мы сами. Но Бог — это не имя, это просто название. Вампиры понимают, что Бог всегда остается вне имен.

— Вампиры совершают какие-нибудь религиозные ритуалы?

Вместо ответа, Озирис криво улыбнулся. Мой следующий вопрос мог показаться невежливым. Но я решился.

— А это учение, которое вы мне сейчас объясняете... Оно истинно?

Озирис хмыкнул.

— Ты спросил меня о предании вампиров. Я тебе рассказал, в чем оно. А истинность предания — уже совсем другой вопрос.

— А можно я его задам? Предание истинно?

Озирис поглядел на меня долгим взглядом.

— Видишь ли, Рама, — сказал он, — пока ты молод, твой организм вырабатывает все нужные гормоны, и мозговые рецепторы в норме. В это время любое «дважды два четыре» будет сиять несомненным светом истины. Но это просто отраженный свет твоей жизненности. Точно так же ее отражает, например, музыка. В юности всегда много хорошей музыки, а потом ее почему-то перестают писать. Так думает каждый человек, когда вырастает. Или женщины. В молодости они кажутся такими привлекательными. А когда тебе за шестьдесят и начинаются проблемы со здоровьем, все это становится куда менее важным, чем пищеварение или суставы...

— Вы хотите сказать, что истина в нас самих? — спросил я.

— Да. Но люди часто вкладывают в эти слова какой-то высокий смысл. Напрасно. Истина имеет не метафизическую, а химическую природу. До тех пор, пока в тебе достаточно жизненной силы, для нее всегда найдется словесное выражение. Всегда можно будет придумать заклинание, вызывающее в нейронных цепях твоего мозга возбуждение, которое будет переживаться как священное дыхание истины. А какими будут слова, не играет большой роли, потому что все слова равны друг другу — это просто зеркала, в которых отражается ум.

Я почувствовал раздражение.

— Но тогда, — сказал я, — вы противоречите сами себе.

— Почему это?

— Ведь вы не простой вампир, вы толстовец. Если истина — это просто химическая реакция, почему вы встали на духовный путь? Почему пришли к опрощению?

— Да потому и пришел, — ответил Озирис и посмотрел на часы. — Вот ты уйдешь, а я позову гастарбайтера, опрощусь грамм на двести, и все снова станет истиной. И трещины на стенах, и пыль на полу, и даже урчание в животе. А в настоящий момент все ложь...

— Но если все сводится просто к химии и баблосу, зачем тогда вообще существуют эти понятия — Бог, истина, вселенная? Откуда это берется?

— Ум «Б» имеет две фазы работы. Полезную и холостую. Во время полезной фазы человек вырабатывает агрегат «эм-пять». Холостой ход — это фаза, когда баблос не вырабатывается. Обратный ход поршня. Но ум «Б» на это время не выключается, просто его объектом может стать любая бессмысленная абстракция. «Что есть истина? — Есть ли Бог? — Откуда взялся мир?» Вся та белиберда, с которой ты ко мне пришел. Размножаясь в параллельных зеркалах, эти вопросы неузнаваемо искажаются, сдвигаются по фазе и в определенный момент осознаются в качестве ответа сами на себя. Тогда по нейронным цепям мозга проходит волна возбуждения, и человек решает, что нашел истину. Поэтому все человеческие истины имеют формат уравнения, где одно понятие замыкается на другое. «Бог есть дух. Смерть неизбежна. Дважды два — четыре. Йе равно эм цэ квадрат». Особого вреда в этом нет, но, если таких уравнений становится слишком много, падает выработка баблоса. Поэтому мы не можем пускать человеческую культуру на самотек. Если надо, мы железной рукой направляем ее в нужное русло.

— Каким образом?

— Ты же проходил гламур и дискурс. Вот таким образом и направляем. Если тебя интересуют конкретные методы, это к халдеям. Но общий смысл в том, чтобы холостая фаза работы ума «Б» была как можно короче. При правильной постановкедела человек не ищет Бога. Бог уже ждет его в церкви возле ящика для монет. Точно так же человек не ищет смысла в искусстве. Он знает, что единственный смысл, который там есть, — это сборы. И так далее. Как говорят в школе, борьба за повышение косинуса «фи» — всенародная задача.

— В чем тогда смысл бытия? — спросил я. — Или жизнь вообще пустая бессмыслица?

— Почему. В ней можно найти много разного смысла. На любой вкус. Можно прожить ее так, что она будет цельной, одухотворенной и полной значения. Но после того, как перевернется ее последняя страница, весь этот смысл унесет ветром, как сухую солому.

— Но зачем тогда все это?

Озирис наклонился вперед, взял со стола какой-то предмет и поднес его к моему лицу.

— Что это такое? — спросил он.

Я поглядел на его пальцы. В них был гвоздь. Старый, немного ржавый у шляпки и, похоже, куда-то уже забитый и вынутый.

— Это? Это гвоздь.

— Правильно, — сказал Озирис. — Гвоздь. Старый гвоздь. Вот мы берем простейшую вещь — старый ржавый гвоздь. Глядим на него. И думаем — что это?

— Гвоздь, — пожал я плечами. — Что тут думать?

— А о чем идет речь? Об этом кусочке металла? Или о восприятии, которое ты испытываешь? Или о том, что гвоздь и есть это восприятие? Или о том, что это восприятие и есть гвоздь? Другими словами, идет ли речь о том, что гвоздь отражается в нашем сознании, или о том, что мы проецируем слово «гвоздь» на окружающий мир, чтобы выделить ту совокупность его элементов, которую договорились обозначать этим звуком? Или, может быть, ты говоришь о темной и страшной вере некоторых людей в то, что некий гвоздь существует сам по себе вне границ чьего-либо сознания?

— Я уже запутался, — сказал я.

— Правильно. Запутался, и никогда не выпутаешься.

— А при чем тут мой вопрос?

— При том. Ты спрашиваешь — в чем смысл бытия? А вот тут, — Озирис потряс гвоздем в воздухе, — просто железка с помойки. И холостого хода твоей денежной сиськи не хватает даже на то, чтобы понять, что это такое. Хотя ты можешь потрогать эту вещь, согнуть или вогнать кому-нибудь в ладонь. А ты спрашиваешь меня о том, чего не существует нигде, кроме воображения. Причем даже там его нет постоянно — сделанное из слов зыбкое облако возникает на секунду, завораживает иллюзией смысла и исчезает без следа, как только ум «Б» начинает думать, где деньги. Понимаешь?

— Нет.

— И правильно. Смирись, Рама.

Я кивнул.

— Когда человек — а вампир, говоря между нами, это просто улучшенный человек — начинает размышлять о Боге, источнике мира и его смысле, он становится похож на обезьяну в маршальском кителе, которая скачет по цирковой арене, сверкая голым задом. У обезьяны есть извинение, что ее так нарядили люди. У тебя, Рама, такого извинения нет.

Бросив гвоздь на стол, Озирис нажал кнопку рядом с телефоном. В коридоре продребезжал звонок.

— Мне пора обедать. Григорий тебя проводит.

— Спасибо за разъяснения, — сказал я, вставая. — Я, правда, мало что понял.

— А к этому и не надо стремиться, — улыбнулся Озирис. — Вот главное, что следует понять. Зачем тебе что-то понимать, когда ты все уже знаешь? Одна капля баблоса объясняет больше, чем десять лет философских разговоров.

— Почему же тогда вы перешли с баблоса на красную жидкость?

Озирис пожал плечами.

— Some dance to remember, — сказал он, — some dance to forget[1].

В комнату вошел усатый молдаванин, и я понял, что аудиенция окончена.

Молдаванин довел меня до выхода, как и в прошлый раз. Но сейчас он почему-то вышел вместе

[1] Один танцует, чтобы вспомнить, другой танцует, чтобы забыть *(англ.)*.

со мной на лестничную клетку и прикрыл квартирную дверь.

— Лифт не работает, — сообщил он тихо. — Я провожу вас вниз.

Я не стал возражать, но на всякий случай пошел вдоль стены, подальше от перил, за которыми был лестничный пролет.

— Извините за навязчивость, — сказал молдаванин. — Я, вообще-то, профессор теологии из Кишинева. Здесь просто подрабатываю. У нас в Кишиневе временно не нужны профессора теологии.

— Могу представить, — сказал я сочувственно.

— Вы знаете, — продолжал молдаванин, — сюда частенько заходят молодые вампиры, которые беседуют с нашим нанимателем. Я жду у двери на тот случай, если хозяин позвонит. Ну и слышишь кое-что, так что я знаю, какие представления господствуют в вашем мире. Обычно я не вмешиваюсь в разговор. Но сегодня речь шла о Боге. И здесь я чувствую себя обязанным сделать одно важное уточнение к тому, что вы только что слышали. Как теолог. Но прошу вас, не говорите шефу про наш разговор. Вообще никому не говорите до следующего контрольного укуса. А там я в отпуск уеду. Обещаете?

— Вы хорошо знакомы с деталями нашего обихода, — заметил я. — Даже знаете про контрольный укус. Я сам про него первый раз слышу.

— Не иронизируйте, молодой человек. В вашей среде все укусы контрольные. Других не делают.

— Вообще-то, вы правы, — вздохнул я. — Ладно, обещаю. В чем ваше уточнение?

— Оно касается того, что в ваших кругах принято называть умом «Б». Молодым вампирам говорят, что человеческий ум «Б» — просто денежная сиська. Но это не так.

— А что это на самом деле?

— Вы когда-нибудь были в Помпеях? В Италии?

— Нет, — ответил я. — Но я знаю, это римский город, который сохранился под вулканическим пеплом. Я про него много читал.

— Именно, — сказал молдаванин. — Так вот, самое интересное место в Помпеях — это вилла Мистерий.

— Помню. Вилла на окраине города. Названа по фрескам, где изображен ритуал посвящения в дионисийские мистерии. У нас в дискурсе даже картинки были. Красивые. А почему вы вспомнили про эту виллу?

— Видите ли, она существовала с середины третьего века до нашей эры до самой гибели Помпей. Триста лет. Никто, конечно, сегодня не знает, что за мистерии там происходили. Но фрески так захватывают воображение, что споры не утихают до сих пор. На мой вкус, дело даже не в самих этих фресках, а в мелких деталях росписи коридора — загадочных египетских символах на черном фоне, каких-то значках, змейках — прямо как на старой швейной машинке «Зингер»... Не знаю, вы такие машинки вряд ли застали.

— Вы как-то скачете. Заговорили про ум «Б», потом на виллу перешли, а теперь на машинки «Зингер»...

— Одну секундочку, сейчас все станет ясно. На фотографиях этого не видно, но, если вы окажетесь на вилле лично, вы заметите ряд несообразностей. С одной стороны, фрески, да. С другой — посреди этого великолепия стоит грубый и примитивный пресс для отжима виноградного сока... Вы начинаете замечать какие-то уродливые хозяйственные пристройки в самых неподходящих местах... Экскурсовод тем временем объясняет: на этой вилле действительно посвящали в мистерии. Когда-то в далеком прошлом. Но после первых же подземных толчков — а они начались задолго до фатального извержения вулкана — хозяева продали здание и уехали. А вилла превратилась в сельскохозяйственную ферму, на которой стали делать вино...

— Что вы хотите этим сказать?

— Я хочу сказать, что человек — это такая же вилла Мистерий. Вы, вампиры, считаете, что построили эту ферму сами, чтобы отжимать на ней баблос. И древние фрески на ее стенах кажутся вам побочными продуктами вашей фермерской деятельности. Вы думаете, что они сами возникли из грязи и капель, брызгавших из ведер с перебродившей кислятиной...

Мы остановились возле выходной двери.

— Хорошо, — сказал я, — у вас есть другая версия?

— Есть. Ум «Б» — то, что вы называете денежной сиськой, — это пространство абстрактных понятий. Их нет нигде в окружающем мире. И Бога тоже нет нигде в мире. Ум «Б» был создан для того, чтобы Богу было где появиться перед человеком. Наша планета — вовсе не тюрьма. Это очень большой дом. Волшебный дом. Может, где-то внизу в нем есть и тюрьма, но в действительности это дворец Бога. Бога много раз пытались убить, распространяли про него разную клевету, даже сообщали в СМИ, что он женился на проститутке и умер. Но это неправда. Просто никто не знает, в каких комнатах дворца он живет — он их постоянно меняет. Известно только, что там, куда он заходит, чисто убрано и горит свет. А есть комнаты, где он не бывает никогда. И таких все больше и больше. Сначала сквозняки наносят туда гламур и дискурс. А когда они перемешиваются и упревают, на запах прилетают летучие мыши.

— Это вы про нас, да?

Молдаванин кивнул.

— Понятно, — сказал я. — Как всегда. Давайте все валить на пархатых вампиров. Для этого много ума не надо.

— Почему пархатых? — спросил молдаванин.

— Мы ведь порхаем, — ответил я и несколько раз взмахнул руками, как крыльями. — А у вас за это всегда в сортире мочили.

— У кого у нас?

— У людей, — ответил я, чувствуя, что завожусь. — У кого еще. А чего еще от вас ждать, если вся ваша история началась с геноцида?

— С какого геноцида?

— А кто неандертальцев вырезал? Тридцать тысяч лет назад? Думали, мы забудем? Не забудем и не простим. Геноцидом началось, геноцидом кончится, помяните мое слово. Так что не надо все на вампиров валить...

— Вы меня не поняли, — сказал молдаванин испуганно. — Я вовсе не валю все на вампиров. Каждая комната отвечает за себя сама. Она может пригласить в себя Бога. А может — вашу компанию. Конечно, по природе любая комната хочет божественного. Но из-за гламура и дискурса большинство комнат решило, что все дело в дизайне интерьера. А если комната в это верит, значит в ней уже поселились летучие мыши. Бог в такую вряд ли зайдет. Но я не обвиняю вампиров. Вы ведь не комнаты дворца. Вы летучие мыши. У вас работа такая.

— И что, по-вашему, будет с дворцом?

— У Бога их много. Когда все комнаты одного из них заселяют мыши, Бог его уничтожает. Точнее, перестает создавать, но это одно и то же. Говорят, это выглядит как свет невероятной силы, который сжигает весь мир. Но на самом деле просто исчезает иллюзия материи, и природа Бога, пронизывающая все вокруг, проявляется сама перед собой, как она есть. То же самое, говорят, бывает и в конце каждой отдельной жизни. У нашего дворца сейчас не лучшие дни. Мыши живут почти во всех комнатах. Везде чавкает дистиллятор агрегата «эмпять»...

— Вы хорошо осведомлены, — сказал я.

— Вопрос заключается в том, что́ мы будем делать, когда Богу это окончательно надоест и он закроет проект?

Я пожал плечами:

— Не знаю. Может, на новую планету пошлют работать. Меня другое интересует. Вот вы профессор теологии. Говорите про Бога как про своего хорошего знакомого. А почему, скажите, он сделал нашу жизнь такой пустой и бессмысленной?

— Если бы в вашей жизни был смысл, — сказал молдаванин, выделив слово «вашей», — выходило бы, что правильно поступают те комнаты, которые запускают в себя мышей. И Богу стало бы негде жить.

— Хорошо. А зачем тогда вы все это мне говорите?

— Я вам телефончик хочу дать, — ответил молдаванин, протягивая мне карточку с золотым обрезом. — Если захотите, приходите на молитвенное собрание. Легкого пути назад не обещаю. Но Бог милостив.

Я взял карточку в руки. На ней было написано:

К Богу через Слово Божие.
Молитвенный дом «Логос КатаКомбо».

На обороте были телефоны.

Сунув карточку в карман, я провел рукой по тому месту на поясе, где должен был находиться футлярчик с конфетой смерти. Его там не оказалось — я опять вышел из дома пустой. Впрочем, будь конфета на месте, я, разумеется, не последовал бы совету Озириса. Движение вышло рефлекторным.

— Ясно, — сказал я. — Вместо винного пресса поставим на вилле Мистерий свечной заводик, да? Зря стараетесь, халдеи не дадут. В лучшем случае будете халтурить в уголочке. Если места хватит...

— Не ерничайте. Лучше поразмышляйте на досуге.

— Поразмышляю, — ответил я. — Я вижу, вы добрый человек. Спасибо за ваше участие в моей жизни.

Молдаванин грустно улыбнулся.

— Мне пора, — сказал он и постучал по пластырю на шее, — а то шеф заждется. Помните, вы обещали никому не рассказывать о нашем разговоре.

— Не думаю, что это кому-нибудь интересно. Хотя знаете что... Почему бы вам Иштар Борисовну не перевербовать? Она вполне созрела. Делюсь инсайдерской информацией.

— Подумайте, — повторил молдаванин, — путь назад еще открыт.

Он повернулся и пошел вверх по лестнице.

Я вышел из подъезда и побрел к машине.

«Путь назад, — думал я. — Назад — это куда? Разве там хоть что-нибудь остается?»

Сев в машину, я поднял глаза на Ивана в зеркале. Иван улыбнулся, ухитрившись не потерять при этом своего обиженного вида.

— Я тут размышлял о жизни, — сказал он, обдав меня вонью ментоловых пастилок. — И придумал китайскую пословицу. Сказать?

— Скажи.

— Сколько хуй не соси, императором не станешь.

Мысль была справедливой, но употребление глагола «сосать» — даже и в таком нейтральном контексте — граничило с открытым хамством. Я вдруг понял, что он пьян. Возможно, с самого утра. А может быть, он был нетрезв и во время наших прошлых встреч. Мне стало страшно. Я понятия не имел, что у него на уме.

— Да, — сказал я, осторожно наклоняясь вперед, — социальной мобильности в нашем обществе стало меньше. Это верно, над этим надо работать. С другой стороны... Императором, конечно, не станешь. А вот императрицей можно.

На середине фразы моя голова привычно дернулась. Затем я откинулся на сиденье и некоторое время анализировал маршрут его личности.

Бояться было нечего. Разве что ДТП. Но Гера... Так бесстыдно заигрывать с шофером... Впрочем, подумал я презрительно, у них это профессиональное.

НАЧАЛЬНЕГ МИРА

Локи позвонил в восемь утра сообщить, что дуэль назначена на сегодня.

— Мы приедем в одиннадцать, — сказал он. — Будь готов. И не пей много жидкости.

Он сразу же повесил трубку, и я не успел ничего уточнить. Когда я попытался перезвонить, его телефон не ответил.

В оставшиеся три часа мое воображение работало в бешеном темпе.

Пистолсты или клинки?

Я вообразил, как меня убивает пуля. Мне казалось, что это будет похоже на удар раскаленным прутом. Вампирам запрещено стрелять друг другу в голову, и Митра будет целить мне в живот, как Пушкину...

Или это будут рапиры? Что чувствует человек, когда его протыкают рапирой? Наверно, это как порезаться хлебным ножом, только глубоко внутри — до самого сердца. Я несколько раз пытался представить себе это, и каждый раз меня передергивало.

Впрочем, я не пугал себя этими фантазиями, а, наоборот, успокаивал. Подобные варианты совершенно точно мне не грозили: я помнил о специальном оружии, про которое говорил Локи. Самой дуэли можно было не бояться.

Угроза исходила от дуэльного ордера Митры. Вот о чем было страшно думать: он действительно мог выписать мне билет на встречу с Богом, чтобы я сам выяснил, кто прав — Озирис или его «ред ликвид-провайдер». А даже если не это, думал я, Митра все равно придумает какую-нибудь невероятную мерзость, и лучше мне вообще ничего про нее не знать. Вот так куется воля к победе...

Когда до одиннадцати осталось полчаса, я сообразил, что еще не решил, как оденусь. Порывшись в шкафу, я нашел черную пиджачную пару, которая была мне немного велика. Зато не будет стеснять движений, подумал я. На ноги я надел ботинки с твердым мыском — не то чтобы всерьез готовясь к драке, а на всякий случай. Затем я намазал волосы гелем, выпил для смелости немного виски, сел в кресло и стал ждать гостей.

В одиннадцать в дверь позвонили.

Локи и Бальдр были свежевыбриты, благоухали одеколоном и имели торжественный и официальный вид. Локи нес в руках вместительный черный баул.

— Мы, наверно, вызываем подозрения, — весело сообщил он. — Милиционер спросил документы. Прямо у подъезда.

— А глаза умные-умные, — добавил Бальдр. — Все понимает, только сказать не может.

Я решил, что мне тоже следует вести себя весело и лихо.

— Наверно, решил, что вы риелторы. Тут часто разные негодяи бродят и вынюхивают. Тихий центр.

Бальдр и Локи сели в кресла.

— Митра хотел, чтобы дуэль происходила в цирке, — сказал Бальдр.

— Почему?

— Чтобы подчеркнуть идиотизм происходящего.

— Идиотизм? — переспросил Локи. — Редкий случай, когда в ком-то из нас просыпается достоинство и отвага, как в древние времена. Это теперь называется идиотизмом? Рама, ты должен гордиться собой.

Бальдр подмигнул мне.

— У него, — сказал он, кивая на Локи, — всегда есть две версии происходящего. Для вызвавшего и для вызванного.

Я поглядел на Локи. На его левом веке остались фиолетовые тени с золотыми блестками — следы наспех снятого макияжа, которые делались заметными, когда он моргал. Должно быть, резиновая женщина ушла в декрет, подумал я, и он ее подменяет. Или просто учил кого-то работать коленом.

— Так что, мы едем в цирк?

— Нет, — сказал Бальдр. — Цирк мы не смогли организовать. Поединок пройдет новым способом. Совершенно нетрадиционным.

У меня заныло под ложечкой.

— Это как?

— Догадайся с трех раз, — ухмыльнулся Локи.

— Если нетрадиционным, — сказал я, — значит какое-то необычное оружие?

Локи кивнул.

— Яд?

Локи помотал головой.

— Яд нельзя. Сам должен понимать.

— Да, — согласился я. — Тогда, может быть... что там еще бывает... Электричество?

— Мимо. Последняя попытка.

— Будем душить друг друга на дне Москвы-реки?

— Все мимо, — сказал Локи.

— Что же тогда?

Локи подтянул к себе свой баул и раскрыл его. Я увидел какое-то устройство с проводами. Еще внутри был ноутбук.

— Что это?

— Дело получило огласку, — сказал Локи. — О нем знают Энлиль и Мардук. Насколько я понимаю, дуэль происходит из-за некой третьей особы. Мы вместе выбирали способ завершить вашу глупую ссору с минимальным риском. Было решено провести дуэль дистанционно.

— Что мы будем делать? — спросил я.

— Вы будете писать стихи.

— Стихи?

— Да, — сказал Локи. — Это придумал Энлиль. По-моему, замечательная идея. Романтический спор следует разрешить романтическим методом. На первый план выходит не брутальная мужская конфета смерти, а тонкость душевной организации и глубина чувства.

— А в чем тогда будет заключаться дуэль? — спросил я. — Я имею в виду, как определить победителя?

— Для этого мы решили привлечь ту самую третью особу, из-за которой разгорелся спор. Наградой победителю будет немедленная встреча с ней. Здорово, да?

Мне трудно было разделить этот энтузиазм. Я бы предпочел что угодно — хоть русскую рулетку, хоть драться шахматными досками, — лишь бы не стихи. Стихосложение и я были две вещи несовместные, я проверял это на практике неоднократно.

Бальдр решил вмешаться в разговор:

— Что ты мучаешь парня. Расскажи по порядку.

— Пожалуй, — согласился Локи. — Итак, по условиям поединка ты и твой соперник должны будете написать по стихотворению. Форма стихотворения — вампирический сонет.

— Что это такое? — спросил я.

Локи вопросительно посмотрел на Бальдра.

— Мы тебе разве не рассказывали? — опечалился Бальдр. — Промах, промах. Вампирическим сонетом называется стихотворение, состоящее из двенадцати строк. Размер, рифма или ее отсутствие — это произвольно. Главное, чтобы последняя строка как бы отсасывала из стихотворения весь смысл, выражая его в максимально краткой форме. Она должна содержать квинтэссенцию стихотворения. Это символизирует возгонку красной жидкости в баблос, который ты затем ритуально предлагаешь комаринской музе. Понял?

— Примерно, — сказал я.

— Но это лирическое правило, — продолжал Бальдр. — Оно не строгое. Каждый решает сам, как именно передать смысл стихотворения в одной строчке. Ведь только автор знает, о чем оно на самом деле, верно?

Локи важно кивнул.

— Еще одно правило вампирического сонета — он пишется обратной лесенкой. Получается как бы лестница смыслов, символизирующая восхождение вампира к высшей сути. Но это, в общем, тоже не обязательно.

— Обратной лесенкой — это как?

— Как Маяковский, — сказал Бальдр. — Только наоборот.

Я не понял, что он имеет в виду, но не стал уточнять, поскольку правило было необязательным.

Локи поглядел на часы.

— Пора начинать. Я пока что все приготовлю. А ты сходи в туалет. Если тебе не повезет, следующие сорок часов ты будешь парализован.

Он поставил баул на стол. Я вышел из комнаты и отправился в туалет.

Я где-то читал, что многих великих людей вдохновение осеняло в туалете. Это похоже на правду, потому что именно там мне в голову пришла одна не вполне порядочная, зато многообещающая идея.

Настолько многообещающая, что я не колебался ни секунды и перешел к ее воплощению в жизнь так же безотлагательно, как бомж в метро нагибается, чтобы поднять замеченный на полу кошелек.

Выйдя в коридор, я на цыпочках дошел до кабинета, тихонько отворил дверь, добежал до секретера, открыл его (в отличие от ящиков картотеки, он не скрипел) и, стараясь не звякнуть стеклом, взял наугад первую попавшуюся пробирку из развала. Это оказался «Тютчев + албанск. source code». То что надо, подумал я и выплеснул содержимое в рот.

— Рама, ты где? — позвал Локи из гостиной.

— Иду, — ответил я, — я тут окна закрываю. На всякий случай.

— Правильно делаешь.

Через несколько секунд я вошел в гостиную.

— Волнуешься? — спросил Бальдр. — Вид у тебя бледный.

Я промолчал. Я не хотел говорить, потому что принял слишком большую дозу препарата и мог ляпнуть что-нибудь не то.

— Ну вот, — сказал Локи, — все готово.

Я посмотрел на стол.

На нем был собран агрегат странного вида — ноутбук, соединенный с мобильным телефоном и той самой коробкой, которую я видел в саквояже. Теперь коробка мигала красным индикатором, а рядом с ней была разложена черная матерчатая лента с резинками и крючками. На ленте был закреплен шприц с громоздким электрическим механизмом. От этого механизма к мигающей коробке шли два провода. Кроме того, на столе лежала обойма одноразовых игл с зелеными муфточками.

— Что это? — спросил я.

— Значит, так, — сказал Локи. — Видишь шприц? В нем транквилизатор. Как я уже говорил, он вызывает практически полный паралич тела примерно на сорок часов. Шприц дистанционно управляется через подключенный к компьютеру электропривод. Стихи будут мгновенно отправлены известной тебе особе, причем она не будет знать, какое стихотворение написано тобой, а какое — Митрой. Когда она прочтет их и выберет победителя, решение будет так же мгновенно передано назад. Тогда включится один из соединенных с шприцем сервомоторов — или твой, или на руке у Митры. Вслед за инъекцией последует оглашение дуэльного ордера и его немедленное исполнение. Вопросы?

— Все ясно, — ответил я.

— Тогда сядь, пожалуйста, за компьютер.

Я подчинился.

— Закатай рукав...

Когда я сделал это, Локи намочил ватку в спирту и принялся протирать мне локтевой сгиб.

— Мне сейчас плохо станет, — томно сказал я.

Я не кокетничал. Правда, дело было не в манипуляциях Локи, а в принятом препарате.

— Ты сам этого хотел, — сказал Локи. — Думать раньше надо было. Сейчас будет немного больно — введу иголочку...

— Уй! — дернулся я.

— Все-все. Теперь не шевели рукой, дай закрепить повязку... Вот так...

— Как я этой рукой печатать буду?

— Осторожно и медленно, вот как. Времени предостаточно, можно набить одним пальцем... Посмотри-ка на экран.

Я поглядел на экран.

— В верхнем углу часы. Отсчет времени пойдет с момента, когда тебе и Митре будут объявлены темы для стихосложения.

— А они что, разные?

— Увидим. У каждого из вас ровно полчаса времени. Кто не представит свое стихотворение за этот срок, автоматически считается проигравшим. Готов?

Я пожал плечами.

— Значит, готов.

Локи вынул мобильный, набрал номер и поднес его к уху.

— У вас все работает? — спросил он. — Отлично. Тогда начинаем.

Сложив телефон, он повернулся ко мне:

— Время пошло.

На экране ноутбука возникли два прямоугольника. Над левым было слово «Митра»; над правым — «Рама». Потом внутри прямоугольников стали по одной появляться буквы, словно кто-то печатал на машинке. Митре досталась тема «Комарик». Моя звучала так — «Князь мира сего».

Это было удачей, потому что Тютчев, связь с которым я уже давно ощущал, мог многое сказать по этому поводу.

Проблема заключалась в том, что словесные оболочки моих мыслей стали удивительно убогими и однообразными: интернетовский новояз был совсем молодым, но уже мертвым языком. Впрочем, проблему формы предстояло решать позже — сперва надо было разобраться с содержанием, и я погрузился в созерцание открывшихся мне горизонтов духа.

Я не узнал ничего интересного про жизнь девятнадцатого века. Зато я сразу понял, что означало известное тютчевское четверостишие: *«Умом Россию не понять, аршином общим не измерить, у ней особенная стать, в Россию можно только верить»*. Как оказалось, поэт имел в виду почти то же самое, что создатели моей любимой кинотрилогии «Aliens».

В фильмс эффективная форма жизни зарождалась внутри чужого организма и через некоторое время заявляла о себе оригинальным и неожиданным способом. В российской истории происходило то же самое, только этот процесс был не однократным, а циклично-рутинным, и каждый следующий монстр вызревал в животе у предыдущего. Современники это ощущали, но не всегда ясно понимали, что отражалось в сентенциях вроде: «сквозь рассыпающуюся имперскую рутину проступали огненные контуры нового мира», «с семидесятых годов двадцатого века Россия была беременна перестройкой» — и тому подобное.

«Особенная стать» заключалась в непредсказуемой анатомии новорожденного. Если Европа была компанией одних и тех же персонажей, пытающихся приспособить свои дряхлеющие телеса к новым требованиям момента, Россия была вечно молодой — но эта молодость доставалась ценой полного отказа от идентичности, потому что каждый новый монстр разрывал прежнего в клочья при своем рождении (и, в полном соответствии с законами физики, сначала был меньшего размера — но быстро набирал вес). Это был альтернативный механизм эволюции — разрывно-скачкообразный, что было ясно вдумчивому наблюдателю еще в девятнадцатом веке. Никаких обнадеживающих знаков для нацеленного на личное выживание картезианского разума в этом, конечно, не было — поэтому поэт и говорил, что в Россию можно «только верить».

В результате этого прозрения я лишний раз понял, какое мужество и воля требуются, чтобы быть вампиром в нашей стране. А практическим следствием был дополнительный градус презрения к халдейской элите — этим вороватым трупоедам, пожирающим остатки последней разорванной туши и думающим из-за этого, что они что-то здесь «контролируют» и «разруливают». Впрочем, им еще предстояла встреча с новорожденным, который пока что набирался сил, прячась где-то между переборками грузового отсека.

Все эти мысли пронеслись сквозь мой ум всего за минуту-две. А потом я почувствовал, что из меня наружу рвется грозный мистический стих-предупреждение — и как раз на заданную тему.

Я записал все, что мог. Это было трудно, потому что в албанском имелось мало подходящих конструкций для фиксации тончайших духовных образов, открывшихся моему мысленному взору, а все остальные речевые парадигмы были блокированы, и каждое слово надо было долго отдирать от днища ума. Мне приходилось подбирать очень приблизительные подобия, сильно проигрывавшие рафинированной образности девятнадцатого века. Но зато стих выиграл в экспрессии. Когда я дописал его, у меня осталось еще целых пять минут, чтобы внимательно перечитать написанное.

Получилось вот что:

СТАС АРХОНТОФФ

Зачем скажи Начальнег Мира
Твой ладен курицца бин серой?
Кто Бени, Фици, Ары пира?
Они тваи акционеры?

Зачем ты так нипабедимо
Керзою чавкаиш в ацтои?
Каму кадиш в тумани виннам
Под купалами Главмосстройа?

Ты щаслеф. Ветир мньот валосья,
Литит салома тибе ф морду.
Но биригис. Твой след ф навози
Уж уведал Начальнег Морга.

Я перечитал это мрачное пророчество три раза, проверяя и исправляя ошибки. Переправив «они» на «ани», я с гордостью ощутил, что сам не понимаю написанного до конца. Ясно было только происхождение названия: существовал гностический текст «Ипостась Архонтов», который мы проходили на уроке дискурса. Я, помнится, подумал тогда, что это хорошее имя для московского ресторатора («любимец московской богемы Ипостас Архонтов открывает новый гламурный вертеп „Лобковое Место“»...). А теперь боевая муза нашарила Ипостаса в моей памяти.

Особенно мне нравилась двенадцатая строка: одной из проекций словосочетания «уж уведал» на стандартный русский было «уж увядал», и тогда грозный смысл всего стиха, предрекающего гибель князю мира сего — той самой гностической змее с головой льва (змея, уж — какая разница), — концентрировался в одной точке, как и требовалось. Впрочем, речь здесь могла идти и о самой Иштар — из-за ее длинных змееподобных шей. Но чернуху я отогнал.

Кроме того, трудно было не обратить внимание на эти купола, которые один из моих прошлых поэтических визитеров сравнил с мигалками. Вот так в душе простого русского вампира встречаются великие эпохи нашей истории — и тихо жмут друг другу руки...

Я кликнул по кнопке «Send» за двадцать секунд до того, как покрасневшая секундная стрелка на моем экране пересекла финишную черту. Я успел.

Экран замигал и погас. Когда он загорелся снова, его разделила надвое вертикальная полоса. Мое стихотворение появилось справа. А слева возник стих, написанный за это время Митрой. Выглядел он так:

COME RЯ

Комар
на ладони,
хоть крохотный,
из-за пропорций
тела
похож на могучего воина,
ушедшего в думы.
головка совсем небольшая,
торс длинный и круглый.
будь он человеком,
он был бы —
герой.

Митра сделал беспроигрышный ход.

Это, несомненно, был самый подлый способ ведения боя — грамотное и политически корректное стихотворение бескрылого карьериста, наподобие какой-нибудь думы о юном Ленине из семидесятых годов прошлого века. Комар во все времена был для вампиров тем же, чем сакура для японцев, — символом красоты, совершенной в своей мимолетности. И еще, кажется, в этом был мистический подтекст: на фреске в хамлете Энлиля Маратовича была изображена смерть графа Дракулы, благородного рыцаря в черных латах, из разверстой груди которого улетал в серое небо смиренный комарик души.

Митра написал свое стихотворение обратной лесенкой, о которой говорил Бальдр, — теперь я понял наконец, что это такое.

Вот только он не вполне изящно справился с двенадцатой строкой. Комар, конечно, герой — кто бы спорил. Как говорится, жил, жив и будет жить. Только правильно было «он был бы героем».

И тут до меня дошло. Он не просто называл комара героем, он еще и сравнивал его с Герой. Это, конечно, было бронебойным комплиментом — несмотря на длинный круглый торс и небольшую голову. Все равно что назвать девушку попроще ангелом.

Зато я написал о самом главном, думал я жалобно, и в моем стихотворении дышит подлинная поэтическая сила. В нем затронуты важнейшие мировоззренческие пласты и видна драма человеческого духа. А главное, в нем полностью отражены все культурные и сущностные проблемы современной цивилизации...

Но в глубине души я уже понимал, что проиграл. Стихотворение Митры было лучше, это подтвердил бы любой вампир. Оставалась только надежда, что Гера узнает меня по особенностям стиля. Тогда, если она захочет...

Экран снова замигал, и я понял, что сейчас моя судьба решится. Та его половинка, где было стихотворение Митры, потемнела, и на ней появилась надпись — по диагонали, поверх стихотворных строчек, словно кто-то писал маркером прямо по экрану:

Чмок тя.

Это ничего еще не значит, подумал я упрямо. Через секунду потемнела моя половинка экрана. А потом по ней пробежала размашистая жирная строка:

В Бобринец, тварино!

Я ощутил легкую боль в районе локтевого сгиба, где игла уходила под кожу, и решил, что сбил повязку неловким движением. Я протянул было к ней свободную руку, чтобы поправить — но рука мне не подчинилась. А затем волна какой-то принудительной усталости прошла через мой ум, и я потерял к происходящему интерес.

Следующие час или два я помню только отрывками. Передо мной несколько раз появлялись лица Бальдра и Локи. Локи вынул из моей руки иглу, а Бальдр казенным голосом зачитал дуэльный ордер Митры. Он был следующего содержания:

Локи Девятому от Митры Шестого
Служебное

Дуэльный ордер
Рама Второй ведет себя глупо и нагло. Но это вызывает к нему только жалость. В случае моей победы в этом дурацком состязании прошу привя-

зать его к той самой шведской стенке, от которой я когда-то отвязал его, чтобы ввести в наш мир. На столе перед ним я прошу поставить монитор, куда будет передаваться изображение с камеры на булавке моего галстука. Я хочу, чтобы Рама Второй во всех подробностях увидел мою встречу с той особой, чьим терпением и доброжелательностью он так нахально злоупотреблял. Мною движет двоякое чувство. Первое: я хочу, чтобы он понял, как следует вести себя воспитанному мужчине, общаясь с дамой. Второе: я хочу развлечь Раму Второго, зная его склонность к подобным зрелищам. Пора наконец разорвать эксклюзивную связь с нацистским асом Руделем, в которой Рама Второй ищет спасения от одиночества.

Готов за это к встрече с Богом.

Митра Шестой

Я разозлился даже в своем мутном трансе — но всей моей злобы было недостаточно для того, чтобы пошевелить пальцем.

Локи с Бальдром оторвали меня от стула и понесли в кабинет. Оба Набоковых смотрели на меня в упор — с предельной брезгливостью, словно не могли простить мне поражения.

Потом меня привязали к шведской стенке. Я почти не чувствовал прикосновений Бальдра и Локи. Только когда мне слишком сильно вывернули руку, я ощутил тупую, будто обернутую ватой боль. Затем Бальдр вышел, и я остался наедине с Локи.

Локи остановился передо мной и некоторое время изучал мой глаз, оттянув мне пальцем веко. Затем он сильно ущипнул меня за живот. Это оказалось очень болезненным: живот, как выяснилось, сохранил чувствительность. Я попытался застонать, но не смог. Локи ущипнул меня еще раз, гораздо сильнее. Боль была невыносимой, но я никак не мог на нее отреагировать.

— Дурак! — сказал Локи. — Дурак! Что ты из себя строишь, а? При чем тут «Ипостась Архонтов»? Ты кто у нас вообще такой — комаринский пацан или левый мыслитель? «Князь мира сего» и «Комарик» — это одна и та же тема! Одна и та же! Только формулировка разная. Неужели не понятно?

Он снова ущипнул меня — так, что у меня потемнело в глазах.

— Мы все были уверены, что ты победишь, — продолжал он. — Все! Даже время тебе дали, чтоб ты в кабинет сходил и препарат выбрал какой хочешь. Я на тебя весь свободный баблос поставил, целых пять граммов. Столько за всю жизнь не скопить! Ты сволочь, вот ты кто!

Я ожидал, что он еще раз ущипнет меня, но вместо этого он вдруг расплакался — старческим, слабым и бессильным плачем. Потом вытер рукавом слезы вместе с размытым гримом и сказал почти дружелюбно:

— Знаешь, Рама, как говорят — у каждого в хамлете есть свой принц Датский. Оно, конечно, понятно. Но твой что-то совсем обнаглел — об него уже все вокруг спотыкаться начали. Пора тебе завязывать с этими левыми понтами. Надо взрослеть. Потому что эта дорога никуда тебя не приведет — это я тебе как старший товарищ говорю.

Знаешь песню — «земля, небо, между землей и небом война...»? Не думал, про что она? Я тебе скажу. Война потому идет, что никто не знает, где небо, а где земля. Есть два неба. Два противоположных верха. И каждый из них хочет сделать другой верх низом. Это уже потом он землей называться будет, когда вопрос решится. Но в какую сторону он решится, никто не в курсе. И ты в этой войне полевой командир, понял? Князь мира сего — это ты. А не можешь — пойди в дальний окоп и застрелись. Только сначала язык передай по эстафете. И застрелись не в дурацком стишке, а в реальном времени. Вот так...

Я глубоко вдохнул, и в этот момент он с невероятной силой ущипнул меня прямо за пупок. Я на несколько секунд потерял сознание от боли — Локи, похоже, был на конфете смерти. Когда я пришел в себя, он уже успокоился.

— Извини, — сказал он. — Это из-за баблоса. Сам должен понимать...

Я понимал. Поэтому когда в комнату вошел Бальдр, я испытал большое облегчение.

Придвинув стол ко мне вплотную, Бальдр поставил на него ноутбук, от которого в коридор тянулись переплетающиеся провода. Повернув экран так, чтобы мне удобно было смотреть, он спросил:

— Тебе все видно? А?

Приложив ладонь к уху, он подождал моего ответа — и, не дождавшись его, продолжил:

— Молчание — знак согласия, хе-хе... Условия ордера выполнены. Надо сказать, Рама, что тебе очень повезло. К этому моменту ты мог бы много раз расстаться с жизнью. А ты жив и здоров. И отделаешься, похоже, только синяком на локте. Поздравляю, дружок.

Я видел экран хорошо. На нем было сероватое мерцание, в котором нельзя было выделить ничего осмысленного.

— Митра включит трансляцию сам, — сказал Бальдр. — Счастливо оставаться.

Я предполагал, что Локи еще раз ущипнет меня на прощанье, но этого не произошло. Хлопнула дверь, и я остался один.

Долгое время экран стоящего передо мной ноутбука показывал серую рябь, какая бывает, если включить телевизор на ненастроенный канал. Потом его перерезала яркая горизонтальная черта. Она растянулась на весь экран, и я увидел Митру. Точнее, его отражение — он стоял перед зеркалом и причесывался.

— Пятый, пятый, я седьмой, — сказал он и улыбнулся. — Как слышно?

Он показал на блестящую булавку на своем галстуке, а затем потер ее пальцем. Я услышал звук наподобие далекого грома.

— Просто поразительно, до каких высот дошла техника. Но все же границы у прогресса есть. Меня всегда занимало, можно ли снять камерой наш полет? Сегодня мы это узнаем. Гера назначила встречу в Хартланде, на самом донышке. У девочки есть стиль. Сам понимаешь, добираться туда я должен на крыльях любви. Вот интересно, хватило бы энтузиазма у тебя?

Он отвернулся от зеркала, и я перестал его видеть. Теперь передо мной было просторное помещение с наклонными окнами — видимо, большой лофт. Мебели почти не было, зато вдоль стены стояли статуи известных людей — Мика Джаггера, Шамиля Басаева, Билла Гейтса, Мадонны. Они были как бы вморожены в глыбы черного льда, а на их лицах застыли гримасы страдания. Я знал, что это московская мода, навеянная «Хрониками Нарнии», — существовала дизайнерская фирма, специализирующаяся на таком оформлении интерьера, и это было не особенно дорого.

Потом я увидел руки Митры. Они держали флакон в виде сложившей крылья мыши — Митра специально поднес его к груди, где была камера, чтобы я его рассмотрел. Флакон исчез из моего поля зрения, и я услышал звон разлетающегося стекла — Митра швырнул его на пол, словно рюмку после выпитого тоста.

Я увидел белое кожаное кресло. Оно приблизилось, заехало за край экрана и исчезло. Передо мной оказалась решетка камина. Решетка долго не двигалась, — видимо, не двигался и сидящий в кресле Митра. А потом картинка пропала, и по экрану поползли серые полосы помех. Звук тоже пропал.

Пауза продолжалось очень долго — не меньше двух часов. Я задремал. Когда на экране снова появилась картинка, она была беззвучной. Возможно, я что-то пропустил.

На меня плыл узкий коридор, вырубленный в толще камня. Это был Хартланд. Входя в алтарную комнату, Митра каждый раз кланялся сухой голове над алтарем. Я даже не знал, что так принято делать — мне об этом никто никогда не говорил.

В одной из комнат у алтаря стояла Гера. Я узнал ее сразу, несмотря на необычный для нее наряд — длинное белое платье, которое делало ее похожей на школьницу. Оно очень ей шло. Если бы я мог выключить компьютер, я бы это сделал. Но заставить себя зажмуриться я не смог.

Гера не подошла к Митре, а повернулась и исчезла в боковом проходе — там, где было темно. Митра пошел за ней следом.

Сначала экран оставался черным. Потом на нем возникло пятнышко света. Оно превратилось в белый прямоугольник дверного проема. Я снова увидел Геру. Она стояла, опершись о стену и склонив голову — будто грустя о чем-то. И была похожа на деревце, какую-нибудь начинающую иву, трогательно старающуюся прижиться на берегу древней реки. Дерево Жизни, которое еще не знает, что оно и есть Дерево Жизни. Или уже знает... Митра остановился, и я почувствовал — увиденное взволновало его так же, как меня.

Затем Гера снова исчезла.

Митра вошел в комнату. Там были люди. Но я не успел их рассмотреть — что-то случилось.

На экране замелькали зигзаги и полосы, мелькнуло чье-то лицо, закрытое марлей и очками, и камера уткнулась в стену. Теперь я видел только неподвижные пупырышки краски.

Я смотрел на них несколько минут. Потом камера совершила оборот, и я увидел потолок с яркими лампами. Потолок пополз вправо: видимо, Митру куда-то волокли. В кадре мелькнул железный стол и стоящие за ним люди в хирургическом облачении — металлические предметы, которые они держали в руках, больше походили на ацтекские инструменты, чем на что-то медицинское.

Затем все закрыла белая ширма, скрывшая от меня стол и хирургов. Но за секунду перед этим по экрану проплыла рука, которая держала круглый предмст размером с мяч. Она держала его как-то странно. Я не сразу догадался как, а потом сообразил — за волосы. И только когда круглый предмет скрылся из вида, я понял, что это такое.

Это была отрезанная голова Митры.

Долгое время экран показывал только подрагивающую от подземного сквозняка ткань ширмы. Иногда мне казалось, что до меня долетают голоса, но я не понимал, откуда они — из динамиков ноутбука или из соседней квартиры, где громко работает телевизор. Несколько раз я впадал в забытье. Не знаю, сколько прошло часов. Транквилизатор постепенно прекращал действовать — мои пальцы стали понемногу шевелиться. Потом мне удалось пару раз поднять и опустить подбородок.

За это время меня посетило много мыслей. Самая любопытная была такой: Митра на самом деле вовсе не отвязывал меня от шведской стенки, и все произошедшее с тех пор — просто галлюцинация, которая в реальном времени заняла лишь несколько минут. Эта догадка напугала меня всерьез, потому что казалась очень правдоподобной на телесном уровне: моя поза была в точности такой, как в тот далекий день, когда я пришел в себя и увидел сидящего на диване Браму. Но потом я сообразил, что стоящий передо мной ноутбук все-таки доказывает реальность всего случившегося. И словно чтобы дать мне дополнительное доказательство, закрывавшая объектив ширма исчезла.

Я снова увидел помещение, залитое ярким светом. Теперь железного стола и хирургов в нем не было — и стало понятно, что это обычная алтарная комната, только совсем новая, с каким-то техническим мусором на полу, и пустая — еще без алтаря.

Вместо него перед стенной нишей громоздилась сложная медицинская аппаратура, укрепленная на дырчатой алюминиевой раме. Кроме приборов, рама поддерживала висящую перед стеной голову, укутанную в рулон снежно-белых бинтов.

Глаза головы были закрыты. Под ними чернели широкие синяки. Под носом был полустертый потек крови. Другой потек крови засох у края губ. Голова тяжело дышала через вставленные в нос прозрачные трубки, уходившие к какому-то медицинскому ящику. Я подумал, что кто-то успел сбрить Митре его эспаньолку. И понял, что это не Митра.

Это была Гера.

И в тот самый момент, когда я ее узнал, она открыла глаза и посмотрела на меня — точнее, туда, где была камера. Ее распухшее лицо вряд ли могло отражать эмоции, но мне показалось, что на нем мельнули испуг и жалость. Потом ее забинтованная голова поехала в сторону, исчезла за краем экрана, и наступила тьма.

A 3,14-LOGUE

Прибывшее с курьером письмо — всегда подарок судьбы, потому что заставляет ненадолго вылезти из хамлета. А когда письмо вдобавок так красиво выглядит и тонко пахнет...

Конверт был розового цвета и благоухал чем-то легким, совсем простым и недостижимым — не одеколоном, а как бы составной частью одеколона, секретным внутрипарфюмным ингредиентом, который почти никогда не достигает человеческого носа в одиночестве. Запах тайны, рычагов власти и глубин могущества. Последнее было верно в самом буквальном смысле — пакет был от Иштар.

Я разорвал бумагу вместе со слоем мягкой подкладки. Внутри лежал черный бархатный мешочек, стянутый тесьмой. К нему прилагался сложенный вдвое лист бумаги с напечатанным текстом. Я уже понял, что найду в бархатном чехле, поэтому решил начать с письма.

Чмоки, ацкий сотона.

Сколько мы не виделись? Я посчитала, получается, целых три месяца. Извини, что не нашла минутки, чтобы связаться с тобой, просто было много дел. Тебе, наверно, интересно, как я сейчас живу и что со мной происходит. Знаешь, этого не передать в словах. Все равно что стать носовой фигурой огромного корабля — чувствовать каждого из его матросов и одновременно рассекать океан времени своим собственным телом. Представь себе, что ты капитан корабля и одновременно такая носовая фигура. У тебя нет ни рук, ни ног — зато ты решаешь, как развернутся паруса. В паруса дует ветер — это ветер человеческих жизней, а в трюмах совершается таинственная работа, благодаря которой существование человека обретает смысл и становится баблосом.

Есть, конечно, в этом и неприятные стороны. Самое неприятное — конечная перспектива. Ты знаешь, что случилось со старушкой, которая была нашей прежней Примадонной. Это, конечно, ужасно, и мне ее очень жаль. Но я знаю, что тоже когда-нибудь увижу в руках у вошедших в комнату желтый шелковый шарф... Так уж устроена жизнь, и не нам ее менять. Теперь я понимаю, почему Борисов-

на так много пила последние полгода. С ней жестоко обошлись. Когда в скале долбили новую камеру, она всех спрашивала, что это за стук, но окружающие делали вид, что ничего не слышат, и уверяли ее, что это ей кажется. А потом, когда отнекиваться стало невозможно, стали врать, что ремонтируют лифт. А под конец даже стали говорить, что это строят подземный тоннель для правительственной ветки метро — чтобы ездить с Рублевки прямо в Кремль. Она все понимала, но ничего не могла поделать. Ужас, правда?

Я с самого начала хочу поставить дело так, чтобы со мной никто никогда не смел вести себя подобным образом. Мне нужны будут надежные друзья, на которых я смогу опереться. Я собираюсь ввести особое отличие — «друг Иштар». Теперь место в нашей иерархии будет определяться исключительно этим титулом. Ты будешь первым другом Иштар, потому что ближе тебя у меня никого нет. И я сделаю для тебя все. Хочешь хамлет, как у Энлиля? Теперь это вполне реально.

Насчет Митры. Я знаю, ты все видел. Наверно, ты передумал много разной чернухи про то, что произошло. На самом деле так всегда бывает, когда у богини меняется земная личность. Для того чтобы соединить новую голову с главным умом в позвоночнике, нужен нервный мост, еще один язык, который становится связующим звеном. Для языка это, конечно, не гибель — он просто возвращается к истоку. Но Митра ушел навсегда, и это грустно. До самой последней секунды он ни о чем не догадывался.

Между прочим, Энлиль с Мардуком думали, что это будешь ты. Не то чтобы тебя откармливали как барана, но уверенность у них была почти пол-

ной. Отсюда и равнодушное отношение к твоему образованию. Ты, наверно, замечал, что никто, кроме меня, особо не интересуется твоей судьбой и не стремится ввести тебя в общество. Наверно, тебе казалось, что ты живешь как бы на отшибе нашего мира? Теперь ты знаешь, в чем дело.

Случившееся стало для Энлиля большой неожиданностью. Для меня тоже это был ужасно трудный выбор — решить, кто из вас останется жить. Выбрав тебя, я пошла против всех. Так что учти: кроме меня, друзей у тебя нет. Но со мной они тебе и не понадобятся.

Можешь не бояться, коленом я тебя больше не ударю. У меня его теперь нет. Зато есть баблос. И он теперь весь наш. Весь наш, Рама! А насчет всего прочего — что-нибудь придумаем.

Остальное при встрече. И не заставляй богиню ждать.

Иштар IV

ЗЫ Ты просил, чтобы я напомнила тебе про конфету смерти, когда будем встречаться в следующий раз. Типа, напоминаю... :)

Вместо подписи было красное факсимиле, похожее на размашисто написанное слово «Ишь»; ниже помещалась печать с древним изображением крылатого существа, немного напоминающего птицу гаруду. Если имелась в виду Великая Мышь, то художник ей польстил.

Я поглядел в окно. Темнело; падали медленные редкие снежинки. Не очень-то хотелось лететь куда-то сквозь зимнюю ночь. Но других вариантов не предвиделось. Я понял, что уже не думаю о ней как о Гере. Все теперь было по-другому.

Сев на диван, я распустил горловину бархатного чехла. Внутри, как я и ожидал, был флакон. Но его дизайн сильно изменился. Раньше пропуском к Иштар служил маленький темный сосуд в виде сложившей крылья мыши, с черепом вместо пробки. Теперь флакон был сделан из белого матового стекла и имел форму женского тела без головы — крохотная пробка походила на высоко обрубленную шею. Это было жутковато и напоминало о той великой жертве, которую приносила богиня. Видимо, Иштар была настроена серьезно. Будет много перемен, подумал я, и мне, наверно, повезло, что я оказался по нужную сторону водораздела. Но на душе у меня скребли черные кошки.

Уронив единственную каплю на язык, я сел в кресло и стал ждать. Наверно, если бы за стеной снова заиграл грозный Реквием Верди, это было бы уместно. Но сейчас стояла полная тишина. Работал висящий на стене телевизор — но без звука.

Впрочем, в звуке не было нужды, все было ясно и так. На экране кипела жизнь, сверкали вспышки салюта под южным небом, смеялись загорелые лица. Отмахивая радиомикрофоном как саблей, плясал похожий на странную помесь козла и греческого бога международный певец Мирча Беслан в майке с загадочной надписью «30 cm = 11 3/4 in». На несколько минут я погрузился в созерцание. Мирча пел в сопровождении оркестра, который начинал играть, когда ему требовалось перевести дух. По нижней части экрана бежала строка перевода:

Бывает, бывает — девушка делает парню йо-йо-йо и отвлекается — ей кажется, наверно, что она выглядит нелепо или парню скучно, пото-

му что он уже долго ничего не говорит... Или ей кажется, йо-йо-йо, что надо отвернуться на минутку и романтически посмотреть в окно на луну... Девушки, не отвлекайтесь! Йо-йо-йо, мужчина переживает в это время лучшие минуты жизни. И если он молчит, то только из боязни спугнуть прекрасное мгновение неосторожным словом... Йо-йо-йо-йо-йо!

Мирча Беслан сделал паузу, и вступили трубы оркестра — хоть их и не было слышно, о мощи вдува можно было судить по багровым от напряжения лицам трубачей. Я поглядел в темноту за окном и подумал — ну что ж, реквием как реквием, не хуже любого другого...

Только вдруг это и правда реквием? Может быть, Иштар просто нужен еще один язык?

Меня охватил жуткий, ни с чем не сравнимый ужас. Впрочем, я знал, что в наши дни это обычное чувство и подводить под него рациональную базу глупо. Придется привыкать, и все. В коридоре пробили часы. А теперь, понял я, действительно пора. Как там пели до Беслана?

«Я хотел пешком, да, видно, мне не успеть...»

Мой ум нарисовал обычный наглый маршрут: через дымоход к звездам. Встав с кресла на черные мозолистые кулаки, я кое-как разбежался по комнате, бросился в зев камина, выбился по трубе в холодное небо и медленными кругами стал набирать высоту.

Вокруг летели крупные, но редкие хлопья снега, и сквозь их белую пелену огни Москвы просвечивали по-особому таинственно и нежно. Город был так красив, что у меня захватило дух. И через несколько минут в моем настроении произошла перемена. Ужас исчез; на смену ему пришли умиротворение и покой.

Помнится, Ганс-Ульрих Рудель испытал нечто подобное в рождественском небе над Сталинградом — когда мысли о войне и смерти вдруг сменились сверхъестественным чувством безмятежного мира. И, пролетая над коптящими в снегу танками, он запел: «Тихая ночь, святая ночь...»

Было слишком холодно, чтобы петь. На дворе стояло другое тысячелетье, и под моим крылом коптили не танки, а иномарки спешащих за город халдеев. Да и ночь вокруг, если честно, не отличалась святостью. Но все же мир был прекрасен, и я дал себе слово, что обязательно задокументирую эту секунду со всем тем, что чувствую и думаю, — сделаю, так сказать, мгновенный слепок своей души, чтобы никогда не забыть этот миг. Я напишу об этом снеге, думал я, об этом сумраке и о таинственных огнях внизу.

И еще я обязательно напишу о том, что стал другим.

Раньше я вел себя очень глупо, Локи был прав. Но с тех пор я поумнел и многое понял. Понял про жизнь, про себя, про датского принца и про Ганса-Ульриха Руделя. И сделал свой выбор.

Я люблю наш ампир. Люблю его выстраданный в нищете гламур и выкованный в боях дискурс. Люблю его людей. Не за бонусы и преференции, а просто за то, что мы одной красной жидкости — хоть, конечно, и под разным углом. Смотрю на державные вышки, сосущие черную жидкость из сосудов планеты, — и понимаю, что нашел свое место в строю.

Превед, комарищ!

Только строй держать надо будет крепко: впереди у нас непростые дни. Потому что ни красной, ни черной жидкости в мире не хватит на всех. И значит, скоро к нам в гости придут другие вампиры — пудрить нашему Ваньке ум «Б», кося хитрым глазом и соображая, как бы половчее отсосать наш баблос. И тогда линия фронта вновь пройдет через каждый двор и каждое сердце.

Но о том, как сохранить нашу уникальную объединительную цивилизацию с ее высокой сверхэтнической миссией, мы будем думать позже. А сейчас вокруг покойно и просторно, и навстречу несутся большие, как бабочки, звезды снега. И с каждым взмахом крыл я все ближе к своей странной подруге — и, чего греха таить, баблосу тоже.

Который теперь весь наш.

Весь наш.

Весь наш.

Весь наш.

Весь наш.

Весь наш.

Сколько раз надо повторить эти слова, чтобы понять их смысл до конца? А он между тем прост: альпинист Рама Второй рапортует о покорении Фудзи.

Впрочем, тут есть один серьезный нюанс. И об этом обязательно надо сказать несколько слов.

Вершина Фудзи — совсем не то, что думаешь о ней в детстве. Это не волшебный солнечный мир, где среди огромных стеблей травы сидят кузнечики и улыбаются улитки. На вершине Фудзи темно и холодно, одиноко и пустынно. И это хорошо, ибо в пустоте и прохладе отдыхает душа, а тот, кому случается добраться до самого верха, невыносимо устает от дороги. И он уже не похож на начинавшего путь.

Я даже не помню, каким я был. То, что всплывает в моем сознании, больше похоже на эхо просмотренных фильмов, чем на отпечаток моей собственной истории. Я вижу внизу пунктиры света и вспоминаю, что там улицы, где я совсем недавно гонял на роликовой доске. Тогда у моих перемещений в пространстве не было никакой цели. Потом меня возили по этому городу в черной машине, но я еще не знал до конца, куда я еду и зачем. А теперь я знаю все — и лечу высоко в ночном небе на упруго скрипящих черных крыльях. Вот так, постепенно и незаметно для себя, мы становимся взрослыми. Приходят покой и ясность — но мы платим за это нашей наивной верой в чудо.

Когда-то звезды в небе казались мне другими мирами, к которым полетят космические корабли из Солнечного города. Теперь я знаю, что их острые точки — это дырочки в броне, закрывающей нас от океана безжалостного света.

На вершине Фудзи чувствуешь, с какой силой давит этот свет на наш мир. И в голову отчего-то приходят мысли о древних.

«Что делаешь, делай быстрее...»

Какой смысл этих слов? Да самый простой, друзья. Спешите жить. Ибо придет день, когда небо лопнет по швам и свет, ярости которого мы даже не можем себе представить, ворвется в наш тихий дом и забудет нас навсегда.

Писал Рама Второй, друг Иштар, начальник гламура и дискурса, комаринский мужик и бог денег с дубовыми крыльями.

Вершина Фудзи, время зима

ОГЛАВЛЕНИЕ

Пелевин В.

П 24 Empire V : роман / Виктор Пелевин. — СПб. : Азбука, Азбука-Аттикус, 2024. — 416 с. — (Азбука-классика).

ISBN 978-5-389-10814-1

Юноше Роме представляется «реальный шанс войти в элиту», и он становится вампиром Рамой. Все его новые коллеги носят имена богов — потому что стоят выше человека в мировой иерархии. Как именно вампиры управляют людьми, Раме расскажут на специальных лекциях по гламуру и дискурсу, на первой дегустации и на праздновании Дня грехопадения.

УДК 821.161.1
ББК 84(2Рос-Рус)6-44

Литературно-художественное издание / Әдеби-көркем басылым

ВИКТОР ОЛЕГОВИЧ ПЕЛЕВИН

EMPIRE V

Ответственный редактор Александр Гузман
Художественный редактор Валерий Гореликов
Технический редактор Татьяна Тихомирова
Компьютерная верстка Михаила Львова
Корректоры Валентина Гончар, Маргарита Ахметова

Подписано в печать / Баспаға қол қойылды 29.07.2024.
Формат издания 76 × 100 $^{1}/_{32}$. Печать офсетная. Тираж 3000 экз.
Усл. печ. л. 18,33. Заказ Э19916.

Изготовитель:
ООО «Издательская Группа «Азбука-Аттикус» —
обладатель товарного знака АЗБУКА®,
115093, Москва, вн. тер. г.
муниципальный округ Даниловский,
пер. Партийный, д. 1, к. 25
Тел.: (495) 933-76-01, факс: (495) 933-76-19
E-mail: sales@atticus-group.ru

Филиал ООО «Издательская Группа
«Азбука-Аттикус» в г. Санкт-Петербурге,
191123, Санкт-Петербург,
ул. Херсонская, д. 12–14, лит. А,
Тел.: (812) 327-04-55, E-mail: trade@azbooka.spb.ru

www.azbooka.ru, www.atticus-group.ru
Отпечатано в России.

Өндіруші:
«Издательская Группа «Азбука-Аттикус» ЖШҚ —
АЗБУКА® тауар белгісінің иесі,
115093, Мәскеу, қ. іш. аум.
Даниловский муниципалдық округі,
Партийный т.ш., 1 үй, к. 25
Тел.: (495) 933-76-01, факс: (495) 933-76-19,
E-mail: sales@atticus-group.ru

Санкт-Петербург қ. «Издательская Группа
«Азбука-Аттикус» ЖШҚ филиалы,
191123, Санкт-Петербург,
Херсон көшесі, 12–14 үй, А лит.,
Тел.: (812) 327-04-55, E-mail: trade@azbooka.spb.ru

www.azbooka.ru; www.atticus-group.ru
Ресейде басып шығарылған.

Техникалық реттеу туралы РФ заңнамасына сай басылымның сәйкестігін
растау туралы мәліметтерді мына адрес бойынша алуға болады:
http://atticus-group.ru/certification/.

Знак информационной продукции (Федеральный закон № 436-ФЗ от 29.12.2010 г.)
Ақпараттық өнім белгісі (29.12.2010 ж. № 436-ФЗ федералдық заң)

18+

Отпечатано в типографии ООО «Экопейпер».
420044, Россия, г. Казань, пр. Ямашева, д. 36Б

A-VAK-18846-09-R